Einaudi. Stile Libero Big

Dello stesso autore nel catalogo Einaudi

Serie del commissario Ricciardi

Il senso del dolore
La condanna del sangue
Il posto di ognuno
Il giorno dei morti
Per mano mia
Vipera
In fondo al tuo cuore
Anime di vetro
Serenata senza nome
Rondini d'inverno
Il purgatorio dell'angelo
Il pianto dell'alba

Serie dei Bastardi di Pizzofalcone

Il metodo del Coccodrillo
I Bastardi di Pizzofalcone
Buio
Gelo
Cuccioli
Pane
Souvenir
Vuoto
Nozze
Fiori

Serie di Mina Settembre

Troppo freddo per Settembre
Una Sirena a Settembre

Racconti

Vita quotidiana dei Bastardi di Pizzofalcone
Giochi criminali (con G. De Cataldo, D. De Silva e C. Lucarelli)
Tre passi per un delitto (con C. Cassar Scalia e G. De Cataldo)

Maurizio de Giovanni

Angeli

per i Bastardi di Pizzofalcone

Einaudi

Pubblicato in accordo con The Italian Literary Agency, Milano
www.einaudi.it
ISBN 978-88-06-25071-3

Angeli

A mia madre.
Angelo prima, angelo adesso.

1.

Il sole entrava di taglio dalla finestra alta, raggi intensi dentro i quali danzava un pulviscolo che distraeva i bambini.

Erano una quindicina, avevano fame perché l'appuntamento con la merenda era ormai prossimo, ed erano pregni delle vacanze appena concluse. Fino a un paio di settimane prima, a quell'ora stavano scendendo in spiaggia dopo una tardiva e corposa colazione: adesso erano intontiti dal sonno e dalla noia subentrata all'allegria dell'inizio della scuola.

Il diversivo era rappresentato da suor Giovanna, che era lí a occupare lo spazio di mezza mattina destinato al catechismo. L'istituto era religioso, e ciò che l'alta borghesia di fatto pagava era proprio l'educazione cattolica: non si spiegava altrimenti la retta elevatissima in rapporto a un'offerta linguistica, formativa e strutturale pari a quella di qualsiasi scuola pubblica. In realtà, si remuneravano le conoscenze, i rapporti e lo standing derivanti dall'aver frequentato, dalle elementari al diploma, l'ente scolastico piú esclusivo della città. Ragion per cui suor Giovanna e le ore di religione andavano seguite con scrupolo. Era lei, piú delle giovani maestre che si alternavano nell'orario di lezione, a scrivere le temutissime note riservate alle famiglie degli alunni che si distinguevano per maleducazione o iperattività. A suor Giovanna, era risaputo, bisognava stare attenti.

La donna, però, non era per nulla temibile. Piccola, paffuta, di un'età indistinguibile fra i trenta e i cinquanta, occhiali rotondi e viso celestiale, pareva saltata fuori da una delle fotografie che tappezzavano il corridoio in memoria delle tante suor Giovanna succedutesi nel secolo e mezzo di vita dell'istituto. Aveva un carattere mite, e si esprimeva con un tono pacato che favoriva la distrazione; ma l'istinto metteva presto i bambini sull'avviso: non tutti gli animali feroci sembrano animali feroci. I documentari sulla natura sono chiari, su questo.

La tensione era palpabile, perché Arturo aveva osato intavolare un contraddittorio con suor Giovanna e l'atmosfera si era fatta pesante.

L'argomento del giorno erano gli angeli.

In apparenza, un ostacolo superabile con facilità nel tragitto verso la merenda. Non erano previste interrogazioni, il tema era semplice e comprensibile, perfino interessante rispetto alle questioni piú teologiche imposte a dispetto dell'età degli alunni. Ma Arturo era polemico e tignoso, e non intendeva lasciar passare concetti sui quali non era d'accordo. Aveva preso dalla madre, famosa per rendere impossibile la vita al marito magistrato che lavorava il doppio del necessario pur di non tornare a casa.

Nella fattispecie, la diatriba si era aperta sull'invisibilità.

Arturo era restio ad accettare che gli angeli, inviati dal Signore per vegliare sugli esseri umani, svolgessero il loro gravoso compito restando celati alla vista dei tutelandi. La scintilla era stata una concessione rara e grossolana di suor Giovanna alla modernità: dovete immaginare gli angeli, aveva detto la religiosa con il consueto stile teso a catturare attenzione, come una specie di supereroi. Un angelo Batman, un angelo Uomo Ragno, un angelo Superman e via dicendo.

Ora, se c'era una cosa sulla quale Arturo non transigeva erano appunto i supereroi. Non c'era niente che non sapesse, sui supereroi. Distingueva gli universi narrativi, conosceva a memoria i nemici, elencava a menadito i singoli superpoteri. Per cui, quando l'incauta suora aveva fatto quel parallelo nel tentativo di risvegliare l'interesse dei bambini immersi nella sonnolenza di un settembre ancora caldo, la mano di Arturo era scattata nella richiesta di intervenire.

Il ragazzo assomigliava a suor Giovanna. Era piccolo e paffuto, con occhi seri nascosti da lenti correttive di un lieve strabismo, e una mandibola indurita a tradire un carattere deciso dietro l'aspetto innocuo. I supereroi non si toccano, era il suo motto.

Avuto il permesso di parlare, si alzò in piedi e disse, placido ma sicuro, che la gente li vede, i supereroi. Che essi entrano in azione per fermare i criminali e persino le catastrofi naturali. Che arrivano in volo, o correndo, o nuotando, o arrampicandosi, o in superveicoli in grado di scavalcare ogni ostacolo, e salvano la gente. Nessuno aveva mai visto un angelo fare lo stesso.

La classe sconfisse la fase della noia sonnolenta grazie a una frustata di formidabile attenzione. In molti tra i bambini pensarono che l'eroe vero – non «super» magari, ma comunque eroe – fosse proprio Arturo, che non aveva avuto remore a contrapporsi a suor Giovanna. La donna inspirò, serrò le labbra. Brutto segno, considerarono tutti. Ma l'anno scolastico era appena iniziato e la suora voleva mostrare indulgenza. D'altronde, quella di Arturo era pur sempre una bella manifestazione d'interesse: poteva rivelarsi utile per raccogliere consensi dalla platea.

Rispose allora che nessuno aveva mai visto nemmeno Batman o Superman: conosceva forse Arturo qualcuno che li avesse incontrati sul serio? Eppure, malgrado ciò, chi dubitava della loro esistenza? Il Signore Dio, come si diceva nella preghiera del Credo, era appunto il creatore delle cose visibili e invisibili, tra le quali si potevano annoverare gli angeli.

Arturo soppesò la risposta ma non si risedette, a riprova che non intendeva archiviare la questione. Qualche alunno si agitò sulla sedia, a disagio. Dopo aver ponderato bene, Arturo disse che, nei fumetti, la gente i supereroi li vede eccome. In quella dimensione gli eroi esistono, sono visibili, si incontrano fra loro, gli uni salvano gli altri, sollevano veicoli e intercettano massi in caduta evitando stragi per un soffio. Insomma, una volta entrati in quel mondo, ciò che vi accade è *reale*. In che modo suor Giovanna pretendeva che fossero reali i suoi angeli?

La donna non poteva sottrarsi al confronto. I bambini vanno presi sul serio, se si vuole essere ascoltati.

Gli angeli hanno un altro modo di soccorrere le persone che custodiscono, disse. E poi, ci sono un sacco di creature che non vediamo, no? Per esempio i microbi, i virus, gli animali che vivono nelle profondità marine. Non è certo la nostra vista a farli esistere o non esistere.

Arturo non era convinto. Se mi dài un microscopio io i virus li vedo, suora. E se mi dài un sommergibile di quelli con la pancia di cristallo, l'hanno detto in Tv, vedo anche gli animali sul fondo del mare. Come faccio invece a vederli, gli angeli?

Suor Giovanna avvertí l'incremento di interesse. Era una classe di terza, avevano tutti fra i sette e gli otto anni, era difficile parlare per piú di tre minuti senza percepire sguardi vuoti che raccontavano di giovani menti perse dietro l'imperscrutabile; eppure, in quel momento si giocava una partita di credibilità che poteva avere effetti sull'intero anno scolastico, e chissà, anche sulla formazione religiosa degli allievi. Se non avesse dato riscontro all'eccezione di Arturo, magari ne sarebbero scaturiti dei cittadini materialisti privi di valori e di ideali. Perciò resse lo sguardo, occhiali negli occhiali, resistendo alla tentazione di imporre un'idea con la forza di un rimprovero. E disse che forse la chiave era proprio quella dei virus. Che si infiltrano nelle persone – le quali, proprio perché non li vedono, li lasciano entrare – e vi si installano come un software. Solo che gli angeli hanno un effetto positivo: curano anziché infettare, rendono sani anziché ammalati.

Arturo sbatté le palpebre, impressionato dalla similitudine. Ancora diffidente, sostenne che se uno si ammala manifesta sintomi, tosse, starnuti, febbre, e prende medicinali per guarire.

La suora disse che questo succede in effetti quando si peggiora. Ma che a volte si diventa migliori, e in quel caso non ci sono medicine da prendere.

E che gli angeli, comunque, possono manifestarsi in tanti modi, pure attraverso le persone che stanno vicino a noi. Gli angeli proteggono. E si possono invocare in aiuto, se serve.

Arturo chiese come, e la voce era ridiventata quella di un bambino di sette anni. Come, suora? Con un batsegnale?

No, sorrise suor Giovanna. Con una chiamata silenziosa, che è la preghierina dell'Angelo custode.

All'ultimo banco, Giovannino si chinò verso la compagna Marida: ma tu ci credi, a questo fatto della preghierina?

Marida però non rispose, perché lui le aveva parlato all'orecchio sbagliato.

II.

Scorrendo i contorni del corpo nudo disteso accanto a sé, il vicequestore Luigi Palma si convinse che stava fissando un angelo.

Non poteva essere altrimenti. Aveva una memoria di ferro e ricordava per filo e per segno le lezioni di catechismo seguite da bambino, riprese quando aveva fatto la cresima prima dello sfortunato matrimonio; aveva ben presenti le caratteristiche degli angeli, protettori ma anche portatori di beatitudine in quanto messaggeri di Dio.

Col tempo, la sua fede si era attenuata fino a scomparire. Trovava difficile credere in un'entità che fosse provvidente e davvero interessata alle vicende umane; ciò che aveva visto e ancora gli toccava di vedere lo aveva persuaso che gli uomini sono i soli artefici del proprio destino: a predominare è la parte peggiore della loro natura, senza necessità di un intervento celeste. Era diventato cinico e fatalista; dalla finestra guardava la gente riempire le strade, la sera, in un flusso continuo, e provava un brivido lungo la schiena nel riflettere sui sentimenti, sulle passioni e le ossessioni che quei visi inespressivi nascondevano. Se li immaginava tutti, donne e uomini, seduti nella sala agenti o davanti alla sua scrivania, a spiegare per quale motivo avevano ucciso, violentato, ferito o mutilato secondo una logica che sul momento sembrava loro stringente, ma il cui senso non erano piú in grado di ricostruire.

Gli angeli, però, sono diversi. Agli angeli, a quella favola dolce, era rimasto affezionato.

Gli piaceva pensare che ci fosse qualcosa, o qualcuno, capace di rendere l'altro migliore. Qualcosa di speculare a ciò che suscita gli istinti piú bassi e devia i sentimenti verso i territori oscuri in cui risiede la violenza cieca o l'autodistruzione che porta al delitto. Qualcosa di delicato e sottile, come una musica o un'armonia, una sensazione positiva non facile da individuare ma che tuttavia c'è, aiuta a essere felici e induce a esprimere la parte piú bella di sé.

Ecco cos'era Ottavia Calabrese, per lui: un elemento di beatificazione che lo rendeva, appunto, migliore.

La tapparella abbassata teneva fuori l'indiscreto sole di mezza mattina. Nella penombra, Palma sorrise. Perché se il prete che, da bambino, gli aveva parlato degli angeli avesse visto quel corpo nudo, quel seno meraviglioso che si alzava e si abbassava nella regolarità dell'assopimento che segue l'amore, avrebbe scosso il capo, con il solito verso di disapprovazione che faceva sentire in fallo il piccolo Luigi. Gli pareva di vederlo, don Saverio, alto e magro come un fuso, mentre gli diceva: ah, questo hai capito della mia spiegazione? Questo sarebbe un angelo del Signore?

Sí, caro don Saverio, sussurrò Palma. Perché questa donna meravigliosa, i cui respiri ancora mi riempiono le orecchie, la cui bellezza ancora porto negli occhi mentre giunge in cima alla montagna nella quale l'ho condotta con pazienza, il cui odore familiare ed esotico ancora aleggia nella stanza, è un angelo.

Mi fa desiderare di proteggerla e prendermene cura, don Save'. Mi fa diventare alto tre metri e muscoloso e forte, per cacciare via chiunque voglia farle del male. Mi fa diventare telepatico per prevenirne ogni paura, leggero per sorvolare la sua vita e sorvegliarne i confini.

Si erano abbandonati al loro gioco preferito, scoperto sperimentando i corpi e la loro fusione man mano che la confidenza diveniva profonda. Lei si stendeva nuda e chiudeva gli occhi, lui la sfiorava in punti diversi, facendola sussultare. L'eccitazione arrivava alle stelle, dopodiché facevano l'amore sussurrandosi quella parola per tutto il tempo. Amore. Amore mio.

Ci aveva messo molto tempo a convincere Ottavia che non esisteva donna piú bella e desiderabile. Lui ne era stato consapevole già nell'istante in cui li avevano presentati, quando pensava ancora che il commissariato di Pizzofalcone sarebbe stato una breve parentesi della sua carriera. Ottavia, dotata di un fisico generoso e perfetto, si mortificava con un'incuria che la rendeva anonima. Palma riteneva che quella era stata una fortuna, perché se fosse stata consapevole della propria bellezza, di certo non lo avrebbe degnato di uno sguardo.

Lui invece si era accorto subito di quanto fosse splendida quella vicesovrintendente esperta di informatica e abile nella ricerca, e tuttavia tanto sensibile e facile alla commozione da diventare amica e confidente dell'intera squadra scalcagnata e anomala che era stata assegnata al commissariato. Lui no, è ovvio. Lui non voleva diventare amico di Ottavia. Lui voleva che fosse il suo angelo personale.

Ricordò la prima volta che si erano baciati. Era stato come rotolare su una collina innevata, raccogliendo strato dopo strato la polvere delle stelle che brillava in ogni sorriso, in ogni parola che si scambiavano. Ricordò la dolcezza delle paure e dell'inesperienza di lei, che pure era moglie e madre. Ricordò le parole di lei quando la sua mano l'aveva cercata e trovata.

Io ieri ho fatto l'amore con mio marito, aveva sussurrato fissandolo negli occhi, una dichiarazione di appartenenza forse, una manifestazione di onestà, una sincerità non sollecitata. Palma si era sentito schiaffeggiato, respinto, messo da parte: poi aveva creduto ai sensi che gli raccontavano invece della voglia di abbandonarsi, di seguire quell'inatteso richiamo della vita. Non le aveva risposto, e l'aveva baciata di nuovo.

Da allora non erano piú stati lontani, l'intensità dei loro incontri si era fatta incandescente. Dapprima era stata la furia, l'esplosione della passione. In mezzo c'erano però le confidenze, il raccontarsi tutto di sé. Palma aveva imparato a prevedere l'ombra di dolore ogni volta che Ottavia parlava del figlio Riccardo e del mondo oscuro in cui era immerso, senza altro contatto con l'esterno che non fosse quello con lei e il padre. E aveva imparato a distrarla, con piccoli colpi di sterzo fatti di aneddoti e battute.

Facendosi del male, indagava sulla vita matrimoniale di Ottavia. Il ricordo di quella frase, io ieri ho fatto l'amore con mio marito, lo ossessionava. Dopo mesi, lei gli aveva detto che era un atto formale e consuetudinario: non le dava piacere, e sospettava non ne desse nemmeno al marito Gaetano; perciò aveva diradato gli incontri coniugali fino a cessarli del tutto, senza parlarne, senza porre il problema, immaginando con triste meraviglia di aver addirittura procurato all'uomo un sollievo.

Palma, però, non riusciva a crederle fino in fondo. Forse per la diffidenza connaturata da poliziotto, una sorta di deformazione professionale; forse per l'idea che lei volesse risparmiargli una comprensibile sofferenza. Piú probabilmente per la convinzione che non fosse possibile per un uomo dormire accanto a una donna cosí, senza neppure accarezzarla. E anche per il pensiero che Ottavia non volesse ferire un marito che non le aveva fatto niente di male ed era dedito al figlio come fosse una missione felice. Era certo che lei non avrebbe avuto il coraggio di chiudergli la porta in faccia.

Questo lo faceva impazzire. Sapeva di essere l'amante. Era lui a vivere nell'ombra, era lui la trasgressione. Non era lui il padre del figlio, non abitava in casa sua, non poteva provvedere alle sue necessità. Non ne condivideva ricordi, speranze, disperazioni.

Era arrivato dopo. Una colpa incancellabile.

Non aveva diritti, non poteva pretendere una fedeltà della cui insussistenza lui stesso era testimonianza vivente. Sarebbe stato ridicolo. Assai meglio fingere che non esistesse un'altra vita, che quando si lasciavano andassero in un limbo dal quale sarebbero riemersi solo per rivedersi. Meglio, ma difficile. Meglio, ma impossibile.

Perché è bellissima, rifletté fissando i contorni di quel corpo con un misto di incanto e dolore.

Bella come un angelo.

Mentre continuava a domandarsi se per Ottavia ci fosse solo lui, il cellulare sul comodino cominciò a vibrare.

III.

L'ispettore Giuseppe Lojacono era convinto che la morte porta disordine.

L'aveva vista tante volte, la morte. Non come altri professionisti, certo. Un becchino, per esempio, vedeva molti piú morti di lui, per fortuna. E immaginava che un oncologo fosse destinato a incontrarla piú spesso di quanto tocchi a un poliziotto. Ma quelle morti, di competenza di medici e becchini, erano ordinate: un letto d'ospedale, una sala operatoria con un monitor che emette un suono costante; un tavolo in marmo, una cassa di zinco. Ordine, insomma.

In piedi, appoggiato a un pilastro a osservare la morte con lo sguardo da orientale che gli aveva fatto guadagnare il soprannome di Cinese, Lojacono sembrava ragionare sui massimi sistemi. Invece stava pensando che molti suoi colleghi la morte non l'avevano mai vista. Altri uffici, altre competenze; un altro modo di interpretare il servizio alla comunità. Passaporti, controllo del traffico, persone scomparse: puoi passare un'intera vita in polizia, senza mai vedere la morte e il disordine che comporta.

Dietro di lui, all'esterno del locale mal illuminato da un neon al centro del soffitto, la vicecommissaria Elsa Martini parlava al cellulare. L'accento settentrionale e la fredda competenza con cui elencava gli elementi a disposizione, in qualche modo cercavano proprio di fare ordine: ma la morte, si diceva Lojacono, è difficile da mettere a posto.

In fondo, era quella l'essenza del loro mestiere: provare a mettere le cose a posto. Poteva accadere se si recuperava della refurtiva, o se si impedivano atti di violenza. Ma quando c'era un cadavere, niente poteva essere messo a posto.

L'omicidio è uno strappo, non una semplice scucitura. Il tessuto sociale non sarà mai piú lo stesso. Resterà una brutta cicatrice a ricordare che qualcuno ha deciso di togliere qualcun altro dalla faccia della terra sostituendosi alla malattia, alla vecchiaia, al destino, a Dio. Certo, se ne può trovare il colpevole: ma sarà solo aggiungere una vittima all'altra. Il nostro mestiere, pensava Lojacono, quando ci si trova di fronte a un cadavere, non differisce poi molto da quello di un sarto davanti a un paio di pantaloni strappati. A parte il disordine, è ovvio. Quello era un'altra cosa.

Elsa Martini rientrò.

– Stanno arrivando tutti: scientifica, medico legale, piemme. Questione di minuti.

Lojacono annuí, impassibile. Sembrava un monaco tibetano in meditazione. Martini sbuffò passandosi una mano nella fiammeggiante chioma rossa.

– Ma per quanto ancora farà cosí caldo, maledizione? Tra un po' finisce anche settembre e si crepa dagli inizi di maggio. È un'estate senza fine, quella di questa dannata città?

Lojacono increspò le labbra.

– Ah, guarda, dalle parti mie è pure peggio. A febbraio fioriscono i mandorli, poi c'è una primavera che dura dieci giorni dopodiché si va al mare fino a novembre. Certo i capelli cosí non aiutano, credo.

Elsa fece una smorfia.

– Fosse per me li taglierei a zero, credimi. Ma a mia figlia piacciono tanto, li abbiamo uguali, e se dico che non li sopporto mi risponde che allora non sopporto neanche lei. Quindi me li tengo.

I capelli non erano l'unica cosa notevole della vicecommissaria. Gli occhi verdi, per dirne una: grandi e quasi trasparenti. Le gambe lunghe e nervose, la figura slanciata, i lineamenti perfetti. Avrebbe potuto intraprendere con successo la carriera di modella o di attrice. Ma era una poliziotta, anzi, un'ottima poliziotta; i colleghi di Pizzofalcone lo avevano capito presto e si erano regolati di conseguenza. Su Martini si poteva contare, anche se il carattere non era proprio amichevole.

Lojacono chiese:

– Che ne dici?

Elsa scrutò l'ampio stanzone.

– Strano, – mormorò.

Lojacono ne fu soddisfatto. Era quello che pensava anche lui. Ma domandò lo stesso.

– Perché strano?

– Tutto a posto, tutto in ordine. Nessun segno di colluttazione, ma nemmeno della giornata lavorativa. È un'officina, non una boutique: ma non c'è uno sbaffo di grasso, una macchia d'olio, un attrezzo fuori posto. Eppure…

– Eppure c'è lui.

– Sí. C'è lui.

Lui era il cadavere. Un uomo riverso a faccia in giú, con indosso una tuta da meccanico e i piedi in direzione della saracinesca dove stavano i poliziotti. Sul retro della testa si allargava una vasta macchia scura che continuava sul pavimento.

L'area era occupata da un'automobile rossa sollevata su un ponte, a circa un metro da terra; e, sul lato opposto, da una motocicletta di grossa cilindrata con parte del motore smontata. I due veicoli non sembravano in riparazione: puliti e luccicanti, nessun pezzo nei paraggi, né attrezzi nelle adiacenze.

Lojacono commentò:

– Magari era un tipo preciso.

– O aveva poco lavoro. E questi sono mezzi civetta, per dare alla clientela l'idea di competenza e capacità. I meccanici lo fanno.

– Forse. Il tizio che ci ha chiamati?

– È qui fuori, vicino alla volante. Non smette di tremare.

Uscirono. Si era andata addensando la piccola folla di curiosi che è una triste costante del disordine portato dalla morte. Un agente stava appoggiato a braccia conserte alla fiancata dell'auto, attento a scoraggiare avvicinamenti eccessivi. L'altro, piú anziano, cercava di calmare un uomo che gesticolava balbettando.

Era un tipo abbastanza strano. Doveva aver superato i sessanta da tempo, ricordava il generale Custer: baffoni a manubrio, capelli candidi sulle spalle. L'impressione era accentuata da una giacca in camoscio a frange e dai pantaloni in pelle, conditi da stivaletti a punta con borchie e tacchi. Pareva la comparsa di un western anni Settanta.

Elsa e il Cinese si presentarono, squadrandolo da capo a piedi.

– È lei che ha telefonato in questura, vero?

L'uomo assentí piú volte. Gli tremava il labbro, aveva gli occhi rossi per il pianto e non smetteva di sbattere le palpebre. Era sconvolto.

Elsa gli chiese le generalità, e che ci facesse lí.

– Io... io mi chiamo Maltese, Gianluigi Maltese, cioè, gli amici mi chiamano Gigi, ma il nome è Gianluigi, vi serve il nome completo, immagino. Io sono... cioè, per la precisione, avrei voluto essere un cliente dell'officina.

Lojacono, con gentilezza, provò ad approfondire.

– Per favore, si calmi, altrimenti ci è difficile capire. Cosa vuol dire che avrebbe voluto essere un cliente?

Maltese prese a tormentare una delle frange con le quali si concludevano le maniche della giacca.

– Voglio dire che sono settimane che provo a vedere se Nando, intendo il signor Iaccarino, lui, quello che... insomma, il proprietario dell'officina, è libero. Per la qual cosa passavo ogni mattina all'apertura, per sapere se potevo portare la bambina. Non credo che potrò piú farlo, giusto?

Martini confermò.

– Se il meccanico è il tizio steso là dentro no, non credo neanch'io. Ma cosa significa che veniva a vedere se poteva portare la bambina, scusi? Quale bambina? E perché...

Maltese si girò verso l'angolo della strada dove, sottratte ai pericolosi raggi del sole, baluginavano le cromature di un'enorme motocicletta dall'alto manubrio e l'ampia sella foderata della stessa pelle dei suoi pantaloni.

– Bettina, – mormorò adorante, – la mia meravigliosa Bettina. Ha un problema di carburazione, sapete. Niente di pericoloso, ma a volte tossisce. In pochi sanno mettere le mani su una Harley-Davidson Tour Glide dell'81. Pochissimi. E Iaccarino è uno di questi, e per fortuna ha l'officina qui in città. O meglio, ce l'aveva.

Lojacono chiese:

– Per quale motivo tornava ogni mattina per sapere se era fortunato? Non sarebbe stato piú semplice prenotare l'intervento di riparazione?

– No, ispettore. Iaccarino, che era un vero artista, teneva in officina una macchina e una moto per volta. Non aveva lavoranti, garzoni o giovani di bottega. Faceva tutto da solo, con quelle mani magiche. L'unica possibilità di ricevere assistenza era che avesse riparato il veicolo precedente per poterne prendere in carico un altro. E siccome non era prevedibile, bisognava fare come faccio io, cioè, come facevo: tornare ogni mattina e tentare la sorte.

– E stamattina, cosa è successo?

L'uomo si succhiò i baffi, sperando di calmare il tremito del labbro.

– C'era la saracinesca abbassata poco oltre la metà, era presto e c'era ombra, perciò mi sono accorto della luce che veniva dall'interno. Ho pensato che Nando fosse dentro e ho bussato un paio di volte. Poi, visto che nessuno rispondeva, ho sollevato di un po' la saracinesca e sono entrato. Lui era... lo avete visto, com'era.

– Non ha toccato niente, vero? Fino a dove si è spinto nell'officina? Ha usato il telefono fisso, o...

– No, per carità, certo che non ho toccato niente! E non mi sono mosso dalla soglia, ci mancherebbe. Ho chiamato col mio cellulare, potete verificare. È stato un tuffo al cuore. Ma devo confessare che ho subito pensato a come farò, adesso, con la mia Bettina.

Elsa squadrò il discutibile abbigliamento dell'uomo.

– Forse era piú economico di altri? Era... conveniente, farsi riparare una vecchia moto da lui?

Maltese strabuzzò gli occhi.

– Cara signora, io sono il professor Gianluigi Maltese, primario di cardiochirurgia e in possesso di una dozzina tra specializzazioni e qualifiche internazionali. Con tutto il rispetto, guadagno in mezza giornata quello che lei e il suo collega messi insieme guadagnate in un biennio, al lordo. La mia Bettina non è vecchia, è *d'epoca*. C'è una differenza enorme. Non c'è cifra che io non possa spendere, per lei. Iaccarino era un genio. Anzi, di piú, perché faceva miracoli. Era... un angelo, direi. Un angelo. Proprio.

Arrivarono gli uomini della scientifica e, dopo un paio di minuti, la macchina nera con il lampeggiante dalla quale scese, accigliata, la sostituta procuratrice Laura Piras.

IV.

Alex Di Nardo depose a terra quattro voluminosi sacchetti pieni di vettovaglie e si lasciò cadere sullo sgabello vicino alla porta, chiudendola con un piede.

Dall'interno, giunse una voce femminile.

– Amore? Sei tu?

La ragazza tentò di riprendere respiro.

– Sí. Sí, un momento... sto cercando di rifiatare.

Si udí un cigolio. Nell'arco che dall'ingresso si apriva sul soggiorno si stagliò la sagoma di una sedia a rotelle.

– Guardati. Io non capisco: in tutto il mondo paghi un euro in piú e ti consegnano la spesa fino in cucina, se sorridi ti sistemano anche le cose in frigo e nella credenza, e tu, sapendo che l'ascensore è in costruzione da una decina d'anni perché mancano le autorizzazioni di chissà quale sovrintendenza, ti sottoponi alla scalata di sei piani con un carico che nemmeno un mulo?

Alex fece un cenno vago con la mano, come a minimizzare. Stentò a rispondere, il respiro ancora corto.

– A parte che il piano tecnicamente è il quarto, anche se ci sono l'ammezzato e la rampa d'accesso. E poi in questa casa manca tutto: mangi come un lupo!

Rosaria Martone arretrò con la carrozzina per consentire ad Alex di entrare con un paio di borse. Il sole le illuminò il viso segnato dai lividi e dalle cicatrici dell'incidente. Negli occhi, però, c'era una scintilla di allegria.

– Ah, questa è bella: io mangio come un lupo. Ma se sei tu che ti abbboffi senza pietà, e per inciso ti odio perché non metti un grammo, accidenti a te! Li hai presi i sottaceti, vero?

Alex finse un'espressione di smarrita colpevolezza. Poi tirò fuori un barattolo in vetro dal sacchetto.

– Ta-daaa! Non solo li ho presi, mia bella castellana, ma ho anche comprato quelli buoni, di marca e non del discount. Cosí la smetti di lamentarti.

– Lo sai che l'aperitivo, d'estate, è imprescindibile. E senza sottaceti, che aperitivo è?

Alex si girò verso di lei, l'espressione severa inficiata dalle buste di patatine che stava riponendo.

– Amore, questo fatto dell'alcol non mi piace. Nemmeno un po'. Il dottore è stato tassativo: coi farmaci che assumi e il caldo che fa, non è indicato che tu...

L'altra sbuffò.

– Che io mi ubriachi, certo. E infatti, chi si ubriaca? Hai razionato tutto, nascondi le bottiglie che tanto io trovo lo stesso dato che sono pur sempre una poliziotta, non si beve, non si fuma... Me lo lasci qualche vizio, sí?

Alex depose le patatine sul ripiano della cucina e la raggiunse, ancheggiando. Poi mise le mani sui braccioli della carrozzina e portò il volto a pochi millimetri da quello di Rosaria.

– Hai il coraggio di dire che ti inibisco i vizi? Devo ricordarti qualcosa degli ultimi giorni, donna dalla memoria corta?

Rosaria suo malgrado ridacchiò, schioccando un rapido bacio sulle labbra di Alex.

– Guarda che quello è anche un *tuo* vizio, non solo della sottoscritta. E poi sono invalida, non posso scappare e ti approfitti di me...

Alex si allontanò, sottraendosi all'abbraccio di Rosaria.

– Primo: mi sembra il giusto pagamento per tutte le rotture di scatole che mi dài; questa immobilità forzata ti sta rendendo impossibile, peggiorando un carattere già pessimo di suo. Secondo: non voglio che tu dica mai piú la parola «invalida». Devi finire la riabilitazione, ci vuole tempo e pazienza, ma tornerai come prima. Anzi, direi peggio di prima. Per cui cerca di stare buona, adesso. E fatti servire.

Rosaria si fece seria. Manovrò la sedia verso la porta da cui si accedeva al terrazzo, motivo principale per il quale Alex aveva scelto quell'appartamento cosí in alto. Il sole illuminava feroce la città, rendendo indistinto per il calore il profilo della montagna. Il mare luccicava in mille scintille.

– Potevo morire. Anzi, era assai piú probabile che morissi. O peggio, la lesione alle vertebre poteva essere piú marcata o collocata altrove, e rendermi un vegetale. Sono stata una pazza. Una pazza.

Alex la abbracciò alle spalle e poggiò il mento sulla testa di lei. Un gabbiano stridette rauco.

– Sí, sei stata una pazza, e io non ti perdonerò mai. Potevi togliermi il grande amore della mia vita, la persona che mi ha fatto capire chi sono e cosa voglio. Sei tu che mi hai mostrato ciò che mi serve per essere felice, perché quello che mi serve sei tu. Ma se il destino, Dio o quello che è ti regala una seconda possibilità, se per avventura o per fortuna riesci a tornare indietro dall'inferno, allora la felicità non è piú un'opzione: è un obbligo.

Senza staccare gli occhi dal mare, Rosaria alzò una mano e accarezzò il volto di Alex.

– Sai cosa sei tu, Alessandra Di Nardo? Sei un angelo, ecco cosa sei. Gli angeli esistono. Portano un frammento di Dio agli esseri umani, e glielo offrono. Il libero arbitrio consiste nel rifiutare quel frammento, o accettarlo. Tu sei il mio angelo.

– E da quando sei diventata mistica? Direi che allora, secondo questa spiegazione catechistica, sia proprio l'inverso, non trovi? Sei tu ad avermi donato un frammento di me che mi mancava: la consapevolezza. E io, come una stupida, prigioniera delle mille sovrastrutture in cui sono cresciuta, non l'avevo capito.

Rosaria girò la sedia.

– Questo pensiero, vedi, mi opprime. Non ce la faccio piú a sopportarlo.

Alex arretrò, impaurita.

– Quale pensiero? Che vuoi dire?

Rosaria si sporse in avanti. Sul bel viso ferito era disegnata un'espressione di dolore intenso e di preoccupazione.

– Tu, noi... era finita. Mi avevi cacciata da qui, io avevo fatto... una sciocchezza, perché mi sentivo rifiutata. Ci siamo fatte del male, io a te e tu a me. Era finita. Ti avevo cercata, tu avevi cercato me, ma avevamo avuto entrambe la forza di allontanarci. E poi è successo... – Picchiò con le mani sui braccioli, facendo sobbalzare Alex. – E poi è successo questo. Io non volevo morire, e nemmeno farmi del male. Non volevo richiamare la tua attenzione, né costringerti a tenermi qui e assistermi finché non mi rimetto in piedi. Non volevo catturarti, lo capisci? Non merito pietà e commiserazione, posso avere amore senza mendicarlo.

Alex balbettò.

– Amore, ma... ma che stai dicendo? Credi che io per te provi pietà e commiserazione?

Rosaria cominciò a piangere.

– Tu, tu mi devi dire adesso: cosa sarebbe successo se io avessi rallentato, fatto inversione e fossi tornata a casa sana e salva? Che ne sarebbe stato di noi? Ti avrei piú rivista, ci saremmo forse incontrate al ristorante, ci saremmo scambiate un saluto da lontano? Sarebbe finita?

Alex si inginocchiò e le prese le mani. Piangevano entrambe.

– Amore, amore mio, come puoi pensare questo? Io avrei capito, anche se sono stupida e ottusa, e ti sarei venuta a cercare. Sarei stata giorni, mesi sotto la pioggia ad aspettare che mi parlassi di nuovo, che mi sorridessi di nuovo! Io ti amo, amo solo te, e senza di te non posso vivere!

– Io ti prego solo di guardare in te stessa. Di capire che cosa senti davvero, perché io... io non reggerei, se mi mandassi via di nuovo. Non posso perderti.

Alex la baciò.

– E come potrei? Io sono il tuo angelo e tu sei il mio, non ricordi? Non possiamo staccarci piú. Ti amo. E non smetterò mai. Non piú.

V.

Tra i molti aspetti di Laura Piras che Lojacono trovava irresistibili, al primo posto svettava l'attitudine al comando.

Quando la magistrata arrivava sulla scena, concentrata e pronta a ricevere le informazioni necessarie, si capiva subito chi aveva l'autorità e come questa sarebbe stata esercitata.

Lasciò scorrere lo sguardo attorno per rendersi conto di chi c'era e di come stesse agendo, per desumere cosa fosse già stato fatto e pianificare quello che ancora restava da fare. Le imperfezioni, le azioni soddisfacenti; di chi fidarsi, e quali pezze avrebbe dovuto mettere per riparare alle eventuali inefficienze.

Gli occhi passarono su Lojacono, appannandosi per un istante: per lui, che conosceva o credeva di conoscere ogni piega di quel viso e l'incapacità della donna di nascondere ciò che provava, fu una stilettata al cuore.

– Che abbiamo, Martini?

Giusto. La piú alta in grado, pensò Lojacono. L'interlocutrice corretta.

– Maschio, si direbbe fra i cinquanta e i sessanta. Non è stato identificato, ma a quanto pare si tratterebbe del proprietario dell'officina, Iaccarino Nando. Lo ha scoperto un cliente, Maltese Gianluigi, che voleva far riparare la moto ed è venuto molto presto. La saracinesca non era del tutto abbassata, la luce era accesa, quindi l'omicidio potrebbe essere stato commesso nella tarda serata o nella notte. Uno o piú colpi con un corpo contundente di cui, a un primo esame, non c'è traccia. Ma la scientifica è arrivata adesso, non abbiamo potuto perlustrare piú di tanto.

Non avrebbero potuto essere piú diverse, ma avevano pari fascino e bellezza. Due leonesse nello stesso recinto, e la sensazione perenne che la carne a disposizione non fosse sufficiente per entrambe. Però c'erano stima, considerazione e fiducia: era già molto, secondo Lojacono.

Entrarono nell'officina, sottraendosi al sole di settembre che picchiava come fosse luglio. Il balletto era cominciato, con donne e uomini in tuta bianca che spennellavano, fotografavano, cartellinavano.

La vicecommissaria Martini disse:

– Come vede, dottoressa, non ci sono segni di lotta. Ogni cosa è in ordine, secondo me anche troppo per essere un'officina, pulito e lindo anche nei pressi dei veicoli in riparazione. Io non l'ho mai vista, un'officina cosí. Nemmeno in Piemonte.

– Abbia pazienza, Martini, non nutra pregiudizi. Mi creda, non c'è nulla che induca all'errore di valutazione quanto affidarsi agli stereotipi. Da quando sono qui ho dovuto cambiare idea su tante di quelle cose che adesso, alla fine... a questo punto della mia esperienza, posso dire di pensarla in maniera assai diversa. Certo, può essere stato ripulito tutto dopo: ma allora perché lasciare la luce accesa e la saracinesca sollevata? Non credo sia stato l'assassino. Magari era ordinato lui, il meccanico.

A Lojacono non sfuggí l'esitazione, e un velo gli calò dagli occhi fornendogli la spiegazione a un sacco di dettagli della loro relazione che gli erano sfuggiti. Pensò con amarezza a quanto poco poliziotto fosse nella vita privata. Il contrario della deformazione professionale, a suo personale svantaggio.

Evitando l'ispettore, Piras si avvicinò al cadavere sul quale era chino Di Muzio, il medico legale dal ventre già prominente malgrado l'ancora giovane età.

– Allora, dottore? Ci può dire qualcosa?

L'uomo grugní.

– Immagino di dovermi risparmiare la solita manfrina sull'opportunità di aspettare l'autopsia, l'analisi chimica del contenuto degli organi interni, l'esame dei reperti, eccetera. No, dottore'?

– In effetti, se si potesse...

Di Muzio rimase accovacciato.

– E dunque, pensando com'è mio costume ad alta voce, dirò che quest'uomo ha tra i cinquantacinque e i sessant'anni molto ben portati. Che pur lavandosi ossessivamente le mani, come è evidente dalla carnagione, fa il meccanico ed è destrimano, e ciò risulta dai calli derivanti dall'utilizzo degli utensili e dai depositi di grasso sotto le unghie: che peraltro sono sane, segno che non ha avuto colluttazioni. Un inizio di artrosi, ma su questo sarò piú preciso nel rapporto.

Laura spostò il peso da un piede all'altro, inquieta.

– Bene, Sherlock Holmes. Ma su morte, causa, orario ha niente da aggiungere?

Il dottore si sollevò a fatica, sbuffando.

– A quarant'anni mi sento già vecchio per questo mestiere... Frattura dell'occipite con fuoriuscita di materia cerebrale. Due colpi sicuro, forse di piú, devo verificare. Il corpo contundente doveva essere pesante, ma non vedo tracce di materiali. Nessun altro segno a un primo, veloce esame, né lividi né escoriazioni, almeno non recenti. Per l'orario, be', senza dubbio piú di dieci ore fa. Ieri sera sul tardi, forse mezzanotte.

Laura lo squadrò, critica.

– Vecchio? Piú che l'età, direi che sono le fritture, dottore. L'occhio però resta notevole, come i pensieri a voce alta. Aspetto il rapporto. Con la solita intesa che...

– Certo, certo: che se risulta qualcosa di utile a cambiare il quadro generale, la chiamo al telefono. E comunque, sappia che io non sono grasso ma robusto. Per la precisione.

Fece un cenno agli uomini della mortuaria perché rimuovessero il cadavere, e se ne andò asciugandosi il sudore dalla fronte.

Piras si guardò di nuovo attorno.

– Un'officina particolare. Tutto molto nuovo, non solo pulito: dobbiamo informarci sull'apertura o sulla ristrutturazione. E questa macchina, la moto in riparazione: roba d'epoca, doveva essere uno specialista.

Elsa confermò.

– Sí, cosí risulta anche da quello che ci ha detto Maltese, il cliente che ha trovato il corpo. Pare fosse uno famoso nel settore. Le dirò che i toni erano di pura venerazione, è un collezionista innamorato. Abbiamo attivato il commissariato, Ottavia Calabrese è già partita con le ricerche. Nel pomeriggio ne sapremo di piú.

La magistrata fece una smorfia.

– Pazzia, amore e interesse. Troppa roba, per trovare il motivo di una cosa cosí. E quanto mi dà fastidio non avere niente in mano.

– Be', proprio niente no.

La voce di Lojacono giunse alle loro spalle. Le donne si girarono, sorprese. L'ispettore era fermo, le mani in tasca, nei pressi del bancone ordinatissimo, sovrastato dagli attrezzi esposti come in un negozio di ferramenta. Proseguí, squadrando la parete.

– Abbiamo l'arma del delitto, mi sa. E forse anche il movente, o almeno qualcosa che lo riguarda.

Le due attraversarono l'officina per giungere nei pressi di Lojacono. Il quale però taceva, con la solita espressione indecifrabile.

Piras si spazientí.

– Ci vuole mettere a parte delle sue deduzioni, Lojacono? O ci lascia cosí, in attesa?

Il viso dell'uomo fu percorso dall'ombra di un sorriso, ma cosí rapida che instillò in entrambe il dubbio di essersi sbagliate.

– Attendevo il permesso di parlare, dottoressa. La chiave inglese. Osservate bene, perché la parete ha lo stesso colore. Sembra vernice, ma dubito proprio che lo sia.

Laura ed Elsa si avvicinarono, fissando l'attrezzo. La parte piú grossa era insanguinata.

La vicecommissaria sussurrò:

– Ecco con che cosa l'hanno ammazzato. Incredibile che...

La magistrata concluse:

– Che l'abbiano rimessa a posto. Invece di farla sparire, invece di gettarla nel primo tombino –. Chiamò con un gesto l'ufficiale della scientifica, per far fare subito le rilevazioni. Poi disse a Lojacono: – Ha parlato del movente. Che voleva dire?

C'era una vena di durezza nel tono, che non sfuggí all'ispettore. Non ne fu sorpreso, ma rattristato. Tutto quadrava, purtroppo.

– È soltanto un'impressione, ma guardi il secondo cassetto, l'unico semiaperto.

Nella parte inferiore del banco c'erano tre cassetti. Il secondo, in effetti, era aperto a metà. Conteneva penne, matite, fogli di carta, un blocchetto di fatture e una cassettina in metallo. Piras si infilò i guanti in lattice che le passò un'agente della scientifica, poi sollevò il coperchio della cassetta.

All'interno c'erano circa cinquecento euro in banconote e un foglio di carta.

La magistrata lo aprí, in modo che anche i due poliziotti potessero leggerlo. Era una distinta di prelevamento presso un'agenzia bancaria, datata il giorno prima, lunedí 19 settembre.

Per la somma di trentamila euro.

Di cui nella cassetta né da nessun'altra parte c'era traccia.

VI.

La sala d'aspetto dello studio polispecialistico era piena, il che rendeva difficile quantificare l'attesa per il proprio turno di visita. Quattro medici ricevevano a ciclo continuo, mentre un arcigno donnone in camice e copricapo da infermiera, assiso dietro un vetro con l'aria di prendere delle ordinazioni, scoraggiava dal domandare a che punto si fosse.

Un paio di bambini correva per la sala, nell'indifferenza delle madri impegnate in tetre conversazioni sul crescente costo della frutta. Qualche anziano sfogliava riviste concentrandosi sulla vita dei Vip, nella serenità derivante dal non aver niente di meglio da fare. Alcuni uomini, invece, consultavano spesso gli orologi, manifestando insofferenza e preoccupazione per il ritardo accumulato.

Le infermiere si avvicendavano nel far capolino dalle porte dei quattro studi per invitare i nuovi pazienti ad accomodarsi, e tutti fissavano con astio chi usciva incolpandolo di essersi trattenuto ben oltre il necessario, nel malevolo intento di causare disagio ai tanti malati che facevano anticamera.

Si affacciò l'infermiera dell'otorino, una bella ragazza dai capelli neri e gli occhi grandi, con un nasino all'insú che la faceva apparire molto giovane. Accompagnò dal donnone una signora anziana, che le rivolse un gran sorriso prima di scoprire l'entità della parcella; ma quello era un altro affare rispetto alle competenze dell'infermiera, che chiese al paziente successivo di farsi avanti.

Come animato da una molla, un uomo magro di mezza età si alzò di scatto. Capelli radi e abbronzatura notevole, sedeva tra una signora dall'aria mite e una bambina di sette o otto anni che teneva il capo chino e una mano sull'orecchio destro.

– Eccoci, eccoci, siamo noi, cioè, la bambina. È per il dottor Franzese, giusto? L'otorino... Eccoci.

Il donnone arcigno, con ogni probabilità solo un mezzobusto giacché nessuno ricordava di averla mai vista a corpo intero, grugní.

– Senta, si dia una calmata, prima controlliamo. Lei chi è, come si chiama?

– Pellettieri, avvocato Pellettieri. Le dico che tocca a noi, ho studiato l'ordine degli arrivi e...

Con feroce soddisfazione, dopo aver consultato la lista, il donnone disse:

– Non c'è nessun Pellettieri.

L'avvocato sbatté le palpebre.

– Ah, allora ci dev'essere il cognome della mia compagna, giusto: D'Oriano, Rossella D'Oriano. Controlli pure.

– Nemmeno D'Oriano. Non c'è nessuna prenotazione, e se non c'è la prenotazione non...

La platea dei pazienti si godeva lo spettacolo, girando le teste dall'uno all'altra come in un match di tennis al Foro Italico. Il tizio degluti e si giocò l'ultima carta.

– Allora Minale, il cognome della bambina! Dev'esserci per forza, ho fatto chiamare dalla mia segretaria e se ha sbagliato mi sentirà, maledizione!

La donna indurí la già rigida mandibola e, dopo aver rivolto all'uomo uno sguardo carico di disgusto, tornò a concentrarsi sulla lista. Il pubblico, tacitato dall'interessante battibecco, attese trepidante il responso tifando per il donnone odiato fino a un minuto prima.

Alla fine, non celando il disappunto, la donna disse:
– Ah, sí, eccola qua, Minale Marida. Vabbe', però scusate, tre persone e tre nomi diversi. Come si fa a capire che si tratta di una famiglia sola? Non lo sapevate nemmeno voi, a che nome avevate prenotato!
L'uomo la fissò, inviperito.
– Questi, signora, non sono fatti che la riguardano, capito? Vieni, Rosse', andiamo con la signorina.
L'infermiera, che aveva seguito la scena senza tradire particolari entusiasmi, accompagnò il terzetto alla porta in fondo al corridoio. Rilevò con tristezza, da figlia di genitori separati, l'atteggiamento passivo e malinconico della bambina, la quale, trascinata dalla madre lungo il breve tragitto, non aveva tolto la mano dall'orecchio né sollevato gli occhi da terra.
Il famoso dottor Franzese era anziano e gentile. Aveva l'aria di uno che aveva visto tutto e il suo contrario. Da un paio d'anni in pensione dall'attività ospedaliera, aveva scoperto il fantastico mondo della sanità privata: non si procedeva a mille all'ora, non si correva il rischio di vedersi fare causa da pazienti o da loro famigliari, non si dovevano gestire risorse tendenti al dolce far niente e con eccessive pretese sindacali; in aggiunta, si guadagnava molto di piú e si potevano programmare vacanze in barca, delegando la gestione ordinaria ai colleghi piú giovani.
Esortò la coppia ad accomodarsi. L'avvocato Pellettieri lanciò una fuggevole ma significativa occhiata all'orologio, e il medico, abituato all'interpretazione dei segni, capí che una certa velocità nella visita non sarebbe stata sgradita al cliente e avrebbe pure aiutato a smaltire le persone in attesa. Quella sera aveva gente a cena, e ambiva a rientrare presto.
I due adulti sedettero, mentre la piccola rimase in piedi dietro di loro. L'infermiera le si avvicinò, sussurrandole che

poteva sedersi anche lei; la bambina non le rispose, come non avesse sentito affatto.

Allora, mentre la madre, su indicazione del compagno, parlava del perdurante dolore all'orecchio della figlia, l'infermiera cambiò lato e ripeté l'invito a sedersi nell'orecchio che Marida non copriva. La bambina si girò subito dalla sua parte, le fece un sorriso e si sistemò sulla terza sedia.

Il dottore chiese alla madre se la piccola avesse subito traumi, colpi, oppure se fosse stata esposta a un violento rumore improvviso: la donna negò con fermezza. Con troppa fermezza, sembrò all'infermiera. Il medico prese nota, poi domandò se avevano rilevato fenomeni particolari, come secrezioni sul cuscino; dopo una breve esitazione, la madre disse che sí, in effetti sul cuscino della bambina aveva trovato qualcosa che credeva fosse muco. Marida aveva un raffreddore abbastanza forte, dal quale stava uscendo a fatica.

L'infermiera non staccava lo sguardo dalla bambina, che stava ferma come un manichino. A un certo punto Marida allontanò la mano dall'orecchio per grattarsi un ginocchio, e la ragazza si accorse che sulla punta dell'indice c'era una crosta di sangue rappreso.

Il dottore aveva ormai completato la scheda, annuendo come di prammatica per dare l'idea che si trattava di conferme di quello che lui, scafato diagnosta, aveva compreso sin dal primo sguardo. Prese l'otoscopio e si avvicinò a Marida.

La piccola si irrigidí, e scoppiò in un pianto dirotto. La madre tentò di calmarla, ma lei si divincolò rintanandosi in un angolo. L'avvocato sospirò e guardò di nuovo l'orologio, mentre la compagna gli rivolgeva occhiate mortificate.

Il dottore tornò a sedersi, mormorando parole tranquillizzanti alla bambina e riponendo lo strumento.

– Non importa, quello che mi avete detto è piú che sufficiente. Si tratta di un'otite catarrale, niente di grave.

L'avvocato s'illuminò.

– Davvero, dottore? Non ci dobbiamo preoccupare?

– No, no, state senza pensiero. Ne ho viste migliaia, nella mia carriera. Vi prescrivo una terapia antibiotica e cortisonica, vi raccomando solo di non far entrare acqua o altro nell'orecchio. La rivediamo per un controllo, però. Adesso la nostra Nadia vi prende un bell'appuntamento, cosí capiamo gli effetti della cura, va bene?

La madre si accostò a Marida, con un sussurro di conforto. L'avvocato chiese:

– Ma siamo sicuri che la visita che stava provando a fare non sia necessaria, dottore? Se crede, posso imporre alla bambina di…

– No, no, si immagini, il quadro è chiarissimo. State tranquilli. Nadia, prendi l'appuntamento per i signori e fai passare il prossimo, stasera forse ci sbrighiamo un po' prima.

Nell'accompagnare i tre alla porta e vedendoli di spalle, l'infermiera si accorse che sulla base del collo di Marida, libera dai capelli spostati su un lato, c'era un livido bluastro.

Pur agghiacciata, non ne fu sorpresa.

VII.

Approfittando del fatto che Elsa stava concordando coi responsabili della scientifica i tempi di trasmissione dei rapporti, Lojacono fermò Laura Piras mentre, di fretta e a testa bassa, si avviava verso l'auto.

La prima fase della procedura era stata completata, ma l'uso che si era andato consolidando prevedeva una breve conversazione sul posto, per scambiarsi qualche impressione sul caso. Al di là della relazione sentimentale, il rapporto fra l'ispettore e la magistrata era stato fin dall'inizio di assoluta fiducia nella reciproca capacità di analisi; su quello si era fondata una serie di successi che aveva comportato prima la riabilitazione di Lojacono e il suo ritorno alla piena operatività, poi l'esistenza dello stesso commissariato di Pizzofalcone, altrimenti destinato alla chiusura.

Era stata Laura a intuire che i cosiddetti Bastardi, nomea ereditata da una precedente squadra di agenti corrotti, erano da coltivare e non da gettare via. Era stata Laura a battersi per dare una chance a quel gruppo raccogliticcio di reietti provenienti da vari commissariati, in apparenza incompatibili fra loro. Ed era stata sempre Laura a far capire a Lojacono che la sua vita sentimentale non era finita; ma che anzi poteva avere una nuova prospettiva, al contrario di quanto la traumatica fine del suo matrimonio gli aveva lasciato credere.

Tutto questo era innegabile: ma dieci giorni di appuntamenti rimandati, di impegni anteposti e di rassicurazioni che appena possibile lei lo avrebbe richiamato erano troppi anche per un uomo discreto come Lojacono. E se un omicidio poteva essere l'occasione per un chiarimento, be', anche l'omicidio andava bene.

– Scusami, Laura. Non credi che dovresti dirmi qualcosa?

La donna sibilò.

– Non capisco a che ti riferisci, e comunque non è certo questo il luogo per…

– Non è che abbia avuto molte opportunità di parlarti, negli ultimi tempi. E non è che non ci abbia provato, me ne devi dare atto. Perciò, se devi dirmi qualcosa, dimmelo e me ne torno al lavoro.

Lei sospirò, sconfitta.

– Dài. Comincia con le recriminazioni. Sono abituata.

– No, no, figurati, nessuna recriminazione. È che io sono una persona ordinata e precisa, come sai, e pure sincera. Per cui, se qualcosa che ci riguarda è cambiato, lo vorrei sapere. Tutto qui.

– Senti, sapevamo entrambi sin dall'inizio che la nostra sarebbe stata una storia complicata. Lavoriamo insieme, e succede fin troppo spesso di incrociarci. Io sono una magistrata, maledizione, e non posso certo far vedere in pubblico che…

Sembrò annaspare alla ricerca delle parole giuste. Lojacono le venne in aiuto.

– Che hai una relazione con un semplice ispettore di polizia? Che una sostituta procuratrice in carriera, una definita «la leonessa della procura», una magistrata desiderata e corteggiata da ogni collega possa essere vista al ristorante con un lercio poliziotto, peraltro uno dei famigerati Bastardi di Pizzofalcone? È questo che vuoi dire?

Laura scattò.

– Ti ricordo che non ho avuto paura di metterci la faccia, quando vi volevano chiudere! Anzi, se lo vuoi sapere, c'è un sacco di gente nelle alte sfere che ha digerito non male, ma malissimo lo smacco, e se potrà crearvi ostacoli lo farà volentieri.

– Non sarò un brillante magistrato antimafia, e ogni riferimento a persone esistenti è puramente voluto, ma ammetterai che sono un buon poliziotto. E sia il tuo accenno di prima a Martini circa l'esperienza che *hai fatto* qui, sia questo avvertimento, mi lasciano perplesso. Cosa stai cercando di dirmi in realtà? Vorrei che parlassi chiaro, e non per sottintesi.

– E ti sembra questo il momento? Non ti pare di essere inopportuno, con le rivendicazioni sindacali?

– Non c'è niente di piú triste di chi attacca per difendersi. È la prima regola, mentre si interroga un testimone. Facilissima da smascherare, peraltro. Non posso credere che tu lo stia facendo sul serio.

La donna sussultò, quasi fosse stata schiaffeggiata.

– Giuseppe, ascolta. Non ci siamo mai nascosti che sia difficile serbare questo rapporto nella nostra condizione. E tu hai sempre convenuto che sia meglio per tutti e due mantenere i nostri incontri riservati, non solo per il lavoro ma anche per ragioni di opportunità. Ciò non leva nulla a quello che c'è tra noi.

Lojacono reagí con una mezza smorfia.

– Ah, addirittura mi chiami per nome… Il fatto allora è grave. Sai invece cosa penso? Che questo levi molto a quello che c'è tra noi. Perché è vero che eravamo d'accordo sull'essere riservati, ma io intendevo per una prima fase, in via provvisoria. E capisco sempre di meno, a essere sincero, per quale motivo questa prima fase si sia prolungata cosí tanto. E perché sia diventato difficile anche solo parlarsi al telefono.

– Se non sei in grado di comprendere quando una è impegnata in un certo tipo di inchiesta e non riesce a...

Stavolta fu lui a interrompere, e la voce era tagliente come una lama.

– Io non ho piú quindici anni, dottoressa Piras. E nemmeno tu. Quindi, per favore, non prendermi per il culo, e se vuoi farmi rapporto per essermi rivolto a te in questo modo, fa' pure: nella mia vita professionale, che esiste benché tu finga di dimenticarla a confronto con il tuo augusto percorso, non ho mai anteposto la convenienza all'etica.

– Che vuoi dire? Non capisco.

– Voglio dire che potrai essere la magistrata piú importante del mondo, e potrai avere per le mani l'inchiesta piú strategica della storia della lotta al crimine, ma non pensare mai di essere abbastanza intelligente da prendere in giro un poliziotto siciliano. E che sei una grossa delusione, dottoressa.

– Senti, io non ti consento di...

L'ispettore ridacchiò, beffardo.

– Ecco, ora sí che ti riconosco. Tu consenti, tu non consenti. Hai consentito che ti stringessi fra le braccia, non hai consentito che ti ritenessi la mia donna. Hai consentito che esprimessi il talento che ho per il mio mestiere, non hai consentito che qualcuno dei tuoi colleghi pensasse che nutri per me qualcosa di diverso dalla stima professionale. Hai consentito che Pizzofalcone restasse aperto, non hai consentito che qualcuno potesse immaginare che fosse per motivi diversi dal tuo meraviglioso intuito.

Piras non seppe ribattere, gli occhi pieni di rabbia e frustrazione. Lojacono continuò.

– Sei stata un angelo, dottoressa Piras. Hai salvato dalla dannazione professionale ragazzi in gamba, che tanto ancora avevano da dare, e innanzitutto me, che ero stato marchiato di un'infamia che mai avrei commesso. Sei stata un angelo e te lo riconoscerò sempre. Ma credo di aver diritto lo stesso, per il bene che ci siamo voluti, a un minimo di sincerità.

La donna balbettò.

– Io… io non ti ho mai mentito, io…

Lojacono annuí, triste.

– Anche tacere, certe volte, è una menzogna. Dovresti saperlo. Buona giornata, dottoressa. Se vengono fuori elementi nuovi ti facciamo sapere.

Si voltò e tornò sulla scena dell'omicidio.

Lasciandola lí, col cuore spezzato.

VIII.

Giorgio Pisanelli afferrò la pentola per i manici, la sollevò dal fuoco e si avviò al lavello dove aveva collocato lo scolapasta. Con la punta della lingua fuori dalle labbra in segno di massima concentrazione, appoggiò il recipiente caldissimo sul bordo in acciaio.

Lanciò un'occhiata all'orologio sulla parete e contò alla rovescia: quattro, tre, due, uno. Non aveva finito di recitare l'ultimo numero che si udí la porta d'ingresso sbattere contro lo stipite, poi una voce allegra.

– Ciao, amore, sono a casa!

Il vicecommissario in pensione alzò gli occhi al cielo, dedicando a san Gennaro l'ennesimo atto di pazienza e contrizione. Inclinò la pentola e lasciò che l'acqua bollente defluisse insieme alle mezzemaniche rigate nell'utensile traforato sottostante.

Poi contò di nuovo, stavolta in avanti: uno, due e tre. Al termine del breve conteggio la porta tornò a sbattere, ma in chiusura, e il fragore fu seguito dal tintinnio di un oggetto metallico che impattava sul pavimento. Il santo patrono fu chiamato ancora in causa da Pisanelli, anche se adesso in maniera meno benevola.

La voce nel corridoio prese a lagnarsi.

– Io non capisco questa ostinazione ad attaccare il portachiavi al battente, che quando uno lo richiude si stacca ogni volta... E vabbe', rimettiamolo a posto. Uff...

Pisanelli emanò un lungo sospiro, domandandosi per quale motivo la pistola d'ordinanza andasse restituita alla fine del servizio.

L'agente scelto Marco Aragona fece ingresso in cucina, fregandosi le mani ed esibendo il suo miglior sorriso sotto le lenti azzurrate.

– Oh, giusto in tempo, eh? Due cuori in perfetta sincronia tu e io, Pisane'. E pensare che avrei potuto trattenermi in ufficio, poco ci è mancato e avresti dovuto pranzare da solo, ci pensi?

– Eh, non sia mai, ci sarei rimasto malissimo. Vatti a lavare le mani, Arago', ché la pasta ci mette un secondo a farsi una schifezza.

Marco annusò l'aria, come un terrier a una battuta di caccia.

– In effetti l'altro giorno un pelino scotta era, ti devo dire la verità. Non all'altezza degli standard che uno si aspetta. Certo, sempre buonina, per carità, ma...

Pisanelli lo guardò storto.

– Ti riferisci a quando mi sono alzato da tavola per andare un attimo in bagno e ho trovato il piatto mio vuoto?

– Che significa, uno deve dare comunque soddisfazione al cuoco! E poi mi credevo che avevi finito, mica potevo sapere che alla tua veneranda età la prostata ha ragioni che lo stomaco non può capire. Un minuto e arrivo, tranquillo.

Sto tranquillo, disse tra sé Giorgio. Tranquillissimo. Dannazione.

Poco dopo, masticando come suo costume da entrambi i lati e sputacchiando salsa dovunque, Aragona chiese sollecito:

– Allora, come stai? Hai fatto le cose che fate voi anziani, tipo andare a vedere cantieri o molestare bambine ai giardinetti?

– Primo, io non sono anziano ma in pensione, sono due cose distinte e separate. Secondo, mai molestato nessuno in vita mia, e non ti permettere neanche di pensarlo. Terzo: io ho un sacco di interessi e di cose da fare, quindi non vado a vedere i cantieri!

Aragona riuscí nella difficile impresa di sorridere senza smettere di abboffarsi.

– Si dice per dire, anche perché qua nei cantieri non ci lavora nessuno, ci sta poco da guardare. Insomma, che hai fatto di bello fra una pisciatina e l'altra?

Pisanelli contò di nuovo, stavolta per non rispondere a tono.

– Sono stato al museo del presepe, a San Martino. Volevo capire se, fra le tante statuine, c'era l'ospite indesiderato. Sono rappresentate un po' tutte le attività, magari c'era pure quella.

Aragona, che si stava dedicando agli involtini di carne, reagí con educato disinteresse.

– Ah, sí, eh? Interessante, un museo. E d'altra parte fra reperti antichi vi ritrovate, no? Sono contento, fortuna che hai fatto in tempo a tornare per dedicarti al pranzo, lo sai che in meno di un'ora devo essere di nuovo in ufficio, chissà che combinano quei disgraziati senza di me.

– Eh, lo capisco, è dura essere indispensabili, in effetti. È per questo che non hai fatto ferie quest'estate, allietandomi senza interruzioni con la tua compagnia, vero?

– Anche, sí. Diciamo che andare nella casa di famiglia in Irpinia non è il massimo del divertimento per un giovane esuberante come il sottoscritto. Pure se devo dire che a Sant'Andrea di Conza, dove stiamo noi, le cose sono cambiate in meglio: ci sono concerti, feste, e poi si sta freschi, non come qua che non si respira. Ma sai com'è, finché le cose con mio padre stanno cosí…

– Sí, ma le devi sistemare queste cose, Arago'. Non vale la pena di litigare, e poi tua madre ci soffre troppo e...

Il ragazzo alzò la mano, senza smettere di macinare carne con le mandibole.

– No, caro Pisanelli. Sono stato insultato e ferito nella mia dignità. Mi è stato detto che sono un mantenuto, per quelle poche migliaia di euro che la santa donna mi passava per l'albergo. Io dimostro che non ho bisogno di niente, perché, come sto facendo vedere con chiarezza, posso benissimo farne a meno. Peggio per loro.

Giorgio picchiò la mano sul tavolo, facendo tintinnare posate e bicchieri.

– E no, Arago', peggio per loro no! Tu ti devi rappacificare, cosí ritorni nel tuo hotel da quella povera Irina e ognuno di noi si riprende la sua vita!

Aragona lo guardò, tenero.

– È molto bello da parte tua, Pisane', fingere che per te sia la stessa cosa. Te ne ringrazio, sono colpito da questa generosità. Sappiamo bene entrambi che sarebbe brutto per te ricadere nella solitudine, specie adesso che, diciamoci la verità, sei vecchio e malato. Dopo aver provato una compagnia come la mia, un ragazzo allegro che ti riempie la casa e si occupa di te, farne a meno non è difficile: è impossibile. Ma tranquillo, io ho la sensibilità di rendermene conto e non ti abbandono.

– No, eh?

– No, no. Non devi dirmi nulla, Pisane'. Me ne accorgo da solo. E in ogni caso non tornerei mai in quell'hotel, Irina ha rivelato di essere attaccata non all'uomo, che pure merita tutto l'amore e tutta la devozione possibili, ma alla condizione socioeconomica. Lo immaginavo, questi immigrati dovrebbero essere ricacciati in mare, io l'ho sempre sostenuto, ma è una delusione comunque.

– Guarda che dal Montenegro non si viene per mare, Arago', al limite in autobus.

Il giovane fece spallucce, addentando una mela.

– Quello che è. E però credimi, per me non esiste piú. Il mondo, del resto, se ne cade di femmine, come si usa dire. A questo proposito, Pisane', ti volevo chiedere: ma l'infermiera che ti assiste in questa fase terminale della tua malattia, come si chiama... Nadia... sbaglio o non viene piú tanto spesso?

Pisanelli si grattò il cavallo dei pantaloni.

– Ma quale fase terminale, sei scemo? Io sto benissimo, l'intervento è andato magnificamente e non ho bisogno di assistenza, Nadia è rimasta mia amica e mi fa visita per puro interesse personale.

Aragona sembrò meravigliato.

– Interesse personale? E quale interesse dovrebbe avere una donna giovane e carina a fare visita a una mummia come te? Forse l'interesse è un altro. Magari le fa piacere incontrare qualcuno, molto piú vicino alla sua età e molto affascinante, che transitoriamente abita qui. Non ci hai pensato?

Tutto in Pisanelli esprimeva ribrezzo.

– Di quello che hai detto, Arago', mi piace solo una parola: transitoriamente. E vorrei che ci soffermassimo un attimo su questo concetto, perché...

Il giovane si alzò di scatto.

– Uh, madonna, si è fatto tardissimo. Peccato, Pisane', avrei ascoltato volentieri la narrazione dei tuoi acciacchi e l'appassionante evoluzione della tua attività urinaria. Ma devo andare, perché subito prima della pausa hanno chiamato per un morto. Sono andati quei casinisti di Lojacono e Martini, vediamo che hanno combinato. Certo, senza offesa, Martini è un salto di qualità rispetto a te, eh, Pisane': ma che vuoi, ci si affeziona anche a un vecchio scarpone e noi a te eravamo affezionati. Siamo rimasti malissimo, quando sei stato collocato a riposo per forza.

Il vicecommissario in pensione si era fatto paonazzo.

– Ma come sarebbe, ci si affeziona pure a un vecchio scarpone? Guarda che non sono stato affatto collocato a riposo per forza, me ne sono andato io!

– Sí, sí, lo so, dicono tutti cosí e glielo si lascia credere. È pure giusto, perché mortificare i vecchietti? Mi dispiace per il caffè, Pisane', devo proprio scappare. Anche perché diciamocelo, non è proprio il tuo forte, me lo prendo al bar. Se dovesse venire cosa, lí, Nadia, dille che deve tornare la sera dopo le otto, se no non mi trova. Meglio essere chiari. Lo dico per te, se no continua a utilizzarti come pretesto per vedermi e non è bello. Ciao ciao!

La porta sbatté, e il portachiavi precipitò al suolo.

Di nuovo.

IX.

Nell'attesa che tutti si presentassero alla riunione convocata con urgenza in sala agenti, Ottavia Calabrese non riusciva a distogliere l'attenzione dalle mani di Palma.

Sospettava che stesse diventando una malattia.

Aveva ormai superato i quarant'anni, era sposata da un pezzo e poliziotta da un altro pezzo. Ne aveva viste di tutti i colori, nella professione e nel privato. Non aveva limitazioni di natura religiosa, aveva ricevuto un'educazione borghese ma laica; era convinta di essere immersa nel proprio tempo, curiosa com'era e di carattere aperto, anche se non particolarmente estroverso.

Si riteneva sentimentale, ma non all'eccesso. Partecipe delle situazioni altrui, sensibile alle condizioni di svantaggio, soprattutto da quando era nato Riccardo, ma non proprio romantica. Non era una che piangeva davanti a un film, insomma: si reputava una donna pratica, in grado di affrontare la vita per quello che era.

E avrebbe detto di sé, prima di quell'ultimo periodo della sua esistenza, di essere disinibita. Non aveva chiuso porte né posto limiti al marito, nel rapporto coniugale; e immaginava di conoscere il piacere che veniva dal sesso, e di esserne alla fin fine soddisfatta. Colleghe e amiche si lamentavano di intervalli troppo lunghi o della ripetitività delle relazioni, mentre Ottavia si sentiva addirittura fortunata.

Poi aveva fatto l'amore con lui.

E aveva capito di essere ancora vergine, di non conoscere la propria pelle, di non aver mai compreso l'incanto di leggere negli occhi di un uomo la follia del godimento assoluto.

E poi c'erano quelle mani.

Era ossessionata dalle dita, dai polpastrelli, dalle nocche, persino dalla peluria sul dorso. Ricordava ogni dettaglio del piacere infinito che erano in grado di darle. L'immaginazione continuava a rimandarle fotogrammi del suo stare insieme con Palma, come un'esibizione in un museo della memoria.

Forse stava per impazzire.

Si riscosse, rendendosi conto che tutti stavano aspettando lei. Riportò a stento la concentrazione sul monitor, tossí.

– Sí, dunque, scusatemi, ero distratta. Iaccarino Ferdinando, noto come Nando, cinquantanove anni compiuti a luglio scorso, vedovo, una figlia ventottenne, Giulia, che vive e lavora a Milano. L'officina è aperta da tre anni, una ditta individuale, i locali sono in affitto e appartengono a un ente pubblico. Ho dato un'occhiata al fatturato, niente di trascendentale ma lavora. O meglio, lavorava. La parte piú interessante, però, viene dai social.

Elsa Martini chiese:

– Perché, era attivo nei contatti?

– No, no, anzi, lui non c'era proprio, nemmeno con un profilo dell'officina, un dinosauro, niente sito, niente di niente. Ma se ne parla, e tanto, sulle pagine degli appassionati e dei collezionisti di veicoli d'epoca. Pare che fabbricasse da sé addirittura le parti di ricambio che non si trovano sul mercato.

Aragona, i piedi sulla scrivania e una mano a grattarsi la pancia, considerò:

– Bah, questo fatto dei collezionisti secondo me va approfondito. Sono malati di mente, vivono di fissazioni, e un malato di mente prima o poi qualche fesseria la fa. Per esempio, questo tizio, il cardiochirurgo che sembra il generale Custer, magari l'ha ammazzato perché gli rifiutava la riparazione. Che ne possiamo sapere?

Palma lo fissò disgustato.

– Arago', stai composto e tira giú quei piedi dalla scrivania. Ma un po' di rispetto non te l'ha insegnato nessuno, dico io?

L'agente ritirò le gambe di scatto.

– Scusa, capo, ma in ogni serie televisiva quello piú intelligente tiene i piedi sulla scrivania. Mi sono uniformato, tutto qui.

Francesco Romano, nell'ombra in un angolo, ridacchiò.

– Se il piú intelligente tiene i piedi in mostra, tu te li dovresti proprio tagliare, Arago'. Ottavia, una curiosità: ma se questo teneva cinquantanove anni e l'officina esiste da tre, essendo lui cosí bravo, dove lavorava prima?

– Bravo, France'. Proprio quello che mi sono chiesta io, in effetti. Ho fatto una ricerca sul sito della previdenza sociale per vedere la situazione contributiva, e ho visto che da quando aveva diciassette anni a quando ne ha compiuti cinquantasei e si è aperto l'officina, a versare il dovuto sulla posizione è stata la famiglia Alagna di Roccaforte. Lavorava per loro, non so, forse faceva il meccanico.

Alex domandò:

– E chi sarebbero, questi?

Ottavia si strinse nelle spalle.

– Boh, non ho ancora approfondito. C'è un indirizzo, una villa di Posillipo, ma mi riservo di informarvi dopo.

Lojacono disse:

– C'è la questione della distinta di prelevamento della banca, quella che era nella cassetta. Abbiamo notizie?

Ottavia sorrise.

– Qualcuna delle amicizie di Pisanelli ci è rimasta, a coltivarla un po'. Ho chiamato il direttore dell'agenzia, che in passato ci ha aiutato e ha sempre apprezzato la nostra riservatezza. Ci aspetta quando vogliamo: al telefono non ha voluto dirmi niente.

Palma era pensoso. In realtà stava riflettendo che quel sorriso gli ricordava quello di un angelo sceso in terra.

– Per favore, Martini: ricapitoliamo le evidenze della scena del delitto, cosí siamo tutti aggiornati.

La vicecommissaria, seduta come sempre sul bordo della scrivania, annuí e prese un foglietto con degli appunti.

– Il medico pensa che l'omicidio sia avvenuto tra le ventidue e la mezzanotte. Non ci sono segni di lotta, nessuno ha sentito niente e la zona è tranquilla, ci abitano molte persone; con questo caldo e le finestre aperte, anche una discussione ad alta voce, a quell'ora, non sarebbe passata inosservata.

Lojacono intervenne:

– Sí, capo, non ci sono dubbi. Abbiamo parlato con gli abitanti di tre condomini, quello dell'officina e i due di fianco. Tutti caduti dalle nuvole.

Martini riprese:

– La posizione del cadavere, al di là delle fotografie e dei rilievi, a noi racconta parecchio. Nel senso che dava le spalle all'assassino e stava andando verso la parte sinistra dell'officina, con calma. Secondo noi, aveva concluso la conversazione.

Aragona disse:

– Be', magari non l'ha sentito entrare e stava solo girato da quella parte.

Lojacono fece una smorfia:

– No, questo è difficile. Era tardi, non c'erano rumori e la saracinesca era quasi del tutto abbassata, ho verificato, fa rumore. Certo, c'è la possibilità che l'assassino si sia nascosto e abbia aspettato il momento giusto, ma mi sembra strano che abbia poi percorso quei sei o sette metri e abbia colpito senza farsi sentire. Secondo me, e Martini è d'accordo, avevano finito di parlare, Iaccarino si è girato e l'assassino lo ha preso alle spalle.

Palma si inserí.

– Ecco, lo ha colpito con la chiave inglese, vero? E poi l'ha rimessa a posto. Perché?

Elsa rispose:

– Questa è la domanda, capo. La vera stranezza della faccenda, la cosa piú curiosa. Perché rimettere a posto la chiave? Perdendo tempo prezioso, lasciando comunque una traccia, magari delle impronte, anche se la scientifica mi diceva che sembra essere stata ripulita dal lato impugnato.

Lojacono confermò:

– Era tutto ordinato, perfetto, come fosse stato fatto con una calma assoluta.

Alex commentò:

– Ma c'è la questione dei soldi, no? Se davvero ha prelevato trentamila euro in mattinata... Magari è una rapina finita male, mica sarebbe la prima volta.

Palma storse la bocca.

– Senza forzare niente? Senza lasciare tracce?

Lojacono annuí.

– Sí. La cassetta in metallo che conteneva la distinta non è stata forzata. E c'erano ancora delle banconote, perché un rapinatore avrebbe dovuto lasciarle?

Romano disse, pensoso:

– Magari ha aperto sotto minaccia, e ha dato i soldi senza che il rapinatore vedesse quello che c'era nella cassetta...

Aragona sbuffò.

– Sotto minaccia di una chiave inglese? E se il rapinatore aveva un'arma, perché non ha utilizzato quella?

Palma tagliò corto.

– Vabbe', inutile stare qui a elucubrare, abbiamo ancora troppo poco. Organizziamoci, invece. Ottavia, prendi un appuntamento con i precedenti datori di lavoro, vediamo se erano ancora in contatto con lui e sanno qualcosa, ci vanno Martini e Lojacono. Alex e Romano, voi invece andate in banca a parlare col direttore: mi raccomando, discrezione e attenzione, se si chiude a riccio poi abbiamo bisogno di un mandato e ci vuole tempo.

Aragona si lamentò.

– Capo, e io?

– Tu mi servi a mandare avanti la baracca, Arago'. Sei l'unico indispensabile qui dentro, lo sai.

L'agente scelto fu il solo a non cogliere l'ironia, e allargò le braccia con nobile sconforto.

Palma riprese:

– Ad avvertire la figlia ci pensi tu, Otta'? Mi fai questa cortesia, sí?

Lo disse allungando la mano verso di lei, e a Ottavia mancò un battito e sorrise.

Quella mano, pensò lei.

Quel sorriso, pensò lui.

x.

La banca avrebbe riaperto di lí a un'ora. Alex e Romano si diedero appuntamento sul posto, entrambi sollevati dall'inattesa finestra di tempo a disposizione.

La ragazza si fiondò verso casa, ansiosa di sapere se Rosaria avesse bisogno di qualcosa, incline com'era a fare da sola a dispetto della propria condizione. Romano invece salí in macchina e, lanciando frequenti occhiate all'orologio, puntò verso la periferia est smuovendo col clacson il sonnacchioso traffico pomeridiano.

Quindici minuti per un tragitto di trenta, altrettanti per tornare e venti di permanenza nel luogo dove stava andando. Poco, sempre poco. Abbastanza per un bacio, per bearsi di un profumo.

Tutto si sarebbe potuto dire di Francesco Romano, tranne che fosse un tipo romantico. Le difficoltà nel tenere sotto controllo la rabbia, gli accessi d'ira che spesso lo avevano messo nei guai ammantandolo di una fama oscura, facevano piuttosto figurare una rudezza di emozioni e sentimenti. Non a caso quel deficiente di Aragona lo chiamava Hulk, non riferendosi certo al colorito.

Non lo so se sono un romantico, rifletté guidando veloce. Di sicuro sono innamorato.

Il pensiero gli produsse una fitta allo stomaco. Non aveva un'alta opinione di sé, e d'altra parte come avrebbe potuto? Però era sempre stato fin troppo sincero, pagando a caro prezzo questa inclinazione tante di quelle volte da non averne ormai piú memoria. Adesso invece, proprio adesso che riusciva a controllare il mostro verde acquattato in fondo all'anima, si scopriva doppio e bugiardo, in grado di vivere due vite distanti fra loro come se niente fosse.

A dire il vero, le cose non stavano piú cosí da un po'. Tre settimane, per la precisione.

Con una sterzata decisa e quasi tre minuti di ulteriore anticipo rispetto all'ipotesi preventivata, accostò al marciapiede e ringraziò il cielo che non fosse giorno di mercato, il che gli aveva consentito di trovare subito parcheggio. Chiuse l'auto col telecomando e si avviò verso un palazzo anonimo, identico agli altri della zona. Disse al citofono chi era e il portone si aprí con uno scatto.

Attraversò a passo svelto il cortile con le piante annaffiate di fresco, e fu accolto da una donna di mezz'età dall'aspetto gioviale, sul cui viso depose due baci rapidi.

– Come sta? La tosse?

La donna fece una risata rumorosa.

– France', ancora con 'sta tosse? Sono dieci giorni che è passata, sta bene! Pure troppo, secondo me, fa un casino continuo, comanda lei qua dentro. Io la preferisco con qualche linea di febbre, almeno si calma. Tu, come stai?

– Come stavo l'altro ieri, Assu', come devo stare? Lo so, ti chiedo sempre le stesse cose, e ti perseguito pure al telefono, ma sai come mi sento nei confronti di questa bambina, no?

La donna, che ondeggiava sulle grosse gambe lungo il corridoio, da sopra la spalla gli disse:

– Lo so, lo so. Ti senti responsabile. Ma non perché l'hai salvata dal cassonetto dove l'avevano buttata, è colpa tua se prende la tosse, France'. È una patologia. Fra l'altro quella è una piccola zoccoletta, lo capisce e se ne approfitta: appena te ne vai tu, vuole venire in braccio ed essere servita come una principessa. Qua abbiamo nove bambini, mica ci possiamo mettere solo appresso a lei, perciò vedi di non vezzeggiarla troppo. E siccome non sei l'unico, dillo pure alla signora che sta con lei adesso.

Romano quasi inciampò. Il cuore gli balzò in petto.

– Come sarebbe, c'è una signora con lei? È venuta... Quando è venuta?

Assunta era arrivata davanti a una porta, in fondo al corridoio. Serrò la maniglia e lo fissò, meravigliata.

– Viene quasi ogni giorno, non te l'ha detto? Credevo foste d'accordo, che vi alternaste apposta, questo non è orario tuo, in genere.

Aprí. Per quello che gli sembrò un tempo lunghissimo, Romano restò sulla soglia, desiderando quasi di fuggire. Tre settimane, rifletteva. Soltanto tre settimane, e ti potrei raccontare ogni secondo, ogni pensiero. Tre settimane che non ti vedo. Tre settimane che non respiro.

Poi fece un passo, e incrociò lo sguardo della donna che teneva in braccio la bambina.

Bellissima, la chioma castana e folta. Dolcissima, le dita affusolate che stringevano la piccola con tenerezza. Felicissima di essere lí, in simbiosi con la creatura e le guance arrossate dal girotondo che scompigliava loro i capelli e le faceva ridere.

Un'altra persona rispetto a quella che Francesco Romano aveva immaginato di vedere.

Le due Giorgia erano cosí simili che avrebbero potuto essere davvero madre e figlia. Non fosse stato per i colori della bambina, bionda e con gli occhi azzurri.

La donna disse:

– Ciao, che sorpresa! Che ci fai qui? Non dovresti essere al lavoro, necessario perché alle tue ragazze non manchi niente?

Francesco si domandò come fosse possibile che non gli leggesse in faccia la delusione bruciante che gli dilaniava il petto.

– Ehi... Tu, piuttosto, come mai... Assunta mi ha detto che vieni spesso. Perché non me l'hai detto? Mi avrebbe fatto piacere saperlo.

Giorgia grande strofinò il naso sulla guancia di Giorgia piccola, strappandole una risatina.

– Ah, ma noi donne non raccontiamo i nostri segreti. Ci facciamo un sacco di confidenze, e soprattutto tramiamo alle tue spalle. In ogni famiglia è cosí. Ci stiamo solo attrezzando.

La bambina allungò le mani verso Romano, con un urletto di gioia. Il poliziotto si sentí sommerso dalla tenerezza. Era una sensazione fisica, una via di mezzo fra una vertigine e un vuoto allo stomaco, accompagnata da un retrogusto dolce, come di cioccolata.

La prese, e affondò il naso tra il collo e la spalla. Borotalco, sapone e sudore, piú qualcosa di indefinibile che gliel'avrebbe resa riconoscibile anche se fosse stato cieco, anche se gli avessero dato in braccio un paio di centinaia di bambine. Quella, signore e signori, era Giorgia: il miracolo che aveva reso Francesco Romano un uomo equilibrato e felice. E che nel contempo aveva causato la frattura del suo cuore, condannandolo all'incompletezza e alla disperazione.

La moglie sedette sul bordo del lettino.

– Hai ragione, sai? Hai sempre avuto ragione, Fra'. Io non capivo, lo avvertivo come un desiderio personale o come un naturale momento di crescita. Non è cosí. Un figlio è una dimensione, un contenitore piú che un contenuto. Ci metti dentro quello che hai, quello che hai avuto e quello che avrai. Questa bambina mi fa vedere tutto diverso, tutto. Non è una creatura qualsiasi, no: è nostra figlia. E deve vivere con noi.

Gli occhi chiusi, il naso perso nell'odore piú bello del pianeta, Francesco Romano annuí nella piena consapevolezza che era vero, che la piccola Giorgia avrebbe dovuto avere un papà e una mamma. Ne aveva il diritto, giacché chi l'aveva partorita era stata brutalmente ammazzata.

E pensò che avrebbe dovuto essere contento di avere accanto una donna con la stessa consapevolezza, una che in nome di ciò sarebbe passata sopra i suoi difetti orribili, sopra lo schiaffo che le aveva mollato una volta, facendola fuggire via.

Ma pensò anche, con dolore, che avrebbe dato un braccio perché la donna a parlargli in quel modo non fosse lei.

Perché quella donna fosse un'altra.

XI.

Alex attese il collega per una decina di minuti, ma osservandone l'espressione all'arrivo non ebbe il coraggio di lamentarsi.

Piuttosto, si preoccupò: c'era una cosí evidente differenza di umore rispetto a un'ora prima da far pensare che fosse successo qualcosa di brutto.

– Tutto a posto, Romano? Problemi?

– No, niente. Sono stato da Giorgia, c'era un po' di traffico. Scusami per il ritardo.

Era noto a tutti, nella squadra, il suo attaccamento alla bambina che aveva trovato nel cassonetto davanti al commissariato. In occasione del primo compleanno di Giorgia, erano andati a festeggiarla presso la casa famiglia e si erano resi conto di quanto il collega fosse preso dalla crescita e dalla cura della piccola, e lui, con imbarazzo, aveva rivelato che insieme alla moglie stava provando a chiederne l'affidamento.

– Come sta? Cresce bene, sí?

Romano rispose con un sorriso fugace, e Di Nardo se lo fece bastare.

La banca presso la quale il defunto meccanico Iaccarino aveva aperto il conto era una delle tre agenzie del quartiere, la piú antica e consolidata. Quando Pisanelli la gestiva come tappa fissa dei suoi giri per mantenere i contatti, aveva una dozzina tra impiegati e funzionari al servizio di un flusso consistente di clientela. Adesso l'intero organico ammontava a quattro persone, piú una sonnolenta guardia giurata nel gabbiotto all'ingresso.

Furono ricevuti in direzione. Passando per la sala centrale, videro solo due clienti: un'anziana che cercava di spiegare qualcosa a un'impiegata, e un uomo altrettanto anziano che leggeva una rivista sprofondato in una delle sedie addossate alla parete.

Il direttore andò loro incontro. Era di bell'aspetto, dai capelli brizzolati pettinati all'indietro e il viso aperto e intelligente. Li fece accomodare.

– Voi siete di Pizzofalcone, vero? Io sono Gianni De Caro, amico di Giorgio Pisanelli, un grandissimo. Come sta?

Alex rispose:

– Sta bene, a parte qualche acciacco. Glielo saluteremo volentieri, lo sa che…

– È in pensione, sí, beato lui. Io mi sento come un cane al cinodromo, piú mi sembra di avvicinarmi piú me l'allontanano, la pensione. Che strano, una volta ci pensavo con terrore. Adesso, invece, quanto mi piacerebbe…

Romano fece un'espressione di circostanza.

– Ci siamo permessi di disturbarla in maniera informale proprio in considerazione della sua amicizia con Giorgio. Noi cerchiamo di lavorare come farebbe lui, che fra l'altro ogni tanto ci dà ancora una mano. Come forse sa…

De Caro assentí, triste.

– Come no, ho sentito del povero Iaccarino, mi è dispiaciuto assai. Che peccato. Ma chi può essere stato?

Alex disse:

– È troppo presto per dirlo, direttore. Perciò siamo qui. Le prime ore dopo un delitto sono fondamentali, quindi cerchiamo di acquisire piú elementi possibili.

Il direttore si agitò sulla poltrona.

– Ecco, a questo proposito, devo avvisarvi che non potrò mostrarvi documentazioni o evidenze, sono richieste gestite a livello centrale e ci sarebbe bisogno di un atto formale. Diciamo che la nostra può essere solo... una chiacchierata fra amici, giusto? Come quando veniva Giorgio, a trascorrere qualche minuto con me. D'accordo?

Romano e Alex si scambiarono un cenno d'intesa, e la ragazza disse:

– Ma certo. Se dovesse rendersi necessario, daremo corso a una richiesta formale. Per ora ci interessano piú le sue impressioni. Da quanto tempo conosceva Iaccarino?

– Fin dall'inizio del suo rapporto con l'agenzia. Io sono qui da dieci anni, lui ha aperto l'officina quando? Tre anni fa, mi pare. Noi facciamo attività di sviluppo e teniamo d'occhio le novità commerciali, andai io a fargli visita. Ricordo che rimasi colpito dall'ordine e dalla pulizia, sembrava piú una sala operatoria che un'officina.

Romano chiese:

– Che tipo era?

– Un uomo sereno, gentile, perbene, mai sopra le righe. Sa, io sono non direi un appassionato, ma interessato alle auto d'epoca sí. Forse è un segno dell'età, però credo che le cose come le facevano prima adesso non le fanno piú. A volte, dopo la chiusura, andavo a trovarlo per vedere a cosa stava lavorando. Ci sono passato proprio l'altro ieri, sul ponte aveva una Mercedes Pagoda di una bellezza incredibile. Stava sostituendo i manicotti, la gomma si rovina a non usarla.

Alex si era fatta attenta.

– L'altro ieri sera, ha detto? Il giorno prima del prelievo che ha fatto?

– Sí. Tanto che l'indomani, quando lo vidi in banca, ne fui sorpreso e gli chiesi come mai, nel salutarci la sera precedente, non mi avesse detto che ci saremmo rivisti. Lui si strinse nelle spalle e disse: un imprevisto.

Romano volle approfondire.

– E com'era, di umore?

– Be', la sera prima era… disteso, tranquillo, concentrato sul lavoro. Mi parlò della Mercedes come si parla di un'innamorata. Era… affettuoso, ecco. La mattina dopo invece mi sembrò piú… piú triste. Ma fu questione di un attimo, io avevo gente, lui venne a farsi autorizzare l'operazione… Ottavia Calabrese mi ha detto al telefono che avete trovato la distinta, quindi non vi dico niente che non sapete già. Un prelevamento di trentamila euro.

Alex confermò.

– Esatto. Un prelievo di una certa consistenza, no? Non era strano?

– Sí, signorina, ma non infrequente. Sono piccoli imprenditori, saldano fatture, regolano merce. Ottengono sconti. In realtà la legge prevede segnalazioni per movimenti in contanti sopra un certo limite, e io gliel'ho anche detto, ma ha confermato la cosa e ha firmato la richiesta, quindi…

– Non le ha detto a che gli servivano i soldi?

De Caro corrugò la fronte, cercando di ricordare le parole esatte.

– Mi ha detto di dover fare un pagamento. Tutto qui.

Romano domandò:

– La disponibilità sul conto c'era, vero? Il saldo rimanente è alto? Mi scuso per la domanda, ma ci sarebbe davvero utile saperlo.

– Infatti non posso risponderle, agente. Non posso dirle che sul conto sono rimaste poche centinaia di euro, e che l'importo era stato costituito con versamenti settimanali nel corso di almeno sei o sette mesi. E non glielo posso dire perché si tratta di notizie riservate.

Romano assentí, complice.

– Grazie, direttore. Io da parte mia non posso dirle che di questo denaro non c'era traccia nell'officina, dovremo cercare nell'appartamento dove abitava. A proposito, lei è mai andato a fargli visita a casa?

– No, anche perché non sarebbe stato necessario. Iaccarino stava in una stanza sopra l'officina, passava tutto il suo tempo lí. Era un po' la stessa cosa, insomma.

Alex rifletteva.

– Certo... Un'ultima domanda, direttore, poi togliamo il disturbo. È capitato che Iaccarino sia stato qui con qualcuno? C'era una persona, o piú d'una, che frequentava, di cui era amico, con cui l'ha visto?

– Era uno che lavorava senza interruzione. È venuto una volta, mi pare durante le feste di Natale dello scorso anno, con la figlia, davvero una bella ragazza, raffinata e dall'accento settentrionale, per versare dei soldi sul conto. Credo glieli avesse regalati lei, ma non ne sono sicuro. Si guardavano con tanto amore, me la presentò con orgoglio. A parte lei, mai visto con nessuno.

Mentre andavano via, De Caro li chiamò.

– Iaccarino non era del quartiere. Qua ci conosciamo tutti, Giorgio ve lo può dire meglio di me. Ma era una bravissima persona, uno di quelli che fa piacere incontrare. Per favore, scoprite chi l'ha ammazzato. Per favore.

XII.

La parte peggiore, pensò Ottavia, era senz'altro quella. E toccava a lei.

Qualcuno, da qualche parte, stava vivendo gli ultimi attimi di quella che credeva essere la propria vita, incanalata su binari diritti e dalla direzione prestabilita. Qualcuno, da qualche parte, riteneva che i problemi fossero i soldi, le bollette, o magari nemmeno quelli. Magari dove andare in vacanza, oppure come recuperare l'energia per riprendere a lavorare dopo le ferie.

Invece la vita di quel qualcuno era già cambiata. E non sarebbe mai piú tornata come prima. La vita di quel qualcuno aveva messo la testa sul ceppo, e stava per essere decapitata. Certo, quel qualcuno sarebbe sopravvissuto: ma era difficile immaginare che ogni sera l'ultimo pensiero non sarebbe andato alla morte, e alla solitudine.

La parte peggiore era calare la mannaia sulla vecchia vita di quel qualcuno, che avrebbe ricordato con immenso dolore la voce di chi gli aveva comunicato un cambiamento atroce che nulla avrebbe riservato di buono. Una voce che era la sua, quella di Calabrese Ottavia, vicesovrintendente della polizia di Stato. Toccava a lei.

Sospirò e prese il telefono.

La parte peggiore, pensò Lojacono, era senz'altro quella. E toccava a lui.

L'ultima ad aprire quella porta era stata la mano di chi aveva arredato la stanza, in maniera forse provvisoria e raccogliticcia, tuttavia personale e caratteristica.

Come lui adesso, aveva girato la maniglia dopo aver percorso la stretta rampa di scale al termine di una giornata di duro lavoro, oppure per andare al bagno o prendere una pillola. Come lui adesso, aveva attraversato l'ambiente, riempiendone lo spazio.

Magari, conoscendo alla perfezione la disposizione dei mobili, aveva camminato al buio; o aveva aperto la finestra che affacciava sul cortile interno, come stava facendo lui adesso, per dare un'occhiata sul nulla.

Era la parte peggiore, dover essere intruso nella vita di chi la vita non ce l'aveva piú.

Un senso di invasione, di stupro.

Sospirò ed entrò nella camera da letto.

Ottavia disse: pronto? La signorina Iaccarino Giulia?

La voce di donna, bella e profonda, rispose: sí, sono io, però sono in riunione e non posso parlare. Se è per un'offerta commerciale, le dico subito che...

Sono Calabrese, vicesovrintendente della polizia di Stato. Commissariato di Pizzofalcone. Mi scuso di doverla disturbare durante una riunione, ma...

Mi perdoni, disse la voce di donna. La polizia di Stato, ha detto? Se è per quella rimozione della mia automobile, ho incaricato il commercialista di...

No, signorina. No, non si tratta della rimozione di una vettura. E credo proprio che mi debba concedere la sua attenzione.

La voce fece una pausa. Poi disse a qualcuno: scusatemi, devo rispondere, spero di fare presto. Continuate pure. E subito dopo: ecco, sono uscita. Mi dica.

A Lojacono, dal nulla, venne in mente la figlia Marinella. E provò una fitta di malinconia.

Il minuscolo appartamento dove aveva abitato Iaccarino Ferdinando detto Nando, meccanico dalle mani d'oro specializzato in veicoli d'epoca, era ordinato e lindo. Vi aleggiava un odore antiquato di dopobarba alla lavanda, mischiato a quello dei gas di scarico proveniente dall'officina sottostante.

C'erano poche, povere cose. Un ambiente era occupato da un tavolo con due sedie e da una cucina componibile. Lojacono aprí un armadietto: pacchi di pasta, passata di pomodoro, un pacco di sale e uno di zucchero, mezza bottiglia d'olio. Sopra l'acquaio, due piatti fondi e due piani, due bicchieri, sei posate spaiate. Una caffettiera, smontata e pulita.

Il motore del frigorifero si avviò, facendo sobbalzare Lojacono.

L'ispettore si chiese il perché di quella malinconia.

Ottavia domandò: dove si trova adesso, signorina?

La voce disse, piano: io? Io mi trovo... Io sono a Milano, nella sede dell'azienda presso la quale lavoro. Vuole dirmi, per favore, che cosa vuole da me?

Ottavia trasse un respiro. Era arrivato il momento. Disse: signorina Iaccarino, sono spiacente di informarla che suo padre, il signor Ferdinando, nella mattinata di oggi...

La voce l'interruppe: no. No.

Lei sapeva di dover continuare, e riprese: è stato rinvenuto all'interno della sua officina...

No, no, disse la voce. Guardi, ci dev'essere un equivoco, perché io ho parlato con mio padre ieri sera e stava benissimo. La prego di verificare...

Signorina, le assicuro che...

No, disse ancora la voce in tono definitivo. Le assicuro io che è impossibile. E se questo è uno scherzo, è davvero di pessimo gusto.

Ottavia riconobbe nel tono l'incrinatura dell'incertezza. Era quello l'istante in cui la vita della donna sarebbe cambiata per sempre.

Lojacono osservava, toccando il meno possibile.

Si sentiva come un archeologo che, dopo una lunga operazione di scavo, riesce a penetrare in una tomba antica, nella quale è esposto il corredo funerario di chi vi è stato tumulato.

Provava rispetto. Reputava giusto non profanare quella che, fino a meno di ventiquattr'ore prima, era stata l'esistenza di un essere umano.

Un televisore, e il telecomando sul bracciolo di una poltrona consumata sulla seduta e sull'appoggio della testa, tanto da mostrare la trama del tessuto. Un tappeto di colore indefinibile. Non c'era un granello di polvere.

Passò nel secondo ambiente. Un letto a una piazza. Un comodino, un mobile a quattro cassetti, un armadio.

Ogni superficie era occupata da fotografie. Una donna e una bambina, poi una ragazzina, una ragazza, un'altra donna adulta. Lojacono si rese conto che, a parte quella con la bambina, in tutte era raffigurata la stessa persona.

Tua figlia, vero, Nando Iaccarino dalle mani d'oro? È lei che vedevi prima di addormentarti e appena sveglio? Dedicavi a lei l'ultimo e il primo pensiero?

Si chiese ancora il perché della malinconia che gli inondava l'anima, come acqua nera che fuoriesce da un tombino rotto.

Mi dispiace, mormorò Ottavia. Mi dispiace davvero. Tanto.

La voce all'altro capo si era spezzata, sino a frantumarsi in singhiozzi. Ma come, come? Ha avuto un malore, un infarto... E chi l'ha trovato? È in ospedale, adesso? Dove è stato portato?

La parte piú difficile della parte peggiore, pensò Ottavia.

Temiamo che purtroppo suo padre sia stato oggetto di un crimine, signorina. Che sia morto a seguito di ferite inferte con la volontà di ucciderlo.

La voce ansimava. Poi disse: un crimine... mio padre è stato... oh, mio Dio. Mio Dio, mio Dio.

Dovrebbe venire qui, signorina Iaccarino. Prima possibile.

Di nuovo silenzio. Poi la voce divenne opaca, cupa, priva di emozione: sí. Capisco. Al piú tardi domattina sarò lí.

La mannaia. Un'altra vita era finita.

Ottavia si rese conto che il telefono ormai era muto, e appoggiò piano la cornetta.

Sul comodino, Lojacono vide il cellulare. Lo staccò dal caricabatterie dopo averlo preso con un fazzoletto e lo ripose in un sacchetto di plastica.

Si guardò attorno, e gli fu chiaro il perché della malinconia.

Quella era casa sua.

Le stanze povere ed essenziali nelle quali avrebbe potuto abitare lui, quando Marinella avrebbe avuto la propria vita e se ne sarebbe andata altrove.

Era il suo posto: qualche libro, un televisore, miliardi di fantasmi a fargli compagnia.

Quella era la sua esistenza, un giorno dietro l'altro e davanti un altro ancora, pieni di un passato pesante e vuoti di un futuro evaporato.

Quelle erano le foto che avrebbe guardato, cercando un ultimo pensiero da inseguire nel sonno e un primo che gli desse la forza di alzarsi la mattina.

Solo che lui, rifletté con dolore, non avrebbe avuto nemmeno un'officina al piano di sotto a riempirgli le mani.

Nessun angelo a fargli compagnia.

L'aria gli sembrò irrespirabile.

Scappò via.

XIII.

Elsa si alzò dalla poltrona, sentendosi molto piú vecchia di quanto fosse in realtà. Certe volte le sembrava di avere secoli sulle spalle.

Sarà questo maledetto mestiere, pensò: essere costretta a sbattere la faccia su ciò che la gente è in grado di fare agli altri. Al meccanico Iaccarino, per esempio. Uno che non nuoceva a nessuno. Ammazzato a colpi di chiave inglese, senza pietà.

Le si parò davanti il viso anziano e beffardo di un uomo in camice bianco. Percepí la mano serrarsi sul calcio della pistola, l'onda fredda della rabbia pervaderle il petto, il dito stringere il grilletto.

Chiuse gli occhi e attese che la mente finisse il suo lavoro, riponendo quella visione nel cassetto piú profondo del cuore. Non è la stessa cosa, rifletté. Non è la stessa cosa.

E comunque era roba vecchia. Non che l'avesse cancellata, visto che non le era stato consentito, ma era roba vecchia. E, le disse una perfida voce interiore, non si era per niente pentita di aver sparato: l'uomo che aveva ucciso se l'era meritato. Avrebbe solo dovuto succedere prima, e molte piccole anime non avrebbero riportato le ferite profonde con le quali avrebbero dovuto convivere per il resto dell'esistenza.

Aveva pagato, Elsa. Un lungo processo, dal quale era uscita ammaccata ma pulita grazie alla disponibilità a mentire del collega che era con lei quando aveva fatto fuoco; e un'emarginazione professionale che aveva scontato in Piemonte, prima di decidersi a chiedere il trasferimento.

A distanza di oltre un anno, doveva ammetterlo: le cose erano andate assai meglio di quanto avesse immaginato. Le ragioni recondite per cui aveva scelto proprio quella città e quel commissariato erano note soltanto a lei: ma nell'avamposto di uomini perduti e collettore fognario di reietti che era ritenuto Pizzofalcone aveva ritrovato la voglia di lavorare.

Forse, diceva fra sé, perché sono un rifiuto anch'io. *Similia similibus curentur*, del resto. Senza finzioni e senza smancerie, ci capiamo al volo. Tra paria basta uno sguardo.

Alla fine, il motivo reale per cui era andata lí si era fatto secondario, ed Elsa aveva continuato a rimandare ciò che voleva fare sino a non pensarci quasi piú. La paura che le succedesse qualcosa, di lasciare la figlia sola e quindi di dover provvedere in tal senso era andata scemando. E ora che la bambina si era inserita nel nuovo universo che non dispiaceva neppure a lei, le pareva meno urgente prendere contatto con l'uomo che ignorava di avere con sua figlia un legame di sangue.

La vita, rifletteva Elsa, medica le ferite. E Vicky sembrava non necessitare piú di ingerenze e presenza altrui, man mano che cresceva. E cresceva in fretta.

Si affacciò nella stanza della bambina. Si erano appena incrociate, aveva fatto tardi e, come spesso accadeva, Elsa aveva trovato la cena pronta. Avevano parlato poco, non le andava di raccontare del suo lavoro a Vicky, che peraltro aveva forte interesse e grande curiosità per qualsiasi argomento. Aveva provato a spostare la discussione sulla scuola e sui compiti, ma su quel versante tutto andava cosí bene da rendere inutile ogni approfondimento.

Alla luce del lume da notte vide che Vittoria era ancora sveglia, un libro in mano e gli auricolari nelle orecchie. Leggeva sempre ascoltando musica, cosa che a lei non era mai riuscita. Le fece segno di togliere le cuffiette.

– Ehi, non dovresti dormire a quest'ora? Io cado dal sonno.

La bambina le sorrise. A tredici anni pareva una vecchietta, con quegli occhi neri come la notte cosí diversi da quelli verdi della madre, con la quale però condivideva la massa ribelle di capelli rossi.

– Perché tu sei anziana, ma'. Io, che pure ho tutta la vita davanti, devo comunque ottimizzare i tempi, quindi mi dedico alla lettura e alla buona musica come non ho potuto fare finora.

Elsa allargò le braccia.

– Cos'è, mi rinfacci di aver dovuto preparare la cena? Guarda che avremmo potuto benissimo ordinare dei panini, arrivano caldi in cinque minuti e sono piú buoni della minestrina che hai fatto tu.

Vicky fece una smorfia.

– Sí, brava, continua a mangiare junk food come se non ci fosse un domani e vedrai che a breve ti verrà un'ulcera. L'alimentazione sana è basilare per arginare gli effetti dell'invecchiamento, non lo sai? Dovresti cominciare a portelo, il problema.

– Ma non poteva capitarmi una bambina normale, che non conoscesse i valori nutrizionali di quello che mangia e amasse i panini del fast food? Vabbe', io vado a dormire, sono a pezzi. Tu però mi raccomando: dieci minuti e posi il libro, spegni la musica e dormi. D'accordo?

– Ma certo, mamma. Ci puoi contare.

– Quando sembri un angioletto mi viene di chiamare un esorcista. Buonanotte.

Appena la porta si chiuse, Vicky rimise gli auricolari e sussurrò:

– Ecco, è andata. Allora? Siamo d'accordo?

Una voce di uomo, dall'altra parte, disse:

– Scusa, ma com'è la storia dei panini? Ordina panini per cena? Ma non lo sa che quella roba schifosa fa male ai bambini?

Vicky minimizzò.

– Figurati, succede solo qualche volta. Quando fa tardi al lavoro e io non sono riuscita a preparare qualcosa per cena. Ma è raro.

La voce suonò scandalizzata.

– No, no, aspetta, voglio capire: tu prepari la cena? Tu, a dodici anni?

– Guarda che ne ho praticamente tredici, mancano due giorni. E che c'è di male se la preparo io, la cena?

Il display del telefonino, nascosto sotto il lenzuolo, mostrava le lettere DB. Il titolare dell'utenza cosí marcata disse:

– Tu sei una bambina, dannazione! Devi giocare, divertirti, pensare alle cose alle quali pensano le bambine, non preparare la cena per quella scombinata di tua madre, lo capisci?

– Davvero? E chi dovrebbe preparare la cena, dimmi, una governante? Una specie di Mary Poppins, che plana sul balcone col suo ombrellino? Guarda che mia madre non mi fa mancare niente. E mi sembra giusto fare la mia parte.

– Che vuoi dire, con questo? Che io non faccio la mia parte, è cosí? Be', vorrei ricordarti, signorina, che non mi è stato consentito! Che a me nulla è stato detto della tua esistenza, non mi è stato concesso di dire la mia! Questo è... è illegale, ecco cos'è! Se penso che avrebbe potuto... avrebbe potuto... scegliere altrimenti, che avrebbe potuto...

– Che avrebbe potuto optare per l'interruzione volontaria della gravidanza? Sicuro che avrebbe potuto. Se è per questo, avrebbe anche potuto farmi nascere e non riconoscermi, lasciandomi in ospedale e affidandomi ai servizi sociali, sí. Avrebbe potuto, ma non l'ha fatto. E tu, nel frattempo, quando lei affrontava l'inferno e mille difficoltà, dov'eri? Si può sapere?

La voce dall'altra parte del telefono sembrava ingolfata dalla rabbia.

– Io ci sarei stato, se me l'avesse detto! Credi che sia come gli altri uomini, che non si assumono le responsabilità e se la dànno a gambe? Sono un magistrato, maledizione! Lavoro per fare giustizia, non per... per... Perché una donna deve decidere da sola, me lo dici? Un padre conta, caz... caspita. Ha il diritto di...

Vicky tagliò corto.

– Vabbe', ne riparleremo, è una questione difficile da risolvere. Parliamo invece del mio compleanno. Sei sempre di quell'idea che hai avuto, sí?

DB protestò.

– Veramente l'idea è tutta tua, signorina, non cominciare a tredici anni a fare come le adulte che ti mettono in bocca quello che vogliono fingendo che lo abbia detto tu. Ma sí, io ci voglio essere, questa storia di sentirci di nascosto deve finire: sono mesi che sei l'unica donna della mia vita. Non posso correre il rischio che qualcuno, non sapendo come stanno le cose, mi scambi per un pedofilo e mi faccia arrestare.

Vicky ridacchiò.

– Ok, allora ascoltami bene. Tu dovrai...

L'aria di settembre entrò dolce dalla finestra socchiusa, come il soffio delle ali di un angelo.

XIV.

La serata di Giorgio Pisanelli non fu certo di quelle tipiche di un pensionato, almeno secondo i parametri che lui stesso aveva immaginato.

Nel tardo pomeriggio aveva ricevuto la telefonata di Palma, e dal tono aveva subito intuito che non si trattava di soli convenevoli. Dopo alcune domande distratte sul suo stato di salute e un rimprovero affettuoso circa il non farsi vedere spesso in ufficio, il vicequestore si era sentito domandare dall'ex vicecommissario:

«Capo, al di là della telefonata di circostanza di cui, per carità, ti ringrazio, mi vuoi dire che cosa ti angustia? Ti conosco e percepisco che sei preoccupato. Dimmi, dài».

Palma aveva tratto un respiro e gli aveva raccontato del ritrovamento del cadavere di Iaccarino, quella mattina presto.

«Lo sai, noi col quartiere stiamo provando a costruire contatti ma non è facile, la memoria dei veri bastardi è ancora viva. Ci guardano in maniera diversa adesso, è vero: ma soltanto tu e Ottavia eravate qui già da prima, e tu in particolare sei l'unico che è nato e vive a Pizzofalcone. Non sei piú in servizio, ma un certo tipo di notizie, magari qualche «si dice», ci aiuterebbe. Molto».

«Iaccarino non era del quartiere, capo, e non è da tanto che aveva l'officina. Ne ho inteso parlare bene però, si era fatto apprezzare. Io l'avrò intravisto un paio di volte quando lavoravo, buongiorno e buonasera, niente di piú. Ma sono e resterò sempre a tua disposizione, per cui mi metto subito all'opera».

«Te ne sono grato, è una di quelle cose che la stampa e le televisioni prendono a simbolo della nostra incapacità di mantenere sicuro il quartiere. Ne ho parlato con Laura Piras, ed è preoccupata pure lei. Pare che i detrattori di Pizzofalcone stiano tornando alla carica».

Si erano salutati con l'assicurazione che Pisanelli si sarebbe fatto vivo non appena in possesso di qualche notizia, anche negativa.

Giorgio aveva dato un'occhiata all'orologio: ormai i negozi erano chiusi, conveniva aspettare l'indomani per poggiare l'orecchio a terra e scoprire cosa diceva il quartiere di quest'altra brutta ferita.

Nemmeno il tempo di stirare i pantaloni e organizzare la cena, che udí suonare con discrezione il campanello. Era Nadia, la giovane infermiera con cui aveva stretto amicizia ai tempi dell'intervento e alla quale Aragona aveva fatto riferimento a pranzo, in maniera lieve ed educata come suo solito.

Giorgio l'accolse con gioia. Gli piaceva molto, Nadia. Era concreta e pratica, determinata nell'affrontare la vita e le sue difficoltà. Dai pochi accenni che faceva sul suo privato, aveva capito che viveva da sola con la madre, infermiera come lei ma non in un buono stato di salute, e che era in cerca di lavoro aggiuntivo per guadagnare di piú.

Pisanelli, che la riteneva la figlia che ogni padre vorrebbe avere, le aveva piú volte offerto aiuto, ma Nadia aveva rifiutato con fermezza. Lei, gli aveva detto, i soldi voleva guadagnarli lavorando. Il fatto che una ragazza cosí giovane e preparata avesse tanta dignità lo commuoveva.

Nonostante fosse indaffarata, Nadia si ritagliava sempre il tempo per un passaggio veloce da Giorgio. Gli diceva: non tutti i pazienti sono uguali. E per quel poliziotto anziano e paterno lei provava un affetto speciale.

Quella sera però Pisanelli non l'aspettava. Sapeva che nei giorni dispari era occupata in uno studio polispecialistico, e siccome c'era anche il turno in ospedale, arrivava cosí stanca da avere appena la forza di trascinarsi a casa. Fu perciò sorpreso di trovarsela davanti, il viso segnato dalla fatica.

La fece accomodare in salotto e andò a farle il caffè. Quando tornò, la trovò con lo sguardo fisso e una ruga profonda in mezzo alla fronte.

– No, no, *guaglio'*, non mi piace proprio 'sto fatto. Tu tieni vent'anni, che è quella faccia? Quella è un'espressione che può tenere uno all'età mia, non tu. Ma che è successo?

– Cominciamo col precisare che di anni ne tengo ventisei, non venti; e poi, come si dice, non contano gli anni ma i chilometri fatti, e io di chilometri ne faccio tanti, e tutti in salita.

Giorgio le mise davanti il vassoio con il caffè, un bicchiere d'acqua fresca e un piatto di biscotti.

– Lo capisco, figlia mia, ma non mi piace lo stesso, tu stasera tieni proprio uno sguardo che mi fa paura. E non dire che non è successo niente, ricordati che resto sempre un poliziotto.

Nadia masticava con gusto i biscotti, ingerendone uno dietro l'altro.

– Mmmhhh, ma che buoni! Non ho avuto il tempo di pranzare e ho una fame che me li mangerei tutti, scusami!

– Figurati, finiscili, ché te ne vado a prendere ancora. Sempre se non mi vuoi fare l'onore di restare a cena: in quel caso ti preparo uno spaghetto che ti farà restare a bocca aperta, te lo garantisco.

– Magari, Giorgio. Magari. Ma ho mia madre sola, lo sai, quella se non torno è capace di non mangiare affatto. E nelle sue condizioni invece deve mangiare, eccome. Devo andare, anzi. Scusami, ma non ho molto tempo.

L'uomo apparve commosso.

– Sei proprio un angelo, tesoro. Una figlia come te è una fortuna immensa, dillo a tua madre da parte mia.

Un velo di dolore calò sul viso della giovane, ma fu cosí rapido che Pisanelli dubitò di averlo percepito.

– Ascoltami, Giorgio: ma 'sto tizio, questo Aragona, secondo te è affidabile?

La domanda colse Pisanelli alla sprovvista e lo mise in evidente difficoltà.

Non conosceva un individuo sentimentalmente meno attendibile di Aragona, e per una come Nadia, che per molti versi era il suo opposto, avrebbe desiderato molto meglio; ma in fondo, molto in fondo per la verità, a quel ragazzo scombinato voleva bene come a un figlio scapestrato, e sarebbe stato felice di vederlo accanto a una giovane equilibrata e di principî sani come l'infermiera.

– Be', sai, mi risulta che abbia avuto una… un'amicizia con una straniera; però non la frequenta piú, di questo sono sicuro, e adesso passa il suo tempo libero qua a casa mia, lo sai che purtroppo… cioè, transitoriamente sta qui, mio ospite, e…

Nadia sbatté le palpebre, confusa.

– No, Giorgio, ma che hai capito? Figurati se mi interessa uno cosí, non ho proprio né il tempo né la voglia, stai scherzando? Dicevo come poliziotto, nel suo mestiere. È affidabile?

Giorgio rise, imbarazzato.

– Ah, scusa, avevo inteso male. Sí, direi che è un buon poliziotto, serio e attento, e pur essendo un pasticcione nella vita, è bravo e appassionato nella professione. Mi fiderei di lui, insomma. Ma mi vuoi dire perché? Cosa ti è capitato?

– A me niente, te lo assicuro. Però oggi, nello studio dove lavoro, è successa una cosa che mi ha inquietata. Non so se è un'impressione, ma mi ha lasciato addosso un'angoscia terribile; e l'unico poliziotto in servizio che conosco è lui. Vabbe', era cosí, solo per sapere… Adesso scusami, devo proprio scappare. Grazie per i biscotti, erano uno sballo.

XV.

Quella con l'assassino era una gara a ostacoli in cui l'avversario partiva in vantaggio e l'orologio ricopriva un ruolo fondamentale. Ogni singola ora permetteva l'acquisizione di un beneficio, il consolidamento di una strategia di mistificazione o di fuga; ogni minuto allontanava la soluzione, alzando un muro che consentiva al colpevole, o ai colpevoli, di veder aumentare le probabilità di farla franca.

Palma e i suoi rimpiangevano i giorni in cui bisognava dipanare la matassa col semplice lavoro di gambe, percorrendo chilometri nei bassifondi e interrogando sul posto, cancellando una alla volta le ipotesi e circoscrivendo il territorio attorno a chi aveva compiuto il delitto. Tanto bastava a far venire fuori un'indicazione, una delazione, un pezzo di verità.

Era un cliché, in realtà. Erano consapevoli di quanto fosse meglio adesso, con gli strumenti offerti dalla scienza e dalla tecnologia; ma era indiscutibile che ormai molto dipendeva dai laboratori, dai tabulati e dalle provette piú che dagli sguardi e dalle parole; e questo, soprattutto nei piú anziani fra i poliziotti, un po' di malinconia l'induceva.

A ventiquattr'ore dalla scoperta del cadavere di Iaccarino, e a piú di trenta da quando la chiave inglese era calata sul suo cranio, sfondandolo, l'attesa delle risultanze delle indagini di laboratorio era dunque enorme. Ma le modalità di stesura e consegna di rapporti e rilevazioni erano per forza di cose lente, almeno per i tempi di chi doveva giocare d'anticipo.

In commissariato era nota l'esistenza di una fantomatica amica di Alex Di Nardo presso la grande struttura della polizia scientifica della città, la cui competenza abbracciava una vasta area del paese: quella che purtroppo manifestava la piú frequente necessità di intervento. Tuttavia, Di Nardo era assai riservata sul proprio privato, quindi non uno fra loro aveva mai insistito per scucirle il nome della gentile spia: la possibilità di conoscere in via informale e anticipata gli esiti di laboratorio era troppo importante per immaginare di perderla mettendo in imbarazzo Alex.

Dal canto suo, lei sull'argomento si era sempre mantenuta sul generico, descrivendo l'amica in questione come una collega dell'accademia con la quale era rimasta in confidenza, un personaggio di secondo piano che, appunto perché di non particolare peso, poteva accedere in maniera anonima alle banche dati. Nessuno avrebbe mai supposto che la gola profonda era la numero uno, la prima dirigente, colei che gestiva l'attività di oltre centosessanta persone. Con Rosaria, nell'intimità, ridevano spesso figurandosi la faccia che avrebbero fatto Piras, Palma e gli altri se avessero saputo.

Adesso, però, Rosaria Martone era costretta su una sedia a rotelle nell'appartamento di Alex. Dato il ruolo che rivestiva, l'incidente che aveva subito era di pubblico dominio, e interrompere il flusso informativo in corrispondenza dell'assenza della funzionaria avrebbe portato a un due piú due ad alto rischio. Perciò, quando si sentí chiedere di esperire il solito tentativo per avere qualche notizia in anticipo, Alex rispose che avrebbe fatto del proprio meglio; poi uscí sul terrazzo del commissariato e compose il numero della compagna, per concordare una strategia.

Ben contenta di potersi interessare di qualcosa che non fosse la Tv o un romanzo giallo, Rosaria si mise in contatto con l'ufficio e procurò un appuntamento ad Alex, che si recò presso la caserma dove operava la scientifica.

A sostituire Martone era il suo secondo, Gianluca Bistrocchi. Un uomo di mezza età magro e stempiato, dal naso angoloso e un paio di spessi occhiali da miope senza i quali, per sua stessa ammissione, avrebbe avuto bisogno di un cane guida.

Bistrocchi amava dare di sé un'impressione di efficienza e di competenza estreme, per cui aveva sempre l'aria stropicciata da scienziato pazzo accentuata da un dettaglio di abbigliamento che gli piaceva molto: la cravatta a farfalla. Ne possedeva una collezione di ogni fantasia e sfumatura, un tocco di allegria che stonava con il taglio formale degli abiti e l'espressione triste di chi sa che da un momento all'altro si scatenerà una catastrofe.

Rosaria, che lo teneva a debita distanza, sosteneva fosse un raccomandato di ferro che, in quanto tale, si guardava bene dal commettere errori riparando nella piú bieca burocrazia; ma non poteva negare, al tempo stesso, che fosse un lavoratore capace e preciso.

Alex lo trovò nel suo ufficio, adiacente a quello di Rosaria.

– Ah, eccoti qui, Di Nardo. Mi ha telefonato la dottoressa per avvertirmi della tua venuta. Deve trattarsi di una cosa abbastanza importante, visto che in genere lei non si fa viva e siamo noi a chiamarla.

Alex memorizzò l'allusione per riferirne alla compagna.

– Ciao, Bistrocchi. Lo sai che Rosaria tiene in grande considerazione il lavoro del nostro commissariato, perciò cerca di favorirci.

In una battuta aveva specificato due principî: che Pizzofalcone era operativo al cento per cento, cosa che Bistrocchi – come la gran parte dei poliziotti della città – faticava ad accettare; e che il suo rapporto personale con Martone era molto confidenziale.

L'uomo si irrigidí e accennò ad Alex di accomodarsi di fronte alla scrivania, poi fece il giro per prendere posto dall'altra parte.

– Anche se il periodo di malattia previsto per la dottoressa è lungo, non ho voluto occupare il suo ufficio. Mi sembrerebbe un atto di eccessiva familiarità che potrebbe destare equivoci. Io non sono un primo dirigente, d'altronde. Che ne pensi, ho fatto bene?

– Tanto è una cosa provvisoria, vedrai che rientrerà ancora prima del previsto. È una tosta.

L'espressione dell'uomo tradiva piú di una punta di malevola curiosità.

– Ah, sí, eh? Tu lo sai perché la senti, vero? Cioè, lo sai per certo che rientrerà a breve?

La ragazza fu tentata di dire: lo so anche perché ci dormo insieme. Ma si trattenne.

– Sí, ci siamo viste e l'ho trovata in ottima forma, vedrai che Rosaria brucerà i tempi. Allora, mi domandavo se c'è qualcosa che puoi dirmi su…

Lo sguardo appannato dalla nuova consapevolezza che il suo viceregno avrebbe avuto durata inferiore allo sperato, Bistrocchi scartabellò tra i fogli sulla scrivania.

– Sicuro, l'omicidio del meccanico. Il sopralluogo è di ieri mattina, capisci bene che non posso dirti niente delle analisi, né tantomeno darti nulla di scritto, su questo siamo d'accordo, no?

– Come sempre. E ci tengo a sottolineare che ti siamo molto grati, sia il vicequestore Palma sia la dottoressa Piras sia io, per quello che può valere. Sappiamo quanto tu sia prudente nel rilasciare informazioni.

L'uomo arrossí, quasi avesse ricevuto un bellissimo complimento.

– Sono contento che questo atteggiamento sia apprezzato. Troppo spesso l'attenzione a non dare notizie non verificate viene scambiata per reticenza, o peggio ancora, per incompetenza, quando è l'esatto contrario. E poi, come in questo caso, anche l'assenza di notizie è una notizia, e può servire. No?

– Non capisco, cosa vuoi dire?

Bistrocchi ammiccò, furbo.

– Che, salvo ulteriori esami o verifiche microscopiche, nell'officina non abbiamo reperito alcuna traccia. Niente di niente. Ed è strano, non ti pare?

Alex attese, in silenzio. Bistrocchi continuò.

– Mi riferisco all'aspetto dattiloscopico, le impronte digitali, e ai segni di scarpe. Ora, in un'officina ci si aspetta di scovare di tutto, no? C'è un viavai di clienti, fornitori, gente che si appoggia, che prende e posa attrezzi. Invece, qui, niente. Lindo e in ordine, come un reparto di ospedale. Anzi, magari, perché negli ospedali c'è ben altro che pulizia, te lo dico io.

– Quindi non avete trovato...

– No. E siccome l'evidenza è il morto, converrai con me che qualcuno ha ripulito ogni cosa. Per esempio: la presunta arma del delitto, che ti confermo essere compatibile con le ferite presenti sul cranio della vittima, era pulita alla perfezione, a parte la metà insanguinata. Per il resto, nulla. Fatta eccezione per le impronte delle mani del meccanico, dovunque; e di quelle del dottore che ha ritrovato il cadavere, sulla saracinesca. Solo all'esterno, peraltro.

– Quindi mi stai dicendo che...

Bistrocchi confermò l'attitudine a non lasciar finire le domande.

– Che chi ha concorso alla prematura morte del signor Iaccarino Ferdinando si è preso la briga di ripulire quello che ha toccato.

Di Nardo sembrò sconcertata.

– Ma questo avrebbe implicato perdere tempo, no? Cioè, ammazzare uno e poi mettersi a fare le pulizie col rischio di essere scoperto…

– A meno che non indossasse guanti… E comunque, questo è un problema vostro. Per quanto ci riguarda, posso garantirti che man mano che avremo la disponibilità dei rapporti ve li faremo avere. Adesso scusami, ma puoi immaginare la quantità di impegni che mi ricade addosso in assenza della dottoressa. Per favore, se la senti dille che nessuno piú di me spera che si rimetta prima possibile. Davvero.

XVI.

Domandandosi perché non riuscisse a non essere in perenne ritardo, Nadia affrontò l'ultimo tratto della salita che portava all'ospedale. Fai troppe cose, si rispose con tono di autorimprovero.

Ma è necessario, mica lo faccio per divertirmi, si rispose piccata. Ecco, se qualche volta provassi invece a divertirti, non sarebbe male, insinuò con sé stessa. Hai ventisei anni, mica sessantadue.

Prima che potesse replicare al proprio inconscio, e prima ancora di riconoscere l'uomo appoggiato al cancello d'ingresso, percepí un senso di disagio. Come quando si vede una cosa fuori posto, in un luogo diverso da quello nel quale si è abituati a trovarla.

– Ciao, bella signorina. Che incontro piacevole...

– Tu? Che ci fai qui?

L'agente scelto Marco Aragona le elargí quello che, nelle intenzioni, doveva essere un sorriso affascinante. Una mossa studiata per ore davanti allo specchio, che replicava l'espressione di un celebre poliziotto televisivo. Consisteva nel mettersi di tre quarti, piegando la testa di una quindicina di gradi e lanciando un'occhiata ammiccante al di sopra degli occhiali azzurrati. L'effetto ottenuto fu però una posa da soggetto afflitto da gravi dolori reumatici alla colonna vertebrale.

Aragona impostò la voce.

– Sai, noi agenti speciali individuiamo in fretta il posto di lavoro delle persone. E siamo in grado di anticipare con intelligenza e sensibilità le esigenze di chi ha bisogno di aiuto.

– Complimenti per l'intuito, Sherlock. Ti ricordo che ci siamo incontrati proprio qui, dove il comune amico Giorgio Pisanelli è stato sottoposto a un delicato intervento chirurgico. Quindi, il fatto che tu abbia dedotto il luogo in cui lavoro dopo avermici visto in qualità di infermiera almeno una trentina di volte, è davvero notevole.

L'inclinazione della testa variò di cinque gradi, ma il profilo rivolto verso la ragazza restò lo stesso, giacché Aragona lo riteneva il migliore.

– Dici? Può darsi; e d'altra parte la buona memoria è il primo requisito di un tutore dell'ordine che si rispetti. Comunque, ripeto, è un piacere incontrarti.

La giovane si mise le mani sui fianchi.

– Fammi capire, Aragona: escludendo che il tragitto da casa di Giorgio, dove abiti a quanto mi risulta, al commissariato di Pizzofalcone implichi un passaggio per la zona ospedaliera, vertice di un triangolo isoscele i cui lati lunghi sarebbero di una dozzina di chilometri e quello corto di meno di uno, i casi sono tre: o sei qui perché stai male, e allora ti posso indicare il reparto adatto nonostante non ci siano veterinari; o sei qui per servizio, e allora ti prego di farmi andare a lavorare ché sono già in ritardo; oppure mi vuoi dire qualcosa, e in questo caso, per favore, fa' presto.

Aragona sbatté le palpebre, impressionato. Ma dimenticò di smettere di sorridere, dando l'impressione di una sopraggiunta paresi facciale.

– Ah, sí… Io parlavo dell'incontro in sé, non intendevo che fosse casuale. O meglio, non volevo far capire che… Vabbe', lasciamo stare… No, no, sono qui perché il vecchio cadente, il dinosauro insomma, mi ha detto che sei passata da casa nell'evidente intento di vedermi ma io non c'ero. A questo proposito, volevo dirti che difficilmente io rientro prima delle ventuno, sai com'è, la gestione del commissariato prende un certo tempo anche al di là del turno, e quindi...

Nadia aveva stretto le labbra e gli occhi, stampando sul viso grazioso la raffigurazione perfetta della rabbia e della diffidenza.

– Scusa, per essere chiari: Giorgio ti ha detto che io sono passata per vederti? Io? Per vedere te?

Aragona si rese conto dell'impervia strada che la conversazione stava imboccando, e decise di fiondarsi sulla via della verità.

– No, non in maniera esplicita, è chiaro. La gente di quell'età non è sincera come noi giovani, che diciamo pane al pane. No. Mi ha detto che eri passata a trovarlo, e aveva intuito che potevi aver bisogno di parlare col sottoscritto. Ma io leggo tra le righe. È il mio mestiere, in fondo.

L'orologio correva, tuttavia Nadia non era disposta a far passare liscia l'idea che fosse andata a cercare uno come Aragona. In nessun caso.

– Ah, ecco. E dimmi, da giovane a giovane, cosa c'era scritto fra le righe? Mi interessa, sul serio.

Aragona affondò la mano sinistra nella tasca dei pantaloni, rimirandosi le unghie della destra e assumendo la posa di uno sceriffo indolente che basa l'avanzamento di carriera sul proprio fascino e sulla propensione degli indiani a farsi ammazzare.

– C'era scritto, bambina, che dentro di te alberga un forte desiderio di vedermi. Ora, non dico che sia un fatto consapevole... capisco che voi ragazze lavoratrici abbiate soggezione nei riguardi di quelli come me, quindi sei portata a supporre le solite cose.

Nadia lo fissava con curiosità entomologica.
– Quali solite cose?
Marco continuava a contemplarsi le unghie.
– Che io passi da donna a donna, che sia sul lavoro sia nella vita le ragazze mi cadano ai piedi, che al di là della bellezza e dell'intelligenza ci sia poco. Ma non è cosí.
L'infermiera si domandava se il poliziotto la stesse prendendo in giro o volesse in qualche modo metterla alla prova. Che credesse davvero a quello che diceva, nemmeno le sfiorò la mente.
– Non ci avevo pensato, ma forse il mio disinteresse nei tuoi confronti ha una radice inconscia. Indagherò. Nel frattempo devo dare atto che sí, ho chiesto di te a Giorgio. Si dà il caso che tu sia l'unico poliziotto in servizio che conosca, anche se mi stanno venendo molti dubbi che tu lo sia davvero, un poliziotto.
Aragona si guardò la camicia a motivo floreale con predominante fucsia, il cinturone lilla e i pantaloni aragosta, soffermandosi sugli stivaletti viola.
– Ah, per l'eleganza, intendi? Lo so che i poliziotti sono tendenzialmente tamarri e non seguono la moda, ma non siamo tutti cosí. Io, per esempio, cerco di tenermi al passo, anche se devo dire che qualche incomprensione in famiglia mi ha messo in difficoltà. Niente di problematico, intendiamoci, lo supererò presto. Ma no, sono un poliziotto, tranquilla. E pure un poliziotto in gamba.
Nadia rivolse una rapida occhiata all'orologio.
– Ascolta, la situazione in sintesi è questa: io lavoro pure presso lo studio di un otorinolaringoiatra, che sarebbe il medico che si occupa di orecchie, naso e gola…
Aragona assunse un'aria offesa.
– Mi hai preso per un ignorante? Guarda che da piccolo soffrivo di tonsille, ne ho conosciuti di otorinolaringoiatri.

Che fa? Lavora senza fattura? Cura pericolosi camorristi latitanti?

La ragazza sbuffò.

– No, lui non c'entra. La questione riguarda una paziente. Ho l'impressione che una bambina subisca maltrattamenti in ambito familiare.

– Davvero? Allora devi subito sporgere una denuncia, sulla base della quale il magistrato prescriverà un'indagine e...

– Ed è proprio quello che voglio evitare. Prima di tutto perché, come ho detto, è un'impressione: non sono affatto sicura di quello che ho visto. In secondo luogo, se dovesse trattarsi di una bolla di sapone perderei il posto, oltre a far finire nei guai il dottore. E non me lo posso proprio permettere.

Pareva di sentire il rumore degli ingranaggi muoversi nel cervello di Aragona.

– Quindi si deve prima capire se è vero che la bambina subisce violenza, per poi procedere. Giusto? Per questo ne volevi parlare con me?

– Sí. L'idea di lasciar perdere mi sembra da criminali, ma la possibilità che non ci sia nulla di concreto è reale.

Aragona annuí piú volte, come avesse un'idea. Che però non aveva.

– Lasciamici pensare. La cariatide ha il tuo numero, no? Ti posso chiamare appena ho una soluzione da proporti?

– Puoi. Ma solo se hai quella soluzione da propormi. E se non ti rispondo perché sto lavorando, ti richiamo io.

E se ne andò, senza salutare.

XVII.

Laura Piras riusciva a trasmettere la concitazione senza pronunciare verbo, senza mai esplicitare che non ammetteva intervalli tra gli ordini impartiti e la loro esecuzione. Questo comportava, fra i tanti effetti, che il suo autista ci desse dentro con l'acceleratore anche se la magistrata non esprimeva particolari necessità di urgenza.

E siccome a Laura la velocità piaceva, non lo limitava e si godeva le evoluzioni nel traffico a sirena spiegata. Meno tempo si passava in macchina a non fare niente, meglio era.

L'arrivo con frenata stridente nel cortile di Pizzofalcone era perciò diventato la campana d'annuncio della Pm, per cui tutti si affrettarono a radunarsi in sala agenti.

Il commissariato era la sola unità operativa con cui Piras si interfacciava collegialmente. Altrove interloquiva col dirigente, consapevole che gli altri si sarebbero mossi nell'ambito delle direttive di chi li guidava. Pizzofalcone non aveva mai funzionato cosí, e non perché Palma non fosse all'altezza, ma anzi, per l'esatto contrario: il vicequestore aveva capito che l'unica maniera per tirare fuori il meglio da quello strano gruppo era il costante, personale coinvolgimento. Ognuno doveva poter pensare a modo proprio.

Laura fece scorrere lo sguardo attorno.

– Allora, l'omicidio di questo Iaccarino è un fatto che minaccia di diventare piú grave di sé stesso, e per vari motivi. Uno: la stampa e le televisioni; sarà che per ora non hanno niente di terribile da raccontare, ma si stanno applicando a questa cosa con una ferocia che non vedevo da tempo. Mi sono arrivate almeno quattro richieste di dichiarazioni, e devo riferire di ogni aggiornamento nelle indagini.

Romano commentò:

– Dannati sciacalli. È passato un giorno, come pretendono che abbiamo la soluzione?

Piras sbuffò.

– Un giorno significa cinque edizioni del Tg locale, con richiami sul nazionale. L'addetta alla comunicazione della procura riceve pressioni e le trasmette, e anch'io ho dei superiori. Peraltro, e siamo al punto due, come ho già detto a qualcuno di voi, la conferma della vostra piena operatività non è mai stata digerita. E il passaggio di Di Vincenzo nello staff del questore, con relativa nomina a dirigente, non aiuta di certo.

Di Vincenzo era stato il principale fautore della chiusura di Pizzofalcone dopo il fattaccio dei bastardi originali, perché se si fosse allargata la zona di competenza del commissariato limitrofo da lui gestito, sarebbe stata inevitabile una sua promozione. Invece, la sopravvivenza contro ogni pronostico del nucleo di Pizzofalcone ne aveva di fatto ritardato di almeno un biennio l'avanzamento di carriera.

Lojacono commentò, secco:

– Di Vincenzo è un imbecille. Lo è sempre stato.

Parlava con cognizione di causa, essendo stato alle sue dipendenze appena destinato in città, presso il commissariato di San Gaetano. Lojacono era forse la piú cocente sconfitta professionale di Di Vincenzo, che lo aveva estromesso dall'operatività ritenendolo un corrotto.

Piras rispose senza guardare il Cinese.

– Imbecille o no, ora è il primo vice del questore: e sappiamo quanto questi sia piú attento alle relazioni e alla politica che al controllo della piazza, quindi Di Vincenzo ha abbastanza potere da dare fastidio. Fino a oggi diciamo che siete stati protetti, ma non può durare in eterno.

Palma ribatté, calmo:

– Non può nemmeno durare in eterno questo essere sotto esame, dottore'. Se non gli piace il nostro modo di lavorare, facciano quello che vogliono.

Lojacono concordava.

– Esatto. Noi non lavoriamo meglio o peggio a seconda di chi fa il tifo per noi. E in tutta sincerità, vorrei vedere chi farebbe di piú.

Piras serrò le labbra e cambiò argomento.

– Prima che vi parli del terzo punto, volevo eventuali aggiornamenti.

Palma guardò Alex, che espose i fatti.

– Alla scientifica dicono, sempre in maniera non ufficiale, che l'officina sembra essere stata ripulita a fondo dopo il delitto. Non ci sono impronte, se non quelle del morto. Il che è di per sé notevole, perché ci può essere voluto del tempo, e non riusciamo a immaginare un assassino che si soffermi, col cadavere a terra e la saracinesca mezza aperta, a fare le pulizie d'autunno.

Piras annuí, pensosa.

– A meno che l'assassino non abbia toccato che poche cose, e le tenesse ben presenti. In quel caso a ripulire potrebbe averci messo un attimo.

Elsa commentò:

– Però questo fa propendere per la mancanza di premeditazione.

Ottavia chiese:

– Che vuoi dire?

– Immagino uno che vada con l'intenzione di ammazzare Iaccarino: si porterebbe l'arma, no? Magari qualcosa che non faccia rumore, perché l'officina è su strada. Un coltello forse, o una pistola con il silenziatore. Invece usa una chiave inglese trovata sul posto, e anziché portarsela via e gettarla in un tombino non facendocela trovare piú, la ripulisce dalle impronte ma non dal sangue, e poi la rimette a posto.

Aragona disse:

– Quindi il tizio era nel pallone e faceva cose inconsulte. D'accordo, non era un delitto premeditato: ma che senso ha ripulire, allora? Se io sono sconvolto perché ho fatto una cosa che non pensavo di fare, me la dò a gambe, e pure in fretta. Mica mi metto a passare lo strofinaccio.

Piras fece un gesto vago con la mano.

– Insomma, si deve approfondire. Che altro abbiamo?

Palma disse, evasivo:

– Stiamo sentendo in giro nel quartiere, cerchiamo di capire se Iaccarino aveva litigato con qualcuno, se aveva situazioni in sospeso, magari anche sentimentali. Per i soldi, sappiamo che aveva prelevato quella mattina; vogliamo capire perché, a chi doveva il denaro e a chi l'ha dato. O chi se l'è preso, è ovvio.

Lojacono aggiunse, piatto:

– Nell'appartamento dove abitava, sopra l'officina, non c'è nulla. Vecchie foto, ricordi, ma nessuna traccia di altre persone, nemmeno frequentazioni occasionali. Niente indumenti né oggetti che non fossero suoi. Quel posto gronda solitudine.

Piras assentí ancora.

– Questo mi porta al terzo e ultimo punto: la figlia di Iaccarino, quella che vive a Milano. L'avete contattata, lo so. Be', ho ricevuto un paio di chiamate da personaggi ai massimi livelli. Pare sia la fidanzata di Roberto Cortese.

Romano emise un fischio.

– Nientemeno? Quel Cortese? Il finanziere?

Laura confermò.

– E non solo. Industriale, manovratore di politici, animatore del jet set caprese, degustatore enogastronomico, eccetera. Pare siano addirittura prossimi alle nozze, che per lui sarebbero le seconde.

Ottavia si era messa a digitare sulla tastiera del computer.

– Ecco perché mi diceva qualcosa. Alagna di Roccaforte, la famiglia di cui Iaccarino è stato dipendente fino all'apertura dell'officina, è il cognome della madre di Cortese.

La magistrata disse:

– Insomma, con questi si deve andare coi piedi di piombo. Non convocate la figlia al commissariato, chiede di incontrarvi nella villa di famiglia. Discrezione e rispetto massimi, altrimenti qui bloccano tutto. D'accordo, Palma?

Il vicequestore allargò le braccia, rassegnato.

Laura Piras uscí in fretta, senza salutare nessuno, e dopo qualche secondo si udí sgommare in cortile.

Mentre tutti commentavano la conversazione, Aragona si avvicinò a Romano:

– Oh, Hulk, senti un po'. Ma tu sei sempre in contatto con la pediatra che si occupò della bambina che trovasti nel cassonetto?

L'altro lo fissò, truce.

– E perché, Arago'? Il tuo medico di base ti ha mollato e hai pensato di rivolgerti a un dottore adatto alla tua età mentale?

– Ah, ah, ah, ma che spiritoso sei quando non diventi verde. No, si tratta di una questione che riguarda una mia... un'amica di Pisanelli, diciamo. Vieni, prendiamoci un caffè, che ti racconto.

XVIII.

Il quartiere. A saperlo leggere, il quartiere.

In discesa, percorrendo la via dove abitava, Pisanelli rifletteva su quanto fosse parte di quel luogo, e su quanto quel luogo fosse parte di lui.

Aveva viaggiato un po', piú per svago che per lavoro. Il figlio, Lorenzo, stava da molto tempo in una grande città del Nord: di tanto in tanto, Giorgio fingeva di cedere alle sue insistenze e andava a fargli visita. Quando succedeva, e il figlio era all'università dove insegnava, Pisanelli passeggiava a lungo: ogni volta riportava un senso di spaesamento, un disagio derivante dal sentirsi fuori posto.

Non trovava i confini. Nello strano posto in cui viveva il figlio, non c'era una soluzione di continuità a fargli capire di aver cambiato quartiere. A grandi strade piene di negozi e di gente che andava di fretta, seguivano grandi strade piene di negozi e di gente che andava di fretta. Lui, che aveva un senso dell'orientamento che non lo aveva mai tradito, era costretto a chiedere indicazioni a un vigile o a un edicolante per ritrovare la direzione di casa.

Era una questione di identità, rifletté scambiando un cenno col capo con il salumiere, che fumava appoggiato allo stipite del negozio. Non era perché conosceva tutti, né perché avrebbe saputo ricostruire a memoria ogni dettaglio del reticolo di vie nel quale era nato e stava invecchiando. Era qualcos'altro, una sensazione di appartenenza e di appropriatezza, come una nota nel suo pentagramma, al posto giusto e nel momento giusto.

Per carità, non era un giudizio di qualità. Pizzofalcone era tutt'altro che un paradiso, anzi: sapeva diventare un inferno con tale velocità da lasciar dubitare che fosse mai stato altro. C'erano tante cose da riparare, sistemare. Come i giovani che, in orario scolastico, se ne stavano seduti ai tavolini del bar a fumare e discutere in dialetto stretto, e poverina la ragazza che passava lí davanti.

Eppure, fra tante realtà da correggere, quel quartiere era l'unico luogo dove Giorgio si sentiva a posto. Altrove, per bello che fosse, località di vacanza con mare e sole o meravigliose montagne innevate, di fronte a fumanti piatti di spaghetti con le cozze o sugli spalti di fantastici anfiteatri, poteva pure stare bene, ma senza mai perdere la consapevolezza della provvisorietà. Lui era uno di Pizzofalcone. Punto e basta.

Per esempio, sapeva che per dissimulare la propria presenza gli era necessaria un'andatura decisa, senza tentennamenti o rallentamenti, niente mani in tasca e niente sguardo ondivago, poca propensione a chiacchierare o ad agganciare lo sguardo delle persone affacciate alle finestre o che ne incrociavano il percorso.

Un ex poliziotto in pensione aveva già contro di sé la naturale diffidenza di chi viveva e operava nella zona grigia, quella fatta di lavoro nero, di mancati scontrini fiscali e di parziale registrazione della merce in entrata. Gente tendenzialmente onesta che sopravviveva in maniera disonesta, insomma: parcheggiatori abusivi, ambulanti, commercianti di alimenti di molto prossima o già intervenuta scadenza, ristoratori non a norma, piccole imprese edili con muratori clandestini, percettori di sussidi in grado di lavorare; una popolazione che provava disagio in sua presenza. Mostrarsi in cerca di informazioni o anche solo disponibile a chiacchierare induceva una certa ansia. Meglio dare l'impressione di stare andando da qualche parte, e quindi di non poter perdere tempo. Anche perché in effetti stava andando verso un luogo ben preciso, dove sapeva di poter reperire le notizie di cui aveva bisogno.

Si fermò in un piccolo bar, con uno spazio minimo per i clienti e un bancone che aveva conosciuto tempi migliori almeno trent'anni prima, sormontato da una monumentale e antiquata macchina per il caffè. Salutò l'uomo dietro il banco, di un'età indefinibile tra i quaranta e i settanta, e ordinò due espressi. Rivolse uno sguardo distratto a un anziano che, in fondo al locale, continuava ad azionare la leva di un videopoker, e sospirò triste. L'uomo al banco si strinse nelle spalle. Non c'era altro da dire.

Giorgio prese i bicchierini in vetro, già zuccherati e mescolati come l'uso prevedeva, mise due euro sul banco e uscí incamminandosi nella stradina che si apriva di fianco al bar. La targa in marmo scolorita diceva: «Vico lungo del Cedro». L'ex poliziotto si chiese che fine avesse fatto l'albero che dava il nome alla strada, e se fosse mai esistito.

A una cinquantina di metri, sulla destra, c'era un negozietto. La porta d'ingresso, le cui lastre in vetro erano rese opache dalla polvere, era sormontata dalla scritta RAPIDA. Nell'aprirsi, il battente fece muovere una campanella dal suono allegro. L'odore di cuoio e di colla era piacevole, anche se alla lunga a Pisanelli aveva sempre dato alla testa: riteneva che la sensazione di accedere in una dimensione dilatata che si trovava solo lí, fosse dovuta anche a quel profumo intenso.

Nell'entrare, bisognava lasciare che gli occhi si abituassero alla semioscurità. Una radio suonava musica degli anni Sessanta, in sordina, accentuando l'atmosfera da viaggio nel tempo. Pisanelli sollevò le mani davanti a sé, nella penombra.

– Buongiorno, il caffè.

Una voce giunse dal fondo.

– Ma ti dànno cosí poco di pensione, Pisane', da costringerti a fare il ragazzo del bar per arrivare a fine mese?

Giorgio si avvicinò alla fonte della voce.

– No, no, lo faccio solo per essere chiamato ragazzo. Come va, Samue'? Abboccano, stamattina?

Era un vecchio scherzo tra i due amici, quello di fare come se il calzolaio stesse pescando. Pisanelli diceva sempre che i clienti dovevano essere fessi come i pesci, per andare da lui a farsi riparare le scarpe.

In realtà Samuele era bravissimo, e l'epoca grama aveva riportato quelli che prima buttavano le scarpe per un tacco consumato a risuolare piú volte le stesse calzature. Ma non era solo per questo che Pisanelli andava spesso nell'antro odoroso di colla: il vecchio ciabattino aveva il dono di attirare le confidenze.

Era qualcosa di inspiegabile, quasi un potere soprannaturale. Un uomo discreto, per niente pettegolo, che si faceva i fatti suoi: eppure tutti nel quartiere prima o poi passavano da Samuele a raccontare le cose piú intime. Un ragno con le *semenzelle* in bocca, che nemmeno alzava lo sguardo e continuava a lavorare con le labbra strette su quei chiodini da calzolaio, mentre la radio cantava *Non son degno di te*.

Giorgio si sistemò su uno sgabello, una specie di versione artigianale del lettino da psicoanalista. Le pupille, ormai abituate alla semioscurità, scrutarono l'amico e coetaneo. Portava maluccio i suoi anni, curvo e magrissimo, gli occhiali riparati alla meglio con del nastro isolante, tenuti in punta del lungo naso. Le mani si muovevano svelte sulla suola di uno stivaletto, prelevando di tanto in tanto una *semenzella* dalle labbra. La sedia su cui stava, impagliata e sbilenca, aveva una gamba piegata verso l'esterno.

Pisanelli disse:

– Ma se te la porto io, una sedia un poco meglio di questa? Ti offendi?

– No, io no. Si offende lei, la sedia. Dopo tanti anni con lo stesso culo, ha preso la forma. Con che coraggio dovrei buttarla?

Giorgio ridacchiò. Ecco, stava accadendo di nuovo. Si sentí a casa, piú ancora che nell'appartamento dove abitava da sempre. Doveva proprio essere l'odore della colla.

Samuele disse, piano:

– È per Iaccarino, eh, Gio'? Il meccanico, dico. Che cosa brutta.

Pisanelli non fu sorpreso. Come non l'aveva sorpreso che l'amico sapesse del suo pensionamento.

– Una cosa brutta, sí. Per questo sono da te, Samue'. Perché a quanto mi dicono era una brava persona. Un lavoratore.

La radio cantò *Nessuno mi può giudicare, nemmeno tu*. Il calzolaio si fermò dall'inchiodare, guardò la scarpa.

– Invernale. L'estate non è finita, ma cominciano a portare le scarpe da pioggia. Meglio anticiparsi –. Poi alzò lo sguardo su Giorgio: – Sí. Era una brava persona, dici bene. Un lavoratore. Però certe volte non basta.

Pisanelli si piegò in avanti, in equilibrio precario sullo sgabello.

– Non basta a fare che, Samue'? In che senso, non basta?

Il ciabattino riprese a inchiodare.

– Lo vedi questo stivaletto, Giorgio? Racconta un sacco di fatti, eppure non parla. È di marca, è costato un bel po' di soldi: ma è passato di moda, non se lo comprerebbe piú nessuno. Chi ce l'ha, però, se lo fa piacere lo stesso, perché magari le condizioni della famiglia sono cambiate, magari non se lo può comprare, lo stivaletto nuovo della stessa marca. Allora lo porta da Samuele, che perlomeno glielo rimette a nuovo.

Pisanelli conosceva l'amico, e aspettò.

L'altro riprese:

– Ma questo lo puoi fare con un paio di scarpe, giusto? Risparmi, stai comodo e fai pure vedere che tieni quelle di marca. Se invece ti serve di piú, molto di piú, e magari hai tanto, troppo da perdere, che fai? Da chi vai, a procurarti i soldi?

Pisanelli attese, convinto che Samuele gliel'avrebbe detto.

E invece, non glielo disse.

XIX.

Il bar dell'ospedale era un crocevia di speranze e disperazioni.

A lasciar scorrere lo sguardo sulla popolazione dei tavolini e del banco luccicante, si sarebbe potuto definire, con buona approssimazione, il motivo della presenza di ognuno. Familiari di lungodegenti, con la rassegnazione stampata in viso; genitori di bambini che attendevano una diagnosi, terrei dallo spavento; amici e parenti in visita, l'espressione sospesa tra il patema e il sollievo per lo scampato pericolo. Poi infermieri e medici in pausa, alla ricerca di un momentaneo allontanamento dalla sofferenza.

In piedi, all'angolo del bancone, in attesa delle tazzine sui piattini già predisposti, stazionavano quattro dottori: due donne e due uomini, il camice aperto per il perdurante caldo di settembre, impegnati in una conversazione su un primario e le sue fisime. Uno di loro, biondo e palestrato, imitava il suddetto primario suscitando le risate dei colleghi. L'altro aveva tutta l'aria di un nerd: lenti spesse, capelli ispidi, colorito bianchiccio di chi non ha consuetudine con l'aria aperta. Una delle donne era bruna e allampanata: sembrava affascinata dal palestrato, che però rivolgeva la propria attenzione all'altra, una dottoressa minuta che esibiva un sorriso di circostanza ma sembrava distratta.

D'un tratto, puntando l'attenzione fuori del bar, la dottoressa minuta s'irrigidí. Scambiò una rapida occhiata con la collega, che seguí la direzione dello sguardo e trasalí. Il biondo non si accorse di niente, preso com'era dal suo show, mentre il nerd seguitava a bere annoiato il suo caffè.

La dottoressa mormorò una parola di scuse e si avviò verso l'ingresso del locale, dove l'attendeva Francesco Romano.

– Che ci fai qui? Avevamo detto che non ci saremmo piú rivisti.

Romano aveva il viso sofferente, segnato.

– Tu. Tu hai detto che non ci saremmo piú rivisti. Non io.

La donna lo fissò, malinconica. I tre medici avevano smesso di parlare e guardavano con curiosità dalla loro parte.

– Non importa chi dei due l'abbia detto, se tu o io. Non aveva senso continuare, lo sappiamo entrambi. Se sono stata io, vuol dire solo che ho avuto la forza e la coerenza.

Sul camice era ricamato un angelo, e sopra, in rosso, la scritta: «Dottoressa Susy».

Romano disse, accorato:

– E allora spiegamelo, tu che sai tutto, tu che capisci tutto mentre io continuo a non capire, perché dopo esserci trovati dobbiamo perderci. Sono tardo, stupido, ma se me le spiegano bene, le cose, mi convinco.

La donna sembrava piú arrabbiata che triste. Gli voltò le spalle e fece per tornare all'interno, ma lui allungò una mano e le strinse il braccio facendola sussultare. Il medico palestrato si avvicinò in fretta.

– Oh, senti, lasciala andare subito, o…

Il poliziotto, che aveva già mollato il braccio, lo fissò inespressivo.

– O che, dotto'? Dimmi, dimmi, sono interessato. Ma ti avverto che sto proprio cercando qualcuno per sfogarmi.

L'altro rimase interdetto. Risolse Susy.

– Grazie, Matty, è tutto sotto controllo –. Poi, a Romano: – Vieni, andiamo a parlare, se proprio vuoi.

Dopo un lungo sguardo al dottore palestrato, che cercò di mantenere un minimo di dignità non abbassando gli occhi, Romano seguí la dottoressa all'esterno dell'ospedale. Il sole di settembre non era arretrato di un passo.

– Matty? Ma davvero? E chi sarebbe, Matty? Che è, 'sta confidenza?

– Stai davvero facendo il geloso? Guarda che come chiamo i colleghi coi quali passo tutto il giorno sono cavoli miei. Matteo è un amico e lo chiamo come accidenti mi pare.

Romano alzò le mani.

– Certo, certo, sei libera. Come io sono libero di pensare quello che mi va di pensare, però. E se hai qualcuno per la testa, magari sarebbe anche corretto dirmelo, invece di farmi arrovellare sul perché la donna di cui sono innamorato, e che dice di esserlo di me, non vuole piú vedermi.

Susy divenne il ritratto della meraviglia.

– Se io ho qualcuno per la testa? Io? Guarda che non sono io quella sposata, che ha appena rimesso in piedi il rapporto con la moglie e sta cercando di completare la famiglia adottando una bambina che *io* ho salvato da un destino infame. Io sono libera, ricordi? Io sono quella che sarebbe stata pronta a scompaginare la sua esistenza, rinunciando a tutto per te. Quindi, per favore, vediamo di non fare confusione.

Romano cercò di dipanare il groviglio di emozioni che aveva in gola.

– Tu, tu lo sai che ti amo. Che per me non c'è nessun'altra donna, che anch'io non avrei voluto che stare con te. Ma avevo già avviato quel processo, le ho chiesto io di tornare, per provare ad adottare la bambina. Non ricordi che sei stata tu a indicarmi la strategia, a dirmi di andare dall'avvocato per… Che cazzo di colpa ne ho, se mi sono innamorato di te? Dovevo fare finta di niente? Dovevo girarmi dall'altra parte solo perché volevo che quella bambina non crescesse da orfana in un dannato istituto, o adottata da un paio di borghesi ricchi che soffrono di solitudine?

La dottoressa lo guardava, trattenendo a stento le lacrime. Aveva la capacità di rendere evidenti i sentimenti che provava, una caratteristica che aveva sempre affascinato Romano.

– E non avresti potuto farlo con me, Francesco? Non avresti potuto mettere le cose in chiaro, magari dolorosamente ma con sincerità? Credi sia giusto quello che stai facendo credere a... a... Dio, nemmeno riesco a dirlo, maledizione... A tua moglie?

– Lei se n'era andata. Era finita. E io sono stato male, mi sembrava di non poter respirare. Poi c'è stata la bambina, e poi ancora tu, e ho ripreso a vivere, anzi, mi sono sentito come mai nella vita, riuscivo anche a... a controllarmi. Le avevo detto che si trattava di una finta, di una cosa formale, che doveva durare fino all'affidamento e ai primi controlli, poi ognuno sarebbe andato per la sua strada. Ma è successo che...

Susy concluse per lui, la voce piena di amarezza.

– Che pure lei si è affezionata alla bambina, certo. E che ti aspettavi, scusa? È una brava persona, una donna che avrebbe voluto un figlio, ha dei sentimenti. Mi pare il minimo.

– Sí. E io che posso fare, adesso? Con che cuore potrei strapparle questo, dopo averla costretta a stare con uno come me? Pensi che dovrei dirle: scusa, Giorgia, ma siccome mentre tu ti allontanavi dal mostro che ti ha messo le mani addosso ho incontrato una donna di cui mi sono innamorato, ora che mi hai aiutato ad avere la bambina puoi tornare dai tuoi, per favore? Dovrei fare questo?

– No. E infatti sono io a dirti che invece devi continuare cosí, per il bene suo e della bambina. E anche tuo, vedrai. Alla fine sarai felice.

Romano ruggí.

– Io non sarò felice mai piú, se non avrò te. Non lo capisci? Di' piuttosto che non vedi l'ora di sentirti libera, di poter frequentare a cuor leggero qualcun altro. Magari il tuo Matty, con quella faccia da...

– Matteo è gay. Vive con un commercialista da anni. E credimi, non ho nessuna voglia di uscire con chicchessia.

Romano sorrise in risposta, suo malgrado rassicurato.

– Peccato, perché io ero venuto appunto a chiederti di uscire. Ma non nel senso che immagini tu, volevo farti incontrare una coppia che pare abbia un problema con una bambina. Un problema serio.

Susy lo fissò, diffidente.

– Una figlia con problemi? E perché non gli dici di portarmela qui? Lo sai che non mi piace quando si usano i bambini per...

– No, fermati. Mi sono espresso male. E lo so che non ti va di uscire con me, non sarei certo ricorso a un mezzuccio come questo. E la coppia non è una coppia, almeno non in quel senso, né la bambina è la figlia, anzi, neppure la conoscono. Uno di loro, una ragazza, l'ha vista una sola volta, lui nemmeno l'ha mai vista. Lui è un mio amico, anzi, amico proprio no, un collega, un deficiente, per carità, ma in fondo è uno a posto. Ed è lui che me l'ha chiesto.

– France', non mi hai fatto capire niente. Perché dovrei accettare di uscire con te e un tuo collega deficiente?

– Sí, scusa, hai ragione. Perché la ragazza, che è un'infermiera, è convinta che ci sia una bambina che subisce gravi maltrattamenti. E io ho bisogno di sapere tu che ne pensi.

La donna restò in silenzio a lungo.

– Mi stai dicendo la verità? Non è un trucco stupido?

– Ti sto dicendo la verità.

XX.

Palma aveva recepito il senso delle raccomandazioni di Laura Piras.

Aveva letto negli occhi della magistrata una vena inusuale di preoccupazione, e anche – cosa che lo aveva spaventato ancora di piú – l'annuncio di un disimpegno da parte di lei circa la difesa del commissariato.

Il fatto era grave, in concomitanza con la promozione di quell'idiota vanaglorioso di Di Vincenzo, specie in considerazione di quanto poco avessero in mano sull'omicidio del meccanico. Era meglio uniformarsi alle direttive, cercando, come disse con colorita espressione dopo che Laura fu andata via, di non farla fuori dal vaso com'erano purtroppo soliti fare.

Pur ricevendo un coro di rassicurazioni, alle quali conoscendo i suoi non credette neanche per un secondo, decise di provvedere di persona ad arginare la loro naturale propensione ai guai.

– Allora, alla villa di Cortese vanno Martini e Lojacono che hanno risposto alla chiamata, ma li accompagna Calabrese che è piú portata per le relazioni. Con la preghiera, Otta', di badare soprattutto a convincere quella gente che non siamo noi i cattivi. Per favore, ragazzi, se notate irrigidimenti o reticenze, bloccatevi e tornatevene qui. Sono persone che hanno appena subito una perdita e saranno traumatizzate.

Martini aggiunse, ironica:

– E sono molto ricchi e potenti, quindi non vanno irritati.

Palma scattò.

– E si dà il caso che sono quelli che ci possono fare chiudere in cinque minuti, è chiaro? Per una volta, possiamo per favore stare attenti al culo, sí? O devo continuare a fare il papà di sei bambini scapestrati?

Ottavia prese contatto con la figlia di Iaccarino, che con voce atona le confermò di essere già a casa del fidanzato e di attenderli là. Alla vicesovrintendente parve svuotata dal dolore e dalla stanchezza.

Il tragitto in auto fu occupato dal racconto di quello che Calabrese aveva trovato in rete. Roberto Cortese era l'erede quarantenne di un capitano d'industria chiacchierato e senza scrupoli che negli anni Settanta aveva operato nel settore delle scarpe con diversificazioni nella sartoria, e in un secondo tempo nelle conserve di pomodoro. Spesso indagato per rapporti con associazioni criminali, ne era sempre uscito pulito.

Figlio unico nato dal matrimonio con una nobildonna la cui famiglia aveva bisogno di reperire risorse per salvarsi dalla rovina, Roberto se l'era goduta fra auto sportive e yacht sino alla malattia del padre; Ottavia aveva trovato numerose fotografie di attrici e cantanti con le quali si diceva avesse avuto relazioni. Del resto non era solo ricco, era anche un bel ragazzo. Poi il vecchio era morto, e lui, contro ogni pronostico dei giornalisti di gossip, aveva messo la bella testolina a posto. Si era sposato con la figlia di un industriale del Nord, produttore di quei barattoli che la sua azienda comprava per le conserve, e dopo un po' aveva avuto un figlio che ora aveva otto anni. Il matrimonio era finito tre anni prima, con la moglie che se n'era tornata a casa. E a quanto risultava a Ottavia, il bambino, chiamato Giovanni come il nonno, era rimasto col padre.

La notizia del fidanzamento con Giulia Iaccarino era circolata con discrezione, a riprova del fatto che Cortese non aveva piú interesse a riempire le pagine dei giornali; cosí come le attività di famiglia sembravano uscite dai radar delle presunte irregolarità, marciando nel solco della correttezza per la quale l'imprenditore si batteva con forza. Secondo Ottavia, e Lojacono e Martini ne convennero, tutto sembrava preludere a un ingresso in politica.

La villa era nella parte bassa del quartiere piú esclusivo della città, la collina che fronteggiava il golfo offrendo un panorama mozzafiato. Ottavia, l'unica nativa dell'equipaggio dell'auto senza contrassegni, non aveva dubbi in merito. Dalla via non si vedevano le meravigliose abitazioni dotate di spiaggia privata, immerse nella vegetazione e dunque nascoste allo sguardo di chi transitava. Negli anni, la vicesovrintendente si era convinta che le città fossero tante, sovrapposte e intrecciate ma con identità non confondibili: la villa dei Cortese apparteneva a quella dei ricchissimi, lontana anni luce da quella dei borghesi o di chi non era sicuro di arrivare indenne all'indomani.

Dovettero passare due posti di guardiania, uno subito dopo il cancello d'ingresso e uno in prossimità del viale che portava alla costruzione. Era un palazzo settecentesco, restaurato con gusto: c'erano un colonnato, delle scale in marmo e un portone. Sul davanti si aprivano dei giardini all'inglese, all'interno dei quali spiccavano alcune statue in marmo che, a quanto parve a Lojacono, raffiguravano delle danzatrici.

Furono accolti da un cameriere che sembrava un duca. L'aria supponente accentuata da una specie di smorfia tra naso e labbro superiore, il domestico li condusse in un salotto con una finestra che dava sul mare. Da qualche parte, un televisore trasmetteva cartoni animati.

I tre poliziotti si domandarono se fosse il caso di sedersi. A toglierli dall'imbarazzo fu l'arrivo di una giovane donna: indossava un semplice ma elegante abito nero che le lasciava scoperte le braccia, al collo un filo di perle. Aveva i capelli raccolti, occhi espressivi e arrossati. Era molto magra, ma dotata di grande fascino.

La voce era arrochita dal pianto.

– Buon pomeriggio, sono Giulia Iaccarino. Prego, accomodatevi. Sebastiano porterà i caffè, se gradite altro basta dirlo.

I tre si presentarono, e Ottavia precisò di essere la persona con la quale aveva parlato il giorno prima e la stessa mattina.

– Siamo dispiaciuti per la sua perdita, e non avremmo voluto disturbarla. Ma...

– Sí, so bene che queste ore sono importantissime. Ed è anzitutto mio interesse che sia fatta subito chiarezza. Devo però dirvi che non so quanto possa esservi d'aiuto: non vedevo mio padre dallo scorso Natale. Lo abbiamo passato qui, a casa del mio fidanzato, ed è stata una bella festa.

Martini non nascose una certa sorpresa.

– Cioè, lei non sentiva suo padre da nove mesi?

– Non ho detto questo, signora. Sentivo mio padre ogni giorno, eravamo assai legati. Ma seguo diverse attività a Milano e mi è difficile muovermi; è capitato che mi raggiungesse lui, però dacché aveva aperto l'officina non si liberava con facilità. Ci parlavamo al telefono.

Lojacono disse:

– Ricorda quando vi siete telefonati l'ultima volta?

Giulia si concentrò.

– Proprio l'altra sera, verso le ventidue e trenta. Mi disse che doveva finire una riparazione e poi sarebbe andato a letto. Io l'ho rimproverato, gli ho detto che non era piú un ragazzino e non doveva eccedere negli strapazzi. Insomma l'ho un po'...

Si mise una mano sugli occhi, e i poliziotti si accorsero che le tremava. Si ricompose e continuò.

– L'ho un po' maltrattato. Io... io non sapevo che non l'avrei piú sentito. Altrimenti gli avrei detto altro.

Elsa chiese:

– Le aveva accennato qualcosa in merito ad assilli, o a liti per lavoro, o...

– No, no... Vedete, lui aveva solo me. Ho perso mia madre che ero piccola, nemmeno me la ricordo. Ricordo invece soltanto lui, mio padre. Mi proteggeva, in ogni frangente. Non mi avrebbe mai coinvolta in una eventuale preoccupazione: quindi non posso escludere che l'avesse, ma non sui soldi, questo è sicuro.

Ottavia provò a saperne di piú.

– Come mai tanta certezza?

– Per via delle nostre grandi disponibilità. Mio padre teneva l'officina perché era fissato con l'indipendenza, in realtà non ne avrebbe avuto alcun bisogno.

Elsa disse:

– Posso chiederle se ha un'idea di ciò che è successo? Chi può aver fatto una cosa del genere a uno come suo padre?

La donna tacque. Sembrò pensare a che vita potesse aver fatto quell'uomo, e a quanto poco ne sapesse lei, che era sua figlia.

– Proprio non saprei. Mio padre era una persona perbene, riservata e tranquilla, non riesco proprio a immaginare qualcuno che... D'altronde questa è una città difficile, pericolosa, non devo certo dirvelo io. Voi fate del vostro meglio, nessuno lo nega; ma quello è un quartiere popolare, pervaso dalla miseria. Restare aperti fino a tardi con la saracinesca alzata, quando le strade sono quasi deserte, può essere un invito per qualsiasi criminale.

– Giulia, – disse una voce dalla porta.

Tutti trasalirono. Giulia Iaccarino si alzò e andò verso un bambino di circa otto anni, in piedi sulla soglia.

– Giovannino, che ci fai qui? Non stavi guardando i cartoni?

Gli occhi del ragazzino evidenziavano una condizione di difficoltà. Era impaurito, un filo di bava gli colava dall'angolo della bocca. Ottavia provò una fitta di doloroso riconoscimento, e si sentí morire.

– Voglio qualcosa, Giulia. Non lo so che cosa.

– Da mangiare? Qualcosa di buono da mangiare?

Il bambino annuí piú volte, senza togliere gli occhi da Ottavia, che era arrossita.

Giulia si rivolse ai tre.

– Scusatemi, signori, ora purtroppo ho da fare. Se avete bisogno di me, sappiate che mi tratterrò qui fino a… fino a quando sarà necessario.

E, con la mano sulla spalla del bambino, si allontanò.

XXI.

Ottavia, Martini e Lojacono erano appena rientrati da villa Cortese.

L'ispettore aveva espresso le sue considerazioni a latere dell'incontro con Giulia.

– È di sicuro addolorata, capo. Ma a me ha dato l'impressione di una figlia presa dalla propria vita e non propensa a curarsi di chi l'ha messa al mondo. E del padre pare sapere assai poco.

Martini diede ragione al collega.

– Sí, e mi è parsa convinta che possa essere stata una rapina finita male, qualche balordo di passaggio insomma. Con tanto di riferimento al quartiere difficile.

Palma ammiccò alla collega piemontese.

– È dura combattere contro gli stereotipi, eh, Martini? Tu condividi questa visione settentrionale di Pizzofalcone e della città in generale?

Elsa sorrise. Era diventata una gag della sala agenti, quella di stimolare la discriminazione territoriale della vicecommissaria. Che invece non c'era.

– Certo, l'ipotesi rapina non va scartata, anche se le modalità sembrano escluderla. Ci sta anche il rapinatore che arriva nel momento in cui Iaccarino sta contando i soldi, con la cassetta aperta, prende la chiave inglese e gli dà un colpo in testa, magari coi guanti.

Lojacono commentò:

– Resta però difficile immaginare un balordo in grado di non lasciare nemmeno una traccia. E che riponga l'arma del delitto al suo posto, nella rastrelliera, pulendola da un lato e dall'altro no.

Prima che Palma potesse ribattere, il suo telefonino squillò. Il dirigente chiese scusa e si ritirò nel suo ufficio, dal quale riemerse dopo qualche minuto.

– Otta', ho voglia di un caffè fuori, sto chiuso qua da stamattina. Mi faresti compagnia?

Non c'era da spettegolare, la pausa caffè era sacra e ogni Bastardo aveva una compagnia piú o meno fissa: Romano, per esempio, usciva con Gerardo Ammaturo, la guardia all'ingresso, per discussioni a contenuto calcistico, e Aragona sceglieva la compagnia di Alex per questioni di età. Il vicequestore aveva sempre invitato Ottavia, in un primo momento per apprendere notizie sulla precedente struttura, essendo Calabrese, con Pisanelli, l'unico elemento di continuità, poi per un corteggiamento silenzioso.

Da ultimo, per starle vicino. Il piú possibile.

Ottavia però riconosceva ogni sfumatura dell'espressione di Palma, e comprese subito che c'era qualcosa sotto quell'improvvisa carenza di caffeina.

Lo seguí per le scale e attraverso il cortile, fino in strada. Quando si accorse che la direzione era diversa rispetto alla solita, chiese:

– Giorgio, vero? Era lui, al telefono?

– Fortuna che non siamo sposati. Non potrei nasconderti niente.

– Se fossimo sposati, non avremmo niente da nasconderci.

Voleva essere una battuta, ma attivò pensieri dolorosi in entrambi; quindi Palma non rispose. Continuò invece a camminare in direzione della grande piazza, a pochi minuti dal commissariato.

Ottavia provò a sdrammatizzare.

– Non ci stiamo allontanando un po' troppo?

– Se ha detto cosí avrà le sue ragioni. E poi non preoccuparti, conosco il dirigente del commissariato. Ti giustifico io.

Entrarono nel caffè storico piú antico e famoso della città, addentrandosi nella sala dove c'erano i tavolini al chiuso. Il tramonto portava sollievo alla calura tardiva, e la piazza e le sedute all'esterno erano piene di turisti entusiasti e impiegati restii a tornare a casa dopo il lavoro. Troppi occhi, troppe orecchie.

La sala era invece pressoché deserta. Gli stucchi pesanti, il raso alle pareti e il velluto delle sedie davano l'idea di un inverno ancora di là da venire. In fondo, riparato da una rientranza che ospitava un grande acquerello del tardo Ottocento, c'era Pisanelli in attesa.

Lo raggiunsero e si sedettero. Il vicecommissario in pensione indicò la figura dipinta, una donna intrecciata ai rami di un albero di limoni.

– Questa è la mia preferita, l'autore è Migliaro, un artista meraviglioso. Ma ci pensate a quanto doveva essere bella la città, allora?

Palma gettò uno sguardo.

– Insomma, Pisane', la ragazza non era granché, direi. Meglio le donne di adesso, non ti pare?

– Dipende. Certo, Ottavia nostra, per dirne una, è sempre stata un incanto. E mi pare che stia diventando pure piú bella, o è impressione mia?

Calabrese fu lusingata dal complimento.

– Sono gli occhi dell'affetto, Giorgio. Tu piuttosto, stai bene? Non ti fai vedere piú, i colleghi chiedono di te.

Il pensionato fece segno al cameriere di portare tre caffè.

– Oh, ma io mi tengo informato. Ho una spia che non è il massimo dell'attendibilità perché fa commenti su tutto, ma se impari a fare la tara, le cose alla fine le sai. Ed è il minimo, con tutto il fastidio che dà.

Palma fece una smorfia.

– La mente vacilla, al pensiero di cosa deve significare avere Aragona in casa. Pochi minuti in ufficio e già non si sopporta. Tu sei un santo, Giorgio.

– Che ti devo dire, capo, è una specie di fioretto. Di qua a cent'anni scriverete sulla mia lapide: sopportò per amore di Gesú la convivenza con Aragona Marco. Mi farà guadagnare una bella corsia preferenziale.

Arrivarono i caffè, che meritarono un attimo di devoto silenzio. Palma depose la tazzina.

– Come mai ci vediamo qui, Giorgio? Non potevi venire in ufficio, o al massimo al bar sotto il commissariato?

– Meglio di no, capo. Le informazioni che ho raccolto meritano un approfondimento; e se mi vedono con voi, potrebbe essere rischioso.

Palma saltò sulla sedia.

– No, no, Giorgio, non esiste questa cosa, te l'ho già detto! Quando hai deciso di andare in pensione abbiamo cercato di convincerti a non farlo perché sapevamo quanto fossi importante, l'unico collegamento vero col quartiere. Ma se continuare a darci una mano significa metterti in pericolo, fermiamo tutto!

– Capo, non ti preoccupare, stai calmo. Non sono in pericolo, te l'assicuro. Non mi può succedere niente, nel quartiere. Il problema è diverso: potrebbero decidere di tenermi all'oscuro. E questo vorrebbe dire rendermi inutile, altro che pensione. Ti pare?

Ottavia allungò una mano sul tavolino e prese quella di Giorgio.

– Troppa gente ti vuole bene, amico mio. Ci hai fatto preoccupare già troppo, con la salute.

– Tranquilla, Otta', non ci penso nemmeno a finire male. Dunque, statemi a sentire: Iaccarino, come sapete, non era di Pizzofalcone. Ha aperto l'officina là perché i locali erano buoni e a basso costo. Lavorava bene ma non era veloce, e per due ragioni: accettava solo veicoli d'epoca, per i quali i pezzi di ricambio vanno scovati oppure fabbricati ex novo; e non voleva apprendisti né lavoranti, li ha sempre rifiutati anche quando hanno provato a imporglieli personaggi equivoci o malavitosi.

Ottavia chiese:

– Ma scusa, non si dovrebbe guadagnare di piú con un'attività cosí altamente specialistica? Iaccarino era famoso, ci sono siti che parlano di lui perfino al Nord…

– Sí, certo, ma per la riparazione di un motore degli anni Cinquanta può volerci anche un mese, e piú di un tot non puoi chiedere. Quindi i guadagni erano bassi, in pratica ci perdeva.

Palma rifletteva.

– Be', ma la figlia è la promessa sposa di Cortese, e ne cura perfino gli interessi a Milano. Non credo avesse problemi, in tal senso.

– No, no. Su questo, la persona che mi ha dato le informazioni, di prima mano perché era amico del meccanico, è stata categorica: nessun sostegno. Iaccarino parlava della figlia con grande tenerezza, ma diceva che i padri aiutano i figli, e non il contrario. Addirittura non aveva mai voluto che lei andasse a trovarlo, per non sentirsi rimproverare di vivere in due stanzette ricavate da un soppalco. Dubito che figlia e futuro genero sapessero della sua condizione economica.

– Quindi era in difficoltà?

– Piú che in difficoltà, capo. Stava proprio inguaiato. Devo ancora capire quanto, e soprattutto con chi. Chissà, può essere la ragione che l'ha portato a morire.

– D'accordo, Giorgio. Vai avanti. Ma a fari spenti, mi raccomando. Sappi che quella mattina Iaccarino aveva prelevato una somma significativa, trentamila euro, azzerando il conto. E che questi soldi non sono stati trovati.

Giorgio si alzò.

– Se ci sono, in giro, li trovo. Tranquillo, capo. E i caffè, per favore, pagali tu. Sai, la pensione è davvero una miseria.

XXII.

L'errore era stato lasciare ad Aragona la scelta del locale.

A giustificare la svista, andava detto, c'era che era stato lui il promotore della cena. Lui a dire a Nadia che conosceva la professionista giusta per capire se la bambina era stata molestata; lui a chiedere a Romano di procurare quell'appuntamento; lui, infine, a organizzare l'incontro.

Il posto in sé era pure bello: vicino al mare, nella zona ovest della città, a ridosso di una spiaggia e di fronte all'isola. E la serata era fantastica, un prolungamento luminoso dell'estate appena finita, con tanto di stelle e una luna quasi piena sospesa nel cielo. Ma era fra le mete predilette della cosiddetta *guagliunera*, una marea di ragazze e ragazzi tra i quattordici e i vent'anni di ogni estrazione sociale, che aveva preferito l'isolamento topografico dalle abitazioni per testare la resistenza dell'orecchio umano.

In altri luoghi della città si sarebbe passati dalla denuncia per schiamazzi alle secchiate d'acqua gelata dalle finestre; in alcuni quartieri meno tolleranti, persino alle carabine ad aria compressa. Lí tutto era consentito in nome dello smercio di alcolici e del consumo di fumo di ogni tipo. L'economia, anche quella sommersa, andava alimentata.

Una volta riuscito a parcheggiare a distanza siderale dall'indirizzo, Romano non aveva trovato il coraggio di incrociare lo sguardo di Susy. Il tragitto era stato avvolto da un silenzio penoso e carico di recriminazioni. Il poliziotto sapeva due cose: di non avere argomenti da opporre ai ragionamenti della dottoressa, e di essere innamorato di lei.

Era un amore diverso dall'altro che un tempo aveva provato per Giorgia. Questo era adulto, consapevole, tenero e appassionato insieme; verso la moglie sentiva invece un forte senso di responsabilità, come un impegno da mantenere. Passava notti insonni a chiedersi cosa ci facesse lí con lei, ma non riusciva a sottrarsi a un rapporto di cui lui stesso, piú della persona che gli dormiva accanto, aveva stabilito lo scopo.

Si domandava se non fosse piú giusto lasciarla andare, la piccola dottoressa che camminava a un metro da lui in mezzo alla folla schiamazzante. Ma il pensiero di non vederla piú lo uccideva.

Dal canto suo, Susy rifletteva che era stato un grave sbaglio accettare di essere là. Credeva fosse vera, la storia della bambina; e non si sarebbe perdonata se, ignorandola, avesse causato una sofferenza: aveva dedicato la vita a quel lavoro. Ma ritrovarsi accanto all'uomo che amava e che, ne era convinta, non avrebbe mai avuto, la straziava.

Giunsero all'ingresso del locale, pieno oltre ogni dire e con una temperatura e un tasso di umidità che ricordavano la Cambogia nella stagione dei monsoni. In un tavolo d'angolo, Romano vide un deficiente che si sbracciava a due mani, e si avviò verso di lui.

– Ma davvero hai scelto questo posto *per parlare*, Arago'? Perché se è cosí, sei ancora piú cretino di quanto immaginassi.

La ragazza dal naso all'insú che stava seduta al tavolo commentò, acida:

– Sí. È piú cretino di quanto lei immaginasse. Glielo confermo, senza ombra di dubbio.

Aragona sbuffò:

– Uh, ma siete proprio vecchi nell'anima! È un posto per giovani, e noi siamo giovani, anche se non ve ne siete accorti! Io ci vengo spesso, fanno bella musica e ci sono bell… c'è bella gente, insomma. Prego, prego, accomodatevi.

Romano lo fissò, truce, e fece un cenno col capo alle due donne. Si avviò all'esterno e si piazzò a un tavolino lontano dalle enormi casse che erogavano un inconsulto pulsare di tamburi, e dunque era libero da avventori.

Arrivarono Susy e Nadia, seguite da un riluttante Aragona. Il quale, però, non aveva perso il buonumore.

– Ah, giusto, Hulk, hai ragione, prima il dovere e poi il piacere. Parliamo un attimo di questa faccenda della bambina, che peraltro sono certo sia una bolla di sapone, cosí la ragazza si tranquillizza e andiamo dentro a ballare. Ok?

Nadia lo guardò come fosse un topo morto.

– Non so cosa vi abbia detto lui, ma vi ringrazio per essere venuti nonostante il posto. Mi chiamo Nadia, sono un'infermiera e lavoro in ospedale. Faccio però anche altre cose, tra cui l'assistente di un otorino in uno studio polispecialistico.

Susy le porse la mano.

– Piacere, sono Susy Penna e faccio la pediatra all'ospedale per bambini. Chi è il collega otorino con cui collabori?

Nadia le strinse la mano. Quella dottoressa le piaceva. Il collega di Aragona invece le dava disagio, anche se non avrebbe saputo dire il perché.

– È il dottor Lucio Franzese, adesso è in pensione ma…

– Certo, Franzese, un vecchio primario, è in gamba, un mestierante ma molto bravo. Lo abbiamo consultato piú volte.

Nadia raccontò. Disse della coppia, della discussione sulla precedenza nella visita, dell'atteggiamento insofferente dell'uomo e guardingo della donna. Disse della bambina, della sua mano sull'orecchio e del fatto che non alzava gli occhi da terra. Disse del suo tentativo di farsi ascoltare, del rifiuto della piccola a farsi visitare, e della terapia antibiotica data dal dottore, con l'impegno di rivedersi dopo una settimana.

Poi raccontò del tragitto verso l'uscita e del livido che aveva visto sul collo della bambina.

– Sono certa che sia una percossa. Non si cade battendo in quel punto. È dove si mette la mano, sa, dottoressa, quando si finge di voler dare forza e invece si stringe, si stringe. Per fare male.

Tutti tacquero. Romano mormorò:

– Maledetti animali. Maledetti. Una bambina innocente.

Susy disse, seria:

– Dammi del tu, Nadia. E dimmi: hai notato altri segni, oltre all'orecchio e a questo livido?

Nadia sembrava in trance, fissava il vuoto quasi rivedesse la scena.

– Aveva… aveva una crosta di sangue sul dito, me ne sono accorta quando, per grattarsi il naso, ha liberato l'orecchio. Se sanguinava, non è un'infiammazione, credo. Poi, mentre usciva, ho visto un'ombra all'interno della gamba. Ma non ne sono sicura. Mi è parsa anche un po' claudicante.

Cadde un silenzio attonito. I rumori dei ragazzi, le urla e le risate, la musica martellante sembravano appartenere a un altro mondo.

Aragona tossí.

– E va bene, però non è detto, no? Magari la bambina ha una di quelle malattie per cui si casca di continuo perché si perde l'equilibrio, proprio per il fatto dell'orecchio. Forse si fa male quando cade, tutto qui.

A Romano guizzava un muscolo sulla mascella.

– E magari no. Magari quel bastardo del compagno della madre la vede come un peso, un ostacolo, e la picchia perché se ne vorrebbe liberare. O peggio, le sta addosso per… non lo voglio nemmeno dire.

Nadia si strinse nelle spalle.

– È stata un'impressione molto forte, anche se non posso escludere di essermi suggestionata. Ma c'era qualcosa nell'atteggiamento di quella bambina che non so spiegare. Era... era rassegnata, ecco. Quasi non capisse come uscire dal mondo dove deve stare rinchiusa. Non chiedeva aiuto, non si lamentava: aveva solo un'immensa paura. Pareva un angioletto al quale avessero spezzato le ali.

Romano corse col pensiero alla piccola Giorgia e la vide nelle mani di qualcuno, di lí a qualche anno, che le faceva del male mentre lei non aveva nessuno a cui rivolgersi. Si sentí furioso e disperato.

Susy gli mise una mano sul braccio; dopo settimane che non lo toccava. E lui avvertí fluire la rabbia dal punto esatto in cui lei aveva poggiato le dita. E si chiese per l'ennesima volta da dove venisse quella magia, e se fosse vero che gli angeli esistono.

La dottoressa disse:

– Può essere tutto, io dalla mattina alla sera vedo le cose piú incredibili. Spesso non è come sembra, ma spesso è pure peggio. Si deve verificare. Nadia, quando devono tornare per la visita di controllo?

– Dopodomani, alle sedici.

– Va bene. Penso io a cercare Franzese, lo chiamo e mi faccio trovare allo studio. Diremo che, in quanto pediatra, intendo facilitare la visita che la bambina non ha voluto fare. Proverò a restare da sola con lei e tenterò di capirne di piú. Poi, nel caso, passeremo la palla a voi due poliziotti.

Nadia sorrise. Romano annuí, truce. Aragona si alzò, come animato da una molla.

– Tutti d'accordo. Adesso possiamo andare dentro a ballare, sí?

XXIII.

Nel tornare a casa, l'ispettore Lojacono si chiese se essere attenti e meticolosi fosse un pregio o piuttosto un difetto.

Lui lo era fin da bambino. Riflessivo, introverso e molto ordinato. Lo era nell'atteggiamento, nelle abitudini, nei gesti ripetuti secondo una sequenza consolidata, nei criteri di sistemazione delle proprie cose. L'ex moglie Sonia, che era l'esatto opposto e appallottolava magliette nel guardaroba, lo accusava con una punta di fastidio di disporre i pantaloni nell'armadio per gradazione di colore. Lojacono protestava, ma sapeva che era vero.

Questo non gli impediva di rimodulare idee e attitudini di fronte a un imprevisto: ma dire che ciò non gli procurava disagio, sarebbe stato mentire.

Adesso, pensava risalendo verso il palazzo dove abitava con la figlia, a dieci minuti dal commissariato, qualcosa che gli procurava disagio c'era. Ma ignorava cosa. Una sensazione spiacevole quanto nota: gli succedeva ogni volta che aveva a che fare con un omicidio. La morte violenta è un disordine. Nel caso del meccanico, però, tutto era composto e pulito, e perciò non quadrava. C'erano le evidenze di un atto inconsulto, ma allo stesso tempo tutto era disposto come fosse frutto di una fredda premeditazione. O l'una o l'altra, rifletteva il Cinese. A meno che a porre in essere il delitto non fossero state due persone: Hyde a esplodere in maniera animalesca e Jekyll a ripulire.

Continuava a tornargli in mente la triste abitazione di Iaccarino, cosí pulita e cosí vuota di vita. Ricordi di un'altra esistenza, forse, o forse tracce di pensieri esistenti. Nessuno poteva dirlo.

Quella tristezza, quella solitudine, l'aveva sentita propria in una agghiacciante premonizione. Un altro motivo di disordine. Iaccarino era stato un uomo preciso e ordinato, come lui, che era rimasto solo.

Ma lui, pensò infilando la chiave nella toppa, non era solo. Lui aveva la responsabilità di una figlia ancora piccola, perché nel suo cuore nulla poteva convincerlo che una ragazza di diciott'anni fosse tutt'altro che una bambina.

Il pensiero lo portò a ragionare su un altro disordine. L'appartamento del meccanico Iaccarino gli aveva messo tristezza perché sembrava un museo di sentimenti morti. Lojacono ce l'aveva con sé stesso perché non riusciva a essere oggettivo sulla storia con Laura Piras, le cui lesioni non erano piú ignorabili. Gli stava accadendo qualcosa, a lei piú che a lui. Anzi, con ogni probabilità era già accaduto. Ma per affrontarlo ci voleva una forza che Lojacono sentiva di non possedere.

Cercò di capire se la figlia fosse in casa. Dalla cucina non giungevano odori di cottura, ma questo non voleva dire che la ragazza non fosse ancora rientrata. Lojacono guardò l'orologio e vide che erano le ventuno. Si avvicinò alla porta della stanza di lei e bussò, prima piano, poi piú forte.

– Sí, papà, ciao. Un attimo e ti raggiungo.

Lui mormorò un ok e andò a cambiarsi. Indossò una tuta, si lavò mani e faccia; e andò in cucina giusto in tempo per veder uscire dalla stanza della figlia la sua amica dirimpettaia e compagna di classe, Chanel.

Anche lei lo vide, e si avvicinò. Era una ragazza estroversa, pienotta e dai bei lineamenti, incline a indossare abiti troppo colorati e di taglie inferiori al necessario. Anche quella sera portava dei legging che reggevano a stento alla pressione interna, e una maglietta attillata marcava un rotolo addominale debordante.

– Buonasera, dotto', bentornato. Scusi l'invasione, abbiamo... studiato un po'.

– Eh, lo capisco, è l'anno della maturità, no? Tutti i nodi vengono al pettine.

– Non me lo dica, dottore, stiamo preoccupatissime. Ma se cominciamo mo' a non dormire, come ci arriviamo all'esame? Manca ancora un sacco di tempo!

– Hai ragione. Non è come all'epoca mia, quando uno si giocava tutto quel giorno. Adesso, per fortuna, vale anche il pregresso, no? E siccome voi siete brave, l'esame non sarà un ostacolo piú di tanto. Quello che si semina...

Marinella era rimasta nell'ombra, sulla soglia della propria stanza. Disse, infastidita:

– ... si raccoglie. Bella frase, una novità. Me la ricorderò.

– Ho detto qualcosa che non va?

Chanel rise.

– No, no, dotto', tranquillo, l'amica mia sta nervosa stasera. Ma le passa, è vero, Marine'? Perché se no fai solo peggio.

Lojacono cercò di decrittare il codice delle occhiate fra le ragazze, ma l'impresa era ardua. Chanel lo baciò sulla guancia con uno schiocco.

– Ma che peccato che il piú fico dell'isolato è il padre della migliore amica mia. Buona serata a tutti e due!

Appena la giovane se ne andò, Marinella disse al padre:

– Non sono riuscita né a fare la spesa né a cucinare, ho avuto un pomeriggio di merda. Mi sa che ci dobbiamo arrangiare.

Lojacono decise di sorvolare sulla parolaccia, dato il tono conflittuale della figlia.

– Non ti preoccupare. Possiamo mangiare fuori. Mi vesto e cerchiamo una pizzeria.

La ragazza sembrò ammorbidirsi.

– No, dài, non mi va. Preferisco stare qui. Magari ordiniamo.

– Come vuoi. Ma si può sapere cosa c'è che non va?

– Niente, è solo un periodo di schifo. Mi sento... mi sento disordinata, ecco.

A chi lo dici, amore mio, pensò lui. A chi lo dici.

– Ascoltami, tesoro: qui siamo solo noi due. Quando hai detto che volevi restare con me perché con la mamma litigavi in continuazione, ci siamo fatti una promessa. Ricordi?

La giovane annuí. Il padre insistette.

– Che cosa ci siamo promessi? Che cosa ti dissi, io?

– Che non sopportavi i silenzi. Che se c'era qualcosa da dire, bisognava dirlo. Altrimenti sarebbe stato troppo difficile.

– E quindi, la promessa?

Lei sbottò.

– Ma non lo so che cos'ho, papà. Non riesco a... Io ci provo a concentrarmi, ma mi sento... come se fossi arrabbiata, ecco. Con tutto il mondo.

Dio mio, disse fra sé Lojacono. E adesso che le rispondo?

– Sono momenti, tesoro mio. Non è questione di età. L'età al limite serve a contenere questa sensazione, a non darla a vedere, e magari è pure peggio. Devi soltanto provare a...

La figlia lo guardò. Negli occhi c'era una luce di sfida.

– La prof di Lettere ti vuole parlare. Avrebbe potuto chiamarti, invece ha voluto dirlo a me. Forse voleva capire se te lo riferivo.

Lojacono assorbí l'informazione. Disordine, rifletté. Altro dannato disordine.

– Vuoi essere cosí gentile da spiegarmene la ragione, cosí ci vado preparato?

Lei agitò una mano nel vuoto.

– Perché si aspettano che una stia zitta. Senti, io sono maggiorenne e qualcosa vorrà anche dire, secondo me non ci devi andare. Le dirò che sei un poliziotto e hai cose piú importanti da fare, e tutto si risolverà in una bolla di sapone, sta' tranquillo. Ok?

Lojacono, però, conosceva la figlia.

– Se pensassi davvero quello che hai appena detto, non me ne avresti nemmeno parlato. Nulla è piú importante di te. Quindi ci andrò, eccome. Prendimi un appuntamento con questa... come si chiama, la professoressa?

La ragazza mormorò, quasi fosse una confessione:

– Cantone. Lucia Cantone. Una maledetta zitella antipatica che...

L'ispettore fermò il flusso di contumelie. Era inquietante quanto Marinella a volte gli ricordasse la madre.

– Va bene. Adesso però ordiniamo la cena. Ho fame.

Disordine. Tanto disordine.

XXIV.

Suor Giovanna sospirò: quasi avrebbe preferito i tempi che furono. Ma era ancora giovane, e mostrarsi rievocativa, come spesso le diceva la superiora prendendola in giro, era un pericoloso segno di invecchiamento, il che avrebbe implicato un allontanamento dall'insegnamento ai bambini. E insegnare ai bambini era per lei irrinunciabile.

Nessuno, però, avrebbe potuto negare che gli anni passati – quelli delle scolaresche dormicchianti che costringevano ad alzare la voce, o quelli dei ragazzini che si scambiavano di nascosto le figurine nell'ora di Religione, richiedendo un vero e proprio intervento di gendarmeria – erano piú semplici. I ruoli erano definiti, ed era chiaro sin dall'inizio chi doveva conquistare l'attenzione e chi invece in aula l'avrebbe fatta franca pur non seguendo una sola parola della lezione.

Questi bambini, invece, erano diversi, piú impegnativi. Se ne stavano in silenzio, gli occhi fissi sulle sue labbra e sulle figure proiettate sullo schermo, e fremevano nell'attesa del momento dedicato alle domande e agli interventi; che erano semplici e diretti, tesi a sciogliere dubbi su una materia che prevedeva una fede incondizionata piú che una comprensione razionale.

Gli angeli appassionavano i ragazzi, perlomeno quella classe. Non uno si distraeva o sonnecchiava, non uno guardava fuori dalla finestra rammaricandosi di non poter godere del sole di settembre. Tutti volevano saperne di piú, perché, se era vero che i supereroi esistevano solo nella fantasia degli autori di fumetti e di film, era eccitante sentir definire come reale un gruppo di alunni che, per ammissione stessa dell'insegnante, assomigliava tanto a quei personaggi da loro cosí amati. E lo diceva addirittura suor Giovanna, poco incline a mentire.

Arturo, che si era fatto portavoce della curiosità generale, schizzò in piedi come spronato da un pungolo.

– La storia degli angeli caduti, suora. Potresti spiegarla meglio?

– Sicuro. C'è un punto che ti interessa in particolare?

Il bambino scambiò un'occhiata con i compagni. Qualcuno annuí. Ne avevano parlato fra loro, addirittura.

– Allora, tu hai detto che gli angeli servono a fare quello che Dio dice, no? Cioè, obbediscono agli ordini di Dio. Ci hai fatto l'esempio dell'arcangelo Gabriele, no? Quello che disse alla Madonna che avrebbe partorito Gesú, anche se non era ancora sposata.

– Certo, fanno il volere di Dio. Sono messaggeri, è proprio quello che significa la parola angelo: messaggero.

– Però c'è la storia di Lucifero, e degli altri angeli che diventano demoni, no? Quelli caduti, che poi vanno all'inferno e lo popolano. E allora?

Suor Giovanna sbatté le palpebre. I bambini, piegati in avanti, avevano tutti la stessa espressione inquisitoria.

– Non capisco che vuoi dire, Arturo. Certo, Lucifero come vi ho spiegato era l'angelo preferito, quello piú vicino al Signore, e...

– Hai detto che il nome vuol dire che portava la luce. Quindi faceva proprio il servitore di Dio. No?

– Sí, certo. Per questo la sua ribellione fu terribile. Arrivò persino a diventare il capo dei demoni, l'avversario di Dio. Il male assoluto.

Alcuni si agitarono sulle sedie, impauriti ma loro malgrado interessati. Non Arturo, però. Aveva cominciato e doveva continuare.

– E come può essere che qualcuno che è stato creato per fare del bene, che deve aiutare Dio, che è il suo primo servitore, diventa il suo avversario? Per quale motivo? Uno o è buono o è cattivo, suora. Lo sanno tutti.

Il libero arbitrio, di già. A otto anni, e nemmeno li avevano compiuti tutti.

Suor Giovanna si sistemò gli occhiali sul naso, si alzò e fece il giro della cattedra. Poi si schiarí la voce.

– Ascoltatemi bene, bambini. Nessuno, nessuno, a parte Dio, è tutto buono o tutto cattivo. Nemmeno voi. In ognuno c'è qualcosa da salvare, e in ognuno c'è qualche peccato da perdonare. Avete capito? Su questo non dovete mai avere dubbi.

Arturo si girò ancora verso gli altri, a disagio. Era impressionato dal cambio di tono di suor Giovanna, e anche dal fatto che si fosse alzata dalla cattedra, cosa che non succedeva mai. Ma non era disposto a farsi distrarre dalla discussione.

– Suora, però tu ci dici sempre che Satana, che poi sarebbe Lucifero, è il male assoluto. Lo hai detto pure adesso. Quindi è cattivo, cattivissimo. Come Dio è buono.

– Sí. Non dimenticate che se non esistesse il male, non potrebbe esistere neanche il bene. Quindi Dio aveva bisogno di Lucifero, proprio per essere il bene.

– E perché, scusa? Bastava non farlo ribellare, e ci sarebbe stato solo il bene.

Suor Giovanna stava per rispondere, quando suonò la campanella. Ma nessuno dei bambini si mosse. Restarono in attesa della risposta. Che belli i vecchi tempi, pensò la donna.

– Ognuno può decidere. Ognuno: uomini e animali, angeli e demoni, tutti possono scegliere. Se fare il bene o il male, se seguire una strada anziché l'altra. Tu, io, i tuoi compagni.

– Scusa, suora, ma perché? Non bastava far fare a tutti il bene e basta? Non era meglio un mondo senza i cattivi ma solo con i buoni?

La porta si aprí ed entrò l'insegnante di Scienze, che fissò la suora ancora presente in aula e i bambini in evidente attesa di una risposta. La donna fece un passo indietro, mormorando delle scuse. Nessuno la guardò.

– Non lo sappiamo, Arturo. E non sappiamo perché Lucifero si ribellò. Non sono nemmeno sicura che sia stato punito, alla fine: forse ha fatto soltanto quello che gli è stato ordinato. Non tutto si può capire, sai. Quello che ti posso dire per certo, perché l'ho visto accadere tante volte quando sono andata in missione in Africa, in India e in altre parti dell'Asia, è che se si sceglie il male spesso a soffrire sono gli innocenti, che la possibilità di scegliere nemmeno l'hanno avuta.

All'ultimo banco, Giovannino, in silenzio, allungò la mano e prese quella di Marida.

Che sussultò, perché un dito le faceva male.

– Sei sicura che non lo vuoi dire a nessuno?

La bambina scosse il capo.

XXV.

Il tizio si presentò in commissariato verso le nove e fu accolto dall'agente Gerardo Ammaturo, di servizio all'ingresso.

Ora, Ammaturo riteneva di essere in possesso di un istinto che gli consentiva di riconoscere all'istante le rotture di scatole. Lo sguardo strabico nascondeva un felice intuito, dettato da un'intelligenza coltivata in strada e da una parentela sterminata che costituiva un campione statistico adeguato, permettendogli di pesare le persone e orientare il dialogo in maniera da limitare i danni da contatto con quella che chiamava, enfaticamente, la sua «clientela».

All'arrivo del tizio, Ammaturo stava gestendo nell'ordine: una ultraottantenne che veniva ogni mattina per denunciare i rumori notturni riconducibili a un'eccessiva attività sessuale dei vicini; un ragazzo di tredici anni che pretendeva di ottenere un passaporto senza il consenso dei genitori, per andare in India con motivazioni religiose; un lavavetri nigeriano accusante lesioni causategli da un automobilista che aveva attivato il tergicristallo, ferendolo a un dito. Ordinaria amministrazione da gestire con fermezza cortese e con pazienza, doti che Ammaturo reputava di possedere in grandi quantità. Eppure, appena l'occhio destro – indipendente da quello sinistro, fisso sulla signora che lo aggiornava sulle urla belluine udite durante la notte – si soffermò sull'uomo appena entrato, un prurito sul fondo della schiena lo avvisò del probabile problema in corso.

L'uomo sembrava uscito da un altro tempo. Si guardava attorno spaesato, quasi fosse giunto dagli anni Sessanta. Segaligno, sbarbato ma con un paio di baffetti sale e pepe ben curati, capelli pettinati all'indietro con tempie grigie e ciuffo color mogano, portava un foulard picchiettato di azzurro e una camicia bianca aperta dal lungo colletto a punta. Il vestito era un improbabile doppiopetto in principe di Galles a dominante senape, dai cui pantaloni spuntavano scarpe bicolori traforate. Il tutto completato da un bastone da passeggio con pomello dorato, e fu quel non trascurabile dettaglio a indurre Ammaturo a preoccuparsi. Perché uno che andava in giro cosí, o era appena scappato da un istituto, oppure semplicemente poteva permetterselo.

Il pensiero lo portò a scavalcare la signora, il ragazzino e il lavavetri per avvicinarsi all'alieno, domandando in che cosa lui, e in generale il commissariato di Pizzofalcone, potesse essergli utile.

Ottenuta risposta, Ammaturo, con fare da maggiordomo, lo accompagnò in sala agenti facendo segno a Di Nardo e Aragona che qualcuno aspettava di essere ricevuto. E aggiunse, con tono da araldo medioevale:

– Vi presento il conte Adalberto Guerri di Moncalvo. Vorrebbe sapere quando potrà riavere la sua Camilla, a quanto pare adesso sotto sequestro.

Aragona, che indossava una camicia con protozoi ciliati di tutte le tinte dello spettro, fissò attonito l'ospite.

– Ma come si veste, questo? Perfino gli occhialini dorati... Ma che è, la comparsa di un film?

Il conte sollevò un sopracciglio, come fanno in genere i conti.

– Giovanotto, mi faccia parlare con un essere senziente, per cortesia. La questione è di una certa qual gravità, e merita una degna interlocuzione. Grazie.

Alex diede un colpo d'anca al collega.

– Buongiorno. Può cominciare a dire a noi di che si tratta? Cosí possiamo aiutarla o indirizzarla verso chi di competenza. Chi è questa Camilla, e da quanto tempo è stata rapita? Ha idea di...

– Capisco l'equivoco, signorina. Camilla non è una persona, anche se per me conta piú di una moglie o di una sorella, e il sequestro l'avete fatto voi. Sono il proprietario della vettura Mercedes SL modello W113, nota come Pagoda, che era in cura... pardon, in riparazione... presso l'officina del compianto signor Iaccarino. Siccome i sigilli non mi consentono di starle vicino, sono venuto a informarmi sui termini e le modalità per rientrarne in possesso.

Aragona continuava a fissarlo ammirato, in piena sindrome di Stendhal. Alex decise di sottrarre il conte a ulteriori commenti dell'agente scelto e lo accompagnò nell'ufficio di Palma, dove Elsa, Ottavia e Lojacono stavano facendo il punto sulle indagini. Gli chiese di attendere ed entrò.

Il clima non era improntato all'ottimismo. C'era sul piatto la pista dei soldi – che però doveva seguire Pisanelli in autonomia – e l'ipotesi improbabile della rapina; per il resto non si poteva far altro che scavare nella vita del meccanico, che appariva piatta e solitaria e non offriva appigli né possibili spiegazioni all'accaduto. Erano, insomma, a un punto morto.

Alex li informò su chi fosse l'uomo e perché si trovasse lí.

– Magari sa qualcosa, vale la pena di ascoltarlo. Anche perché ha l'aria di uno che si mette qui fuori e non se ne va finché non ha risposte. Gli parlerei, capo, che ne dici?

Guerri salutò le signore con un mezzo inchino. Ottavia dovette sforzarsi di non ridere. Palma si qualificò e presentò i colleghi, poi chiese da quanto tempo l'automobile fosse in riparazione e quali contatti il conte avesse avuto con Iaccarino.

– Conoscevo Iaccarino da oltre trent'anni. Era l'unico al quale avrei affidato Camilla, del resto se n'era sempre occupato lui. Era un genio e se ne sentirà la mancanza, anche se negli ultimi tempi ho avuto dubbi sulla sua concentrazione. Per mettere le mani su un oggetto di quel valore è necessario avere la mente sgombra.

Furono sorpresi dalla risposta. Se quell'uomo non era un mitomane, poteva fornire informazioni preziose.

Elsa chiese:

– Perché ha avuto questi dubbi, scusi?

Il conte parve illuminarsi. Tolse gli occhiali con un gesto simile a quello studiato da Aragona quando si metteva in testa di diventare ammaliante, riuscendo invece a diventare ancora piú ridicolo.

– Sbaglio o mi sembra di riconoscere, in questa meravigliosa signora, un bell'accento piemontese? Aggiungerebbe fascino al fascino. La nobiltà cittadina mantiene un contatto di fedeltà costante alla famiglia reale, che ha la sua stessa nascita. Sono ansioso di risponderle.

Palma fece cenno a Elsa di approfittare dell'entusiasta reazione del conte alla sua inflessione.

– Sí, sono piemontese, in effetti. E grazie di averlo notato. Allora, stava dicendo dei dubbi sulla concentrazione di Iaccarino. Potrebbe essere piú specifico?

– Come ho detto, conoscevo Iaccarino da decenni perché frequento, o meglio, frequentavo, casa Alagna di Roccaforte. Sono amico di Adelaide, insomma. È stato lí, in virtú di questa amicizia, che ho potuto usufruire dei servigi di Iaccarino. Lui era il factotum della villa. Aveva un dono per la meccanica, quindi si occupava di tutto, impianti, antenne e, naturalmente, del parco macchine della famiglia. Si prendeva cura di Camilla da quando la possiedo. Ora davvero non saprei come fare, sono preoccupato.

– Mi scusi, conte, per quale motivo non riteneva Iaccarino concentrato sul lavoro, da ultimo? Ci interessa molto la sua opinione.

Guerri ringraziò Elsa per la considerazione.

– Quando lavorava dagli Alagna te ne potevi servire solo una volta esaurite le sue incombenze presso la famiglia, ma appena ti poteva dedicare l'attenzione era tutto per te. Dacché aveva aperto quella dannata officina, invece, era sempre teso, in ansia, e traspariva con chiarezza. Almeno, io lo capivo. Lo osservavo, sapete? Per mia fortuna non ho particolari impegni, e quando Camilla era da lui andavo a vederlo lavorare. Posso garantire che non era concentrato a dovere. E la carburazione di un gioiello come Camilla è equiparabile alla cardiochirurgia.

Lojacono chiese:

– E che cosa lo distraeva, che lei sappia?

L'uomo restò rivolto verso Elsa, in silenzio, quasi l'ispettore non avesse parlato. Palma allora fece un cenno alla vicecommissaria.

– E che cosa lo distraeva, che lei sappia?

– Il telefonino. Lo fissava di continuo, come in attesa di notizie. Lo teneva sempre davanti, spostandolo se si spostava, assicurandosi che avesse campo. Pareva ossessionato.

Elsa intervenne.

– E lo ha mai sentito parlare al telefono?

– Un paio di volte, forse tre. Una volta con la figlia, Giulia, una cara ragazza che ho visto crescere, credo stia al Nord adesso. Le altre di sicuro con una donna, si allontanava perché non ascoltassi la conversazione, il che è assurdo, io sono famoso per la mia discrezione.

– E non ha idea di chi fosse?

– Sembrava una conversazione tenera, sentimentale. Iaccarino aveva una fidanzata, e si parlavano con dolcezza.

Elsa si voltò verso Palma.

– I tabulati. Dobbiamo sollecitare i tabulati del cellulare di Iaccarino.

XXVI.

Affacciato al parapetto, Giorgio Pisanelli ammirava il panorama.

Riteneva un privilegio che un quartiere come il suo possedesse cosí tante anime. In un'ora di camminata si poteva essere aristocratici nei palazzi nobiliari del Seicento e del Settecento, popolani nella ragnatela di vicoli, ricchi nella guardiania costante della raffinata edilizia di cinquant'anni prima e poverissimi nelle abitazioni in tufo ricavate dalle antiche rimesse per carrozze e cavalli, scavate a picconate nel fianco della montagna.

E alla fine della passeggiata, nel corso della quale si poteva conversare scegliendo livello e argomento a seconda dell'interlocutore incrociato, si arrivava nel punto in cui il vicecommissario si trovava adesso: il belvedere.

Da lí si godeva un panorama che secondo Pisanelli, il quale ammetteva di non essere obiettivo quando si parlava di Pizzofalcone, era spettacolare. Quel giorno, poi, la luce pareva irradiare dal basso, in un trionfo di colori e soprattutto di azzurro che quasi commuoveva per la sua bellezza.

Percepí la presenza accanto a sé, ma non si girò. Aveva udito il motore potente fermarsi a una certa distanza; sentito uno sportello aprirsi, passi frettolosi attorno all'auto, l'apertura deferente della portiera posteriore; aveva percepito un discreto scambio di battute fra due voci maschili, una piú bassa.

Sapeva di essere sotto il tiro di perlomeno due pistole. E che anche la persona ora affacciata al parapetto, a un metro scarso da lui, era armata, e che l'arma aveva il numero di matricola abraso, e un'eventuale pallottola esplosa non avrebbe mai consentito di risalire alla canna dalla quale era venuta fuori. Malgrado ciò, era consapevole di essere al sicuro. Anzi, per certi versi piú al sicuro che in qualsiasi luogo.

– Pure io me ne vengo qua, ogni tanto, Giorge'. Da casa mia c'è una bella vista, per carità; e pure da casa dei ragazzi miei, ognuno ha il suo panorama. Sarebbe assurdo vivere in questa città senza vedere il mare. Ma da qua è un'altra cosa. Qua è la vista nostra.

Pisanelli annuí, senza distogliere gli occhi dall'arcobaleno di colori.

– Hai ragione, Emilia'. E sai perché? Per la distanza. Da qua è la giusta distanza per guardare la città. Dall'alto la ammiri tutta azzurra e silenziosa, bella e pacifica come non è. Da piú sotto c'è solo il casino, senti i rumori, ti misuri con l'angoscia e pure quella non è sempre vera. Da qua no: da qua vedi il movimento, ma lo inquadri nel totale.

Emiliano Sorbo, capo del clan omonimo, uno dei criminali di maggior peso dell'intera area metropolitana, a piede libero in virtú dell'abilità quasi soprannaturale a prevedere le mosse della legge e a non farsi mai trovare con le mani nel sacco, ridacchiò.

– Se lo dici tu, Giorge', sarà vero. Sei tu il poeta.

Il riferimento era al soprannome di Pisanelli quando, ai tempi di un'infanzia che cominciava a essere giurassica, esprimeva un naturale talento per il dribbling sul terreno sconnesso dei cortili; terreno sul quale faceva coppia fissa con un centravanti forte e coraggioso, dal fisico scolpito e dai fluenti capelli neri. Entrambi sarebbero stati difficilmente riconoscibili nei due uomini che adesso chiacchieravano come vecchi amici, non ci fosse stata di mezzo una vita di battaglie su fronti opposti.

Sorbo era massiccio, calvo, con un ventre prominente che lo mandava in affanno anche per quattro passi. Gli occhi azzurri, calmi e tristi, erano una finestra disincantata su tutto e il contrario di tutto.

– Mica mi hai cercato per commentare il panorama, eh, Giorge'? Perché io, al contrario di te che hai tirato i remi in barca e ti sei messo a guardare i cantieri, tengo ancora che fare.

Pisanelli sogghignò.

– Allora sarebbe bene che ti facessi perdere tempo. Cosí non continueresti a fare cazzate. Ma lo so che le nuove generazioni ti hanno scalzato e adesso fai il nonno... Fra parentesi: beato te che lo puoi fare, io manco questa gioia ho avuto.

Emiliano sbuffò, suo malgrado divertito.

– Chi lo sa perché ti consento di dirmi queste cose. Quasi quasi faccio un fischio e ti faccio tagliare a pezzetti da buttare in ogni tombino del quartiere, cosí realizzi il sogno di restarci per sempre. Ora mi vuoi dire che ti serve, invece di stare qua a fare l'ironico?

– Insomma, proprio non vuoi ammettere che ti diverti a fare due chiacchiere con un vecchio amico. Vabbe', allora ti dico. Il fatto di Iaccarino, il meccanico.

– Non te lo vuoi levare il vizio di indagare, eh? Ma che ci sei andato a fare in pensione, se poi continui a rompere le palle? Non ti conveniva continuare, cosí guadagnavi quei venti euro in piú e non ci stavano equivoci, uno sapeva che eri un poliziotto e non ti parlava.

– Un poliziotto resta poliziotto, Emilia'. Mica è come fare l'impiegato al catasto. E poi Iaccarino era una brava persona. Faceva il suo lavoro, e basta.

L'altro si agitò.

– E perché, ci sta qualcuno che non lo fa? Tutti lavorano, per tirare avanti. E poi Iaccarino non era del quartiere, era venuto da fuori. Comunque nessuno gli dava fastidio, te lo posso assicurare; sono finiti i tempi del pizzo, delle minacce e degli avvertimenti: sono tutti inguaiati, a stento sopravvivono, non ci sta niente da guadagnare. Se vai a chiedere qualcosa pigliano e chiudono. Hai visto quante saracinesche abbassate ci stanno, in giro?

– Emilia', non mi fare lezione di economia, per piacere. Lo sappiamo tutti e due che ci sono ancora ragazzini che vanno cercando soldi dai commercianti, e non dico che fanno capo alla gente tua, ma ci stanno. Quindi fammi capire, Iaccarino ha sgarrato? Si è messo contro qualcuno? E tu lo sai chi l'ha ammazzato?

Sorbo picchiò una mano sul parapetto, suscitando la reazione agitata degli uomini che sorvegliavano a distanza. Li calmò con un gesto.

– Io non mi metto con gente del genere, cazzo. Scordatelo, che qualcuno fa una cosa cosí nel quartiere mio e io lo permetto. O la ordino io, una cosa cosí, o non succede. Punto.

Pisanelli non si era fatto impressionare dallo scoppio d'ira.

– Mi risulta che teneva un debito. Non so dirti quanto grosso, con ogni probabilità aveva prelevato trentamila euro proprio per pagare. Forse per saldare, oppure per una rata. Ma un debito con qualcuno l'aveva, e non certo con una banca. Ora, io lo so che tu consenti a qualche strozzino di fare piccoli affari in zona. Ti volevo chiedere la cortesia di capire chi è questo creditore di Iaccarino, e se hanno avuto, per esempio, una discussione. Può succedere, no? Qualcuno si arrabbia e fa qualcosa che non voleva fare.

– Mi pare strano. Certe cose succedono se uno non paga, non se uno ti dà trentamila euro. Secondo me non è questa la strada giusta, Giorgio.

Pisanelli rifletté: aveva una logica, in effetti.

– Io comunque vorrei essere sicuro, anche per escludere la pista. Potresti sentire in giro? Ci metti cinque minuti, sai a chi chiedere. Io non lo troverei mai, è un ago nel pagliaio.

– Sí, lo posso fare. Anche se mi mette un disagio enorme essere diventato, nella terza età, un informatore della polizia. Che brutta fine.

Pisanelli ridacchiò.

– Ma no. Sono solo chiacchiere fra due pensionati, davanti a un cantiere.

Non sapeva se l'amico aveva udito, perché dopo un attimo lo sportello si chiuse e l'automobile ripartí.

XXVII.

La dottoressa Susy Penna aveva riflettuto a lungo sulla strana serata passata con Francesco e i suoi amici. Non era stato semplice: le correnti emotive erano molto forti, come una tromba d'aria all'interno della quale era tutt'altro che facile tenere i nervi saldi: ma come sempre quando c'era un bambino di mezzo, le priorità si rimodulavano e tutto tornava distinguibile.

Non era un bel momento, per lei. Credeva di vivere nuovi equilibri, di potersi calare nel presente senza dover pianificare il futuro. Il matrimonio, una storia piatta e triste, frutto di una decisione piú che di un sentimento, era ormai alle spalle; il lavoro aveva raggiunto un assetto che poteva anche essere definitivo, all'interno dell'ospedale pediatrico piú importante di quella parte del paese, dove lei era apprezzata e stimata; la latente urgenza di divenire madre era assolta dal contatto quotidiano coi suoi meravigliosi, piccoli pazienti. Non aveva alcun bisogno di disordine.

Invece era arrivata la bambina Giorgia, e con lei Francesco. E si era innamorata, contro ogni opportunità, contro ogni pianificazione.

Non avrebbe saputo dire cosa in quell'uomo l'aveva travolta al punto di farle mettere in discussione ogni barriera morale che si era costruita. Mai con il padre di una paziente, e lui di fatto era piú padre di quasi tutti i genitori biologici che incontrava ogni giorno; mai con un uomo sposato, e lui era sposato, e fino alla loro storia, ne era certa, fedele alla moglie; mai con un uomo problematico e poco interpretabile, e lui era perseguitato da fantasmi indecifrabili.

Eppure era accaduto, ed era diventato difficile dormire, ridere, perfino mangiare e vestirsi all'interno di un'esistenza che, da quando aveva avuto la forza di rinunciare a lui, a loro due insieme, era grigia e triste. La certezza gliel'aveva data il ritorno a casa, dopo che lui l'aveva riaccompagnata alla fine della strana serata con Nadia e Marco.

Al contrario dell'andata, in cui la tensione era stata palpabile ed erano rimasti in silenzio, avevano parlato. Francesco era pieno di rabbia e di dolore, non riusciva a trattenere la furia nei confronti della violenza che, forse, quella bambina subiva.

Aveva detto: «Lui, è di sicuro lui, vedrai. Non sopporta quel residuo di una relazione precedente, la gelosia è cosí, ti acceca, è irrazionale. Avere davanti quella bambina ogni giorno significa ricordare che la tua donna è stata di un altro, ha avuto altri progetti, sperava in un altro futuro. Magari vede fotografie, pensa a chi le ha scattate, e se la prende con la piccola».

Mentre parlava gesticolava, la voce come un ruggito, dava manate sul volante. Era penoso vederlo cosí: un cuore grande e dolce che voleva mettere a posto le brutture del mondo, e quel sangue in circolo che prendeva il sopravvento facendone un guerriero determinato e pericoloso, per sé e per gli altri.

Susy aveva perciò fatto quello che faceva sempre, con lui. Aveva parlato piano, dicendo che non c'era nulla di certo, che le cose andavano verificate. Che Nadia le sembrava una ragazza intelligente e sensibile, ma era pur sempre un'infermiera molto giovane che poteva aver avuto un'impressione sbagliata. Che una bambina sofferente per un dolore fisico ha atteggiamenti difensivi, e che questo può derivare da una malattia e non da violenze.

Lo aveva placato. E quando, al momento di salutarlo, aveva finto di non leggere nei suoi occhi la voglia di salire a casa per fare l'amore con lei, in Romano c'erano solo rimpianto e malinconia. Niente rabbia.

Pensava però che la bambina potesse aver avuto davvero qualche problema. Nella quotidianità può accadere di tutto, anche che una ragazzina venga picchiata, ma questo non vuol dire che si eserciti stabilmente violenza o sopraffazione. Si può perdere la testa solo un attimo in tutta la vita, senza essere per questo un genitore cattivo. L'importante è accorgersene e trovare una soluzione. Cosí, dopo una notte in cui aveva dormito a sprazzi, attese un'ora decente e si attivò per contattare il dottor Franzese, l'anziano otorino che aveva in cura la bambina.

Aveva riflettuto bene su quello che avrebbe detto. Non doveva offendere la sensibilità del collega: parlargli delle proprie preoccupazioni avrebbe voluto dire che l'infermiera aveva notato qualcosa di cui lui non si era accorto; e avrebbe con ogni probabilità messo nei guai la ragazza. Con Nadia aveva quindi concordato una strategia diversa: disse di dover scrivere un articolo scientifico sull'otorinolaringoiatria pediatrica e che lui, Franzese, era un luminare dal quale avrebbe voluto imparare. Aveva per caso l'indomani, quando lei sarebbe stata libera dall'attività ospedaliera, qualche bambino da visitare? Magari nel primo pomeriggio? La conoscenza dell'agenda aveva fatto da guida nascosta, e il primario in pensione, solleticato dalla gratificazione, le aveva detto che sarebbe stato felice di averla al fianco.

Era giunta con mezz'ora di anticipo, aveva chiacchierato col collega di comuni conoscenze, lo aveva blandito con complimenti sperticati. Aveva finto di incontrare l'infermiera per la prima volta, scambiando con Nadia un saluto distratto. Aveva preso appunti sulle ovvietà che Franzese le diceva con ingiustificato tono didattico. Tutto nell'attesa della bambina, il cui arrivo le fu preannunciato da un'occhiata di Nadia.

La visita di Franzese, al cospetto della madre e del compagno, fu attenta e approfondita, ben diversa dalla superficialità della precedente; Nadia rilevò la differenza, imputandola alla silente presenza di Susy annunciata dal dottore come una collega in stage.

La pediatra studiava i comportamenti di Marida e dei due adulti. L'uomo, che si era presentato come Raffaele Pellettieri, no, non il papà della bambina, aveva precisato con chiarezza non richiesta, ma il compagno della mamma, sembrava assai poco interessato alla questione. Controllava spesso l'ora e si teneva dal lato della donna, rivolgendo occhiate a lei e al fondoschiena di Nadia mentre l'infermiera armeggiava nel mobiletto dei medicinali.

La madre, Rossella, era invece a disagio. Continuava a guardarsi attorno come se da un momento all'altro dovesse entrare qualcuno, teneva la mano sulla spalla della figlia e rispondeva a monosillabi alle domande del dottore.

La cura antibiotica aveva portato beneficio? Sí, dottore. Ci sono stati episodi di dolore, notturno per esempio, tali da portare pianto o lamenti? No, dottore. Ha notato secrezioni, muchi o sanguinamenti sul cuscino alla mattina? No, dottore. L'umore della bambina è migliorato? Sí. Sí, certo, dottore.

Risposte veloci, guardinghe, difensive. Piú osservava, piú a Susy l'atteggiamento della madre sembrava improntato a risolvere in fretta l'incombenza; e il manifesto disinteresse dell'avvocato lasciava pensare a una strategia concordata. Il medico disse che magari adesso la piccola gli avrebbe consentito una visita con l'otoscopio, e Marida s'irrigidí, mise le mani sulle orecchie e scosse vigorosamente il capo.

L'avvocato parve infastidito, piú per la perdita di tempo che per il fatto in sé. Mormorò qualcosa sull'eccessivo permissivismo dei genitori, e la madre gli lanciò un'occhiata preoccupata che non sfuggí a Susy. Franzese minimizzò: i decisi ed evidenti miglioramenti di cui gli avevano riferito erano piú che sufficienti a ritenere l'otite in via di risoluzione, avrebbero solo dovuto continuare la terapia per...

Susy intervenne, d'impulso.

– Potrei visitare io la piccolina, dottore? Cosí, una chiacchierata veloce tra amiche, io sono piccola come lei. Mi faccio dire se ha ancora un po' di male, ce ne andiamo noi due nella stanzetta qui di fianco. Posso?

La richiesta colse tutti alla sprovvista. Nadia si girò sorpresa, smettendo di armeggiare nell'armadietto; Franzese restò con la penna a mezz'aria sul ricettario; l'avvocato si corrucciò; Marida la fissò, incuriosita.

Soltanto la madre rispose.

– No, no, che visita? Ce ne dobbiamo andare, Marida sta molto, molto meglio!

La dottoressa continuò a scrutare la bambina.

– Solo un attimo, guardiamo dentro l'orecchio col periscopio magico. Noi due sole. Vuoi, Marida?

Gli occhi e il sorriso di Susy avevano un fascino irresistibile. La piccola si alzò e si avvicinò a lei, tendendo la mano.

Franzese le passò l'otoscopio.

– Se riusciamo a completare l'anamnesi è meglio. La mia giovane collega è preparatissima e la ringraziamo per l'aiuto. Vogliamo che la bimba stia bene, no?

L'avvocato annuí, spazientito.

– Sí, sí, ma facciamo presto, per favore. Ho un appuntamento in studio fra mezz'ora, non possiamo certo passare una giornata intera dietro un banale mal d'orecchio, non trovate?

La madre si era alzata in piedi e pareva preoccupata.

– Appunto, come dice Raffaele non abbiamo tempo. Non capisco perché sia necessario approfondire, se Marida sta meglio vuol dire che la cura...

Susy, che aveva attratto a sé la bambina per sottrarla all'influenza fisica della madre, rispose serafica.

– Oh, ma non sarà una perdita di tempo, ci metteremo meno di quanto il dottor Franzese impiegherà per scrivere la nuova ricetta. Scommettiamo?

E si avviò veloce verso l'ambulatorio adiacente, tenendo per mano Marida.

Vennero fuori cinque minuti dopo, quando i due adulti erano già sulla soglia. Susy disse che in effetti l'orecchio andava migliorando, e che la bimba sarebbe stata ancora meglio in occasione della prossima visita di controllo, da fissarsi nella settimana successiva.

Marida le fece l'occhiolino, che la pediatra ricambiò. Nadia accompagnò i tre alla porta, e al ritorno trovò i due medici discorrere di psicologia infantile. L'infermiera attese di incontrare gli occhi di Susy mentre Franzese era occupato in altro, e sentí un vuoto in petto.

Perché la pediatra, rivolgendole uno sguardo carico di dolore, annuí una sola volta e gravemente con la testa.

XXVIII.

Lojacono, che guidava, disse a Elsa:

– Ma non ti sembra strana questa concomitanza?

La donna guardava scorrere il traffico, persa dietro chissà quali pensieri. Si riscosse.

– Quale concomitanza?

L'ispettore le lanciò un'occhiata di traverso.

– Che hai, Elsa? È successo qualcosa? Ti posso essere d'aiuto?

La vicecommissaria si strinse nelle spalle.

– No... sí... boh... Vittoria, mia figlia... hai presente?

Lojacono ridacchiò.

– E chi non ce l'ha presente, la mitica Vicky? La bambina piú intelligente dell'emisfero. Ogni volta che viene in commissariato, partono le scommesse su quanto ci impiegherà a mettere in ginocchio Aragona. Secondo me, il quoziente intellettivo di tua figlia supera almeno di tre volte quello di Marco... Allora? Vuoi dirmi che è successo?

Elsa teneva gli occhi fissi sulla strada.

– Non so... In realtà, sembra non sia successo proprio niente. A scuola è la solita bomba, interagisce bene con i compagni, vengono a casa a studiare con lei, condividono una chat... Però, da un po' di tempo... È una sensazione, d'accordo, un fatto di pelle, ma le madri non sbagliano: la mia capisce perfino in che ambito della mia vita ci sia casino, al telefono dal Piemonte e senza che io le dica niente.

Insomma, ho la sensazione che Vittoria mi nasconda qualcosa. Peggio: che stia tramando qualcosa.

Lojacono rise.

– Ma dài, è piccola! Che cosa mai potrebbe tramare? E poi sii felice del fatto che non ha problemi a scuola. Mia figlia Marinella ieri mi ha detto che la professoressa di Lettere vuole parlarmi. E com'è ovvio non si può sapere di che, figurati. Mi aspetto una bella battaglia, quando ci andrò. Figli piccoli, problemi piccoli: figli grandi, problemi grandi. Cosí si dice dalle parti mie.

Martini sospirò.

– Bah… Mi sa che nel caso di Vicky i problemi si misurino con l'intelligenza. È un piccolo genio del male, credimi. Comunque, che stavi dicendo, prima? Quale concomitanza?

Per un momento, Lojacono restò disorientato.

– Ah, sí. La concomitanza… Dunque: noi, sulla base di quello che dice il conte Adalberto Comesichiamalui, chiediamo a Laura Piras di avere con urgenza i tabulati telefonici di Iaccarino. Lei si attiva e inoltra la richiesta. Un'ora dopo, il questore chiama direttamente Palma, cosa che non fa mai…

– Però tieni conto di quello che, in camera caritatis, ci ha detto proprio Piras, sulla situazione che c'è in questura rispetto a Pizzofalcone.

– Sí, sí, ma questa è una ragione di piú, non ti pare? Della serie: facciamoli sbagliare, cosí abbiamo un nuovo motivo per toglierceli di torno. Invece il questore chiama il capo, e gli dice nientemeno che il signor Cortese in persona vorrebbe incontrare i poliziotti venuti a sentire la fidanzata, perché lui non c'era e vuole parlare con loro. E, va da sé, data l'importanza del personaggio, il signor questore invita Palma a farci andare subito alla villa.

La vicecommissaria continuava a non capire.

– Ma che c'entra la concomitanza?

Lojacono fissava la strada davanti a sé, impenetrabile.

– Magari niente. E magari, invece, qualcuno ha pensato di informare Cortese sul contenuto dei tabulati prima di trasmetterli a noi. E il contenuto dei tabulati in qualche modo coinvolge lui, o la figlia di Iaccarino. O chissà chi altri ancora. Insomma, a me questa convocazione sembra strana.

– Piú in generale, è la vita di quest'uomo, Iaccarino intendo, a sembrare strana. Insomma: lavora per piú di trent'anni con una famiglia di imprenditori, rapporto strettissimo, la figlia addirittura si fidanza con uno di loro. Poi lascia quell'impiego e apre un'officina con difficoltà, tanto da avere a carico pagamenti insoliti per saldare i quali è costretto a svuotare il conto corrente. Vive come un disgraziato, in due stanzette ricavate sopra l'officina, e la figlia ci dice per prima cosa che non ha nessun problema di risorse. A me suona stonata, questa faccenda.

Giunsero alla villa passando i due consueti blocchi. Ebbero l'impressione che l'attenzione fosse piú alta; c'era meno movimento, sia nel giardino sia nel cortile antistante l'edificio. Il cameriere li condusse nello stesso salotto della prima visita, e dopo un po' entrò un uomo alto dal viso bello e regolare, gli occhi azzurri e i folti capelli neri ingrigiti sulle tempie. Il fisico atletico risaltava sotto una giacca sportiva tagliata su misura. A completare la *mise*, una camicia dello stesso colore degli occhi e scarpe da tennis bianche. Andò loro incontro tendendo la mano, il volto disteso.

– Salve, sono Roberto Cortese. La dottoressa Martini e l'ispettore Lojacono di Pizzofalcone, vero? Grazie di essere venuti. Prego, accomodatevi. Prendete un caffè, o per voi è tardi? Io lo bevo a qualsiasi ora, ma se gradite altro, non esitate a chiedere.

L'uomo era cordiale, a proprio agio, per nulla preoccupato. Ma Martini e Lojacono sapevano bene quanto il modo di porsi, specie in un capitano d'industria abituato a ogni livello di relazioni umane, potesse essere tutt'altro che sincero.

Accettarono il caffè e si sedettero. Elsa si guardò attorno: dov'era la figlia di Iaccarino?

Cortese ne intercettò lo sguardo e lo interpretò in maniera corretta.

– Giulia si scusa, è dovuta rientrare a Milano per seguire di persona alcune questioni per noi fondamentali: sta curando la fusione con una multinazionale, non posso farne il nome perché si tratta di società quotate in borsa, ma vi garantisco che la cosa farà parecchio rumore.

Lojacono disse:

– Non dev'essere facile per la signora mantenere la concentrazione sul lavoro, in un frangente come questo.

L'uomo corrugò la fronte.

– Già, è cosí. Ma purtroppo, quando si avvia un'operazione simile, delegare ad altri può significare mandare in fumo il lavoro di anni, e questo ricadrebbe su operai, impiegati e stabilimenti. Ci sono diverse famiglie in ballo, non lo dobbiamo mai scordare. Comunque tornerà presto, credo proprio domani; ci hanno detto che il… che potremo fare il funerale appena avranno terminato gli esami, non dovrebbe volerci ancora molto. È vero?

Elsa disse:

– Sí, certo, sono prossimi a concludersi. Posso chiedere come mai…

E indicò con un gesto intorno.

Cortese le sorrise.

– Ammetto di essermi approfittato di qualche amicizia per ottenere il privilegio di avervi qui. Ma potete immaginare cosa vuol dire, per chi gode di una certa visibilità, doversi recare in un commissariato o in questura. Ci sono giornalisti appostati fuori per tutto il giorno, ve lo posso garantire. Peraltro, con Giulia, cerchiamo di fare in modo che uno di noi sia sempre a casa. Certe cose non può farle una cameriera, purtroppo.

Lojacono domandò, interessato:

– A che si riferisce, dottore?

Elsa gli lanciò un'occhiata. Palma si era raccomandato di non offendere in alcun modo Cortese, per evitare lamentele ufficiali. E adesso il collega aveva posto una domanda su un argomento rispetto al quale l'uomo era stato volutamente superficiale.

Il loro ospite, però, non parve per nulla irritato e rispose con un sospiro.

– Giusto, voi non sapete. Ho un figlio dal mio precedente matrimonio: Giovanni, ma lo chiamiamo Giovannino. È molto fragile, chiuso in sé stesso. Ha quasi otto anni, e non parla volentieri con le persone. Va a scuola con regolarità, fa i compiti, però ogni tanto ha una crisi e preferisco essere presente; e Giulia è l'unica, oltre a me, a essere capace di calmarlo.

Elsa disse:

– Noi la ringraziamo, dottore, e siamo a sua disposizione, se vuole dirci…

Dalla porta entrò quello che ai due poliziotti sembrò un fantasma, o il personaggio di un film. Una donna anziana, avvolta in un lungo abito bianco; come bianchi erano i capelli, lisci e vaporosi. Un mantello le copriva le spalle fino a metà della schiena. Portava una collana di pietre verdi che a Elsa sembrarono smeraldi. Se davvero era cosí, il valore di quell'oggetto era esorbitante. La donna doveva essere stata bellissima. Ma i segni dell'età erano evidenti anche sotto il trucco pesante.

Disse, allegra:

– Buonasera, Roberto. Non mi presenti ai nostri ospiti? Siete i primi invitati a giungere per la festa. Grazie di essere venuti.

XXIX.

Appostati in auto all'angolo della strada, Aragona e Romano tenevano d'occhio il portone del palazzo al centro dell'inutilmente pretenziosa zona residenziale.

Come nella maggior parte del quartiere che ospitava la media borghesia della città, l'edilizia era stata popolare negli anni Sessanta e Settanta prima di assurgere all'immeritato valore attribuito dal mercato immobiliare. Certo, i migliori negozi, e i teatri, e i cinema, erano tutti lí; prosperavano ristoranti e ritrovi. I palazzi, però, erano casermoni anonimi che perpetuavano la tristezza di quando erano stati concepiti.

I due poliziotti si sentivano a disagio. Avevano sperato che la visita di Susy non avallasse le preoccupazioni di Nadia, ma non era andata cosí. L'intuizione della pediatra e il suo rapido incontro con la bambina avevano purtroppo confermato, senza ombra di dubbio, che l'infermiera aveva ragione. Nel confronto che avevano poi avuto, stavolta in un bar piú discreto scelto da Romano, la dottoressa era stata chiara.

«Ha lividi sulle braccia e sul collo. C'è da dire che la pelle a quell'età è delicata, i vasi si rompono con niente, ma ho chiesto: non fa attività fisica, non ha occasioni per farsi male. Non si tratta di abrasioni, sono torsioni e pizzichi, dati nei punti dove di norma si mettono le mani per condurre o indirizzare. L'orecchio ha in tutta evidenza preso uno schiaffo. Guarirà, ma deve aver sentito molto dolore».

La domanda che premeva sui cuori di tutti l'aveva fatta Romano, e il tono era stato terribile.

«E ha subito anche... quel tipo di violenza?»

«Difficile dirlo. Bisognerebbe fare un esame diverso, lí non ne ho avuto né il tempo né la maniera. A occhio, sembrerebbe di no: nessun tipo di violenza sessuale».

Nadia aveva domandato:

«E sei riuscita a... a chiederle chi...»

«L'hai visto, c'eri: è stata questione di pochi minuti, temevo che la madre entrasse da un momento all'altro, aveva tentato di impedire la visita. Non ho potuto far altro che mettere tranquilla la bambina, per evitare che chiamasse qualcuno se si fosse impaurita. E dovevo anche assicurarmi che non raccontasse di cosa abbiamo parlato. Non c'è stato il tempo di approfondire oltre».

Il piú smarrito era Aragona, che in fondo non aveva mai creduto che quello che temeva Nadia fosse vero.

«E come si fa, adesso? Voglio dire, se nessuno denuncia o dice niente... Forse dovremmo parlare alla madre da sola, no? Possiamo convincerla a dirci come stanno le cose. O andare da un magistrato e...»

Romano aveva fatto un gesto come a scacciare una mosca.

«La madre non dirà niente, è terrorizzata, non hai visto? Non voleva nemmeno che la bambina fosse visitata, perché sa dei segni e non vuole farli vedere. E un magistrato non farebbe proprio nulla, le prove non sono sufficienti».

Nadia si era ribellata.

«E allora? Mica possiamo lasciare le cose cosí! La bambina subisce quello che subisce, e noi ci voltiamo dall'altra parte?»

«Ah, su questo puoi stare serena. Non esiste che quel bastardo figlio di puttana continui a seviziare la creatura e io non faccia niente. Ci accertiamo di quello che succede, poi ci pensiamo noi».

Aragona, con un filo di voce, aveva chiesto:

«Noi chi? No, perché è un fatto che non ci compete, per la verità: si deve procedere con una denuncia e...»

Nadia lo aveva fissato con disgusto.

«Ah, ecco: quindi, se nessuno denuncia una cosa cosí esplicita, di cui ci siamo anche accertati con una visita, la si lascia morire? Ma lo pensi davvero?»

Aragona aveva annaspato come un merluzzo appena pescato.

«Io? Ma no, che dici? Mi domandavo solo come procedere, ecco. Noi siamo tutori dell'ordine e dobbiamo rispettare il codice, non è che siamo i giustizieri della notte e possiamo fare il comodo nostro!»

Romano aveva detto, a voce bassa:

«Ma nel tempo libero possiamo fare quello che vogliamo, no? Anche guardare da lontano cosa fa un maledetto, schifoso maltrattatore, e aspettare che compia un passo falso. A quel punto dobbiamo intervenire, no? Siamo poliziotti, no?»

Aragona, di malavoglia, aveva annuito. Nadia aveva sospirato, sollevata. A Susy era corso un brivido lungo la schiena.

I due agenti si erano dunque attivati, con l'aiuto di Ottavia alla quale avevano spiegato che si trattava di un'ipotesi di maltrattamenti su minore dietro richiesta di una vicina di casa di Romano. Avevano cosí scoperto che l'avvocato Pellettieri Raffaele si faceva chiamare Fefè e viveva con Rossella D'Oriano e la figlia di lei, Maria Ida Minale, in casa di D'Oriano. La convivenza durava da meno di un anno, anche se sui social c'erano foto dei due risalenti a un lustro prima. La donna era divorziata da sei anni.

Ottavia era però andata piú a fondo. L'uomo era agiato; lo studio si occupava di cause per e contro le assicurazioni a ritmi abbastanza sostenuti; mentre la donna e la bambina, al di là dell'abitazione, potevano contare solo sullo stipendio di D'Oriano, insegnante precaria, e sul molto saltuario accredito degli alimenti da parte dell'ex marito, che lavorava all'estero come aiuto cuoco. In pratica, abitavano in casa di lei coi soldi di lui. Un abbraccio mortale.

Il buon Fefè, peraltro, era incline alle avventure. Ottavia era risalita a sue iscrizioni a siti di incontri, con netta predilezione per quelli che pubblicizzavano disponibilità di studentesse e teen-ager, al limite del legale. Calabrese non aveva potuto vedere quanto andassero avanti le conversazioni, né dunque se si concretizzassero in incontri reali. Ma che l'uomo fosse un appassionato del genere era evidente.

Romano aveva deciso di devolvere alla causa un'ora di sonno e si era piazzato sotto casa dei tre la mattina presto. Li aveva visti uscire in fretta, la bambina, assonnata, trascinata in auto dalla madre. Aveva visto l'avvocato accompagnare a scuola la donna prima di Marida, e si era irrigidito. Aveva visto l'espressione preoccupata di lei quando, in piedi sul marciapiede, era rimasta a guardare la macchina ripartire.

Aveva poi visto l'auto dell'avvocato giungere in prossimità della scuola della piccola, un istituto religioso abbastanza esclusivo. E lí aveva assistito a una scena che per poco non lo aveva fatto balzare fuori della vettura.

Perché l'avvocato prima aveva aperto lo sportello della bambina dall'interno, dopodiché si era messo a sbraitare perché la piccola si era addormentata sul sedile posteriore. Allora era sceso, aveva fatto il giro dell'auto e aveva strattonato all'esterno la bambina mettendole sgarbatamente lo zainetto in mano, per poi risalire in macchina e ripartire sgommando senza nemmeno accertarsi che Marida fosse entrata nell'edificio scolastico.

A Romano era salito il sangue alla testa, secondo antiche modalità che purtroppo conosceva bene. Era rimasto a guardare Marida prendere in spalle lo zaino e incamminarsi mesta verso il portone. Una suora occhialuta, piccola e rotondetta, le era andata incontro per accompagnarla all'interno.

Solo dopo si era avviato in ufficio. E, appena giunto Aragona, lo aveva abbrancato trascinandolo in terrazza; lo aveva sbattuto al muro, pieno di rabbia repressa.

«Oh, calmati, Hulk, ma si può sapere che ti ho fatto?»

Romano aveva tratto un lungo respiro. Poi, a frasi spezzate, aveva raccontato quello che aveva visto. Aragona aveva annuito.

«Va bene, allora facciamo cosí. La sera ci mettiamo sotto casa loro e aspettiamo che lui esca, perché se organizza incontri vuol dire che esce. Vediamo che fa e prendiamo una decisione. Però ora calmati, va bene? Sembri un incrocio tra Godzilla e King Kong, ma quelli sono piú sensibili».

E adesso erano pronti, sotto casa D'Oriano, in attesa che l'avvocato uscisse. Ammesso che uscisse. Per andare chissà dove.

Senza avere la minima idea di quello che avrebbero fatto loro, del resto.

XXX.

Sul salotto era scesa una cappa di imbarazzo che pareva coinvolgere tutti, incluso il cameriere col vassoio dei caffè. Meno il fantasma, che pareva invece a proprio agio.

Cortese andò verso la donna vestita di bianco.

– Ciao, mamma, sei bellissima. Sarai la regina della festa. Ma è presto, non vedi? È ancora giorno. Non c'è nemmeno l'orchestra. I signori non sono invitati, sono qui per... per parlare d'affari con me.

– Davvero? Sei proprio come mio marito, tu: gli affari, gli affari... Mai che provi a divertirti. Eppure da ragazzo eri tutto diverso, ti piaceva andare in barca, in aereo, a sciare...

– Dici, mamma? Forse hai ragione. Appena finisco qui, salgo da te e ne parliamo, va bene? Magari è il caso che tu vada in camera, altrimenti questo bellissimo abito si sgualcisce e quando arrivano gli invitati...

La donna mutò espressione. Gli occhi si incupirono, le spalle si incurvarono come gravate da un peso. D'un tratto, dimostrava almeno vent'anni di piú. Davanti a loro c'era una vecchia smarrita.

– Invitati? Quali invitati? Non voglio gente in casa mia, tantomeno sconosciuti! Te l'ho detto centinaia di volte, ma tu fai sempre di testa tua. Quando torna mio marito Giovanni glielo dico e ti faccio rimproverare da lui. Capito?

– Va bene, mamma, adesso annullo tutto e non faccio venire piú nessuno, d'accordo? Però, per favore, vai in camera tua: altrimenti ti viene di nuovo l'emicrania.

La vecchia annuí, disorientata. Poi s'illuminò.

– Per favore, puoi dire a Nando di telefonarmi, oggi? Non lo sento da tre giorni, gli voglio parlare, abbiamo un problema da risolvere. Puoi, per favore?

Lojacono notò in Cortese un certo irrigidimento; ma nulla traspari dalla voce, che disse al cameriere:

– Sebastiano, mi faccia la cortesia, accompagni la signora in camera sua. Vai, mamma. Salgo a trovarti fra poco.

La donna indirizzò ai poliziotti un inchino con la testa e, al braccio del cameriere, si avviò all'uscita.

Con un sospiro, Cortese si risedette.

– E questo è l'altro problema per il quale, pur con gli agi di cui godiamo, Giulia e io non possiamo permetterci un viaggio. Vivremmo col patema di ricevere una telefonata che ci ingiunge di rientrare subito. L'amore a volte può diventare una galera.

Elsa cercò di riportare la discussione su un terreno utile.

– Come mai ha voluto che venissimo qui, dottore? Le assicuro che non abbiamo alcuna esigenza di confrontarci con lei sul caso, non l'avremmo mai convocata al commissariato.

– Lo so, però... Vede, la mia fidanzata è una persona assai sensibile ma di carattere... non aperto, diciamo. Mi sono posto il problema di proteggerla, rispondendo io alle domande che immagino abbiate la necessità di farle. Per quanto possibile, è ovvio.

Lojacono disse:

– Va bene, dottore. In effetti, l'ultima conversazione con la signora Giulia è stata abbastanza concisa, sia in considerazione della perdita recente sia del fatto che... che a un certo punto è arrivato il bambino: aveva bisogno di attenzioni, e noi non abbiamo voluto disturbare oltre.

– L'ho immaginato, e mi creda, l'ho apprezzato moltissimo. Del resto Giulia vi avrebbe detto comunque poco, era sconvolta. Tuttavia le garantisco, ispettore, che tra me e la mia fidanzata non ci sono segreti né silenzi. Quello che le direbbe lei, posso dirglielo io.

Elsa allora domandò:

– Da quanto tempo conosce la signora Giulia?

– Direi da sempre. Il padre Nando viveva qui, è venuto a servizio che era un ragazzo, quando sono nato io già lavorava da noi. Poi sposò una ragazza ed ebbe Giulia, ma rimase vedovo quasi subito, lei della madre non ha alcuna memoria. È stata qui per casa sin da piccolissima, finché è andata a studiare fuori. E ha fatto studi di grande livello. È una ragazza determinata.

Lojacono chiese:

– Se posso essere indiscreto, da quanto dura la vostra relazione?

– Non c'è niente da nascondere, ispettore. Giulia per me era una sorella minore, non avevo mai pensato a lei in termini sentimentali. Ho avuto un matrimonio breve e travagliato, la mia ex moglie si è rivelata mentalmente instabile e anche violenta. La storia è finita e io sono rimasto con Giovannino, mio padre era morto e avevo già dovuto prendere le redini dell'azienda. Mi serviva un collaboratore, ho ricevuto il curriculum di decine di aspiranti, e quello di Giulia era irreprensibile. Come è ovvio, appena ho visto il nome…

– Dunque quando l'ha assunta non eravate ancora…

– No. Non nego che fu un piacere ritrovarla. Oltre a sollevarmi della parte piú impegnativa del lavoro, entrò subito in sintonia con Giovannino, la cui condizione era per me una spina nel cuore. Insomma, diventò necessaria.

– Cosí, il matrimonio...

– L'idea del matrimonio è stata solo mia, ispettore. Fosse stato per Giulia, saremmo andati avanti cosí. Ma, mi sono detto, perché non mettere le cose a posto? Mi sembrava giusto. E abbiamo deciso.

Elsa chiese:

– E Iaccarino, quando la figlia è venuta a stare con lei, lavorava ancora qui?

– No, no. Giulia stava a Milano, io andavo a trovarla, credo lui nemmeno sapesse che ci frequentavamo. Poi, una volta maturato il diritto alla pensione, Nando ha voluto andar via e aprire l'officina. Era una specie di mago con le auto d'epoca, e nel tempo, stando qui, aveva raccolto una buona clientela fra i nostri amici.

Lojacono chiese:

– Ci risulta che il signor Iaccarino non navigasse proprio nell'oro. La signora Giulia, nel nostro breve incontro, ha detto che non era possibile che avesse problemi economici, perché nel caso lo avrebbe aiutato lei. Che ne pensa?

– Guardi, ispettore, Nando era un uomo particolare. Orgoglioso, permaloso, taciturno. Se avesse avuto bisogno, mi pare difficile che avrebbe chiesto aiuto, a Giulia come a chiunque. È naturale che la figlia immaginasse che lo avrebbe fatto, ma per quanto lo conoscevo, e lo conoscevo bene, sono convinto che non avrebbe chiesto niente.

I due poliziotti rifletterono. Poi Elsa disse:

– Quindi non avrebbe detto neppure se aveva ricevuto minacce, o se aveva avuto qualche lite. Se temeva qualcosa insomma.

– Non posso esserne sicuro, dottoressa. Ma davvero, non riesco a figurarmi Nando che dà alla figlia una qualsiasi preoccupazione. E nemmeno che viene qui, col cappello in mano, a chiedere soldi. Piuttosto...

Lojacono finí per lui.

– Piuttosto si sarebbe fatto ammazzare. Sí. Un'ultima cosa, dottore, poi togliamo il disturbo: sua madre, prima, ha detto che sono tre giorni che Iaccarino non si fa sentire. Manteneva contatti con lei, o con voi, o con altri in casa?

– Ispettore, mia madre non ci sta piú con la testa. Confonde le cose, pensa che mio padre debba tornare da un momento all'altro. No, Nando non si sentiva con lei né con nessuno di noi, sarebbe stato triste e inutile, non trova? Parlava con Giulia ogni sera, ed era informato su quello che doveva sapere. Tutto qui.

Lojacono annuí. Poi disse:

– Si parlavano ogni sera, ma Giulia non è mai andata a trovarlo o a vedere l'officina. Come se lo spiega?

Cortese rifletté, le mani intrecciate sotto il mento.

– Nando definiva il suo territorio e la sua indipendenza. Aveva un forte istinto di protezione nei confronti di Giulia, e le diceva con chiarezza che non aveva bisogno di niente. Penso che lei abbia percepito questo come un volerla tenere separata dall'ambiente in cui il padre viveva. Le posso garantire che i rapporti fra loro erano ottimi, anche se, come molte figlie col padre, non sentivano molto la mancanza fisica l'uno dell'altra. E poi, come le ho detto, Giulia tornava assai di rado qui. L'affare che sta seguendo è grosso. Adesso, per esempio, non rientrava da mesi. E come le ho precisato, quando siamo qui è difficile spostarsi da questa casa. Ora chiedo scusa, ma dovrei andare da mia madre. Dovesse servirvi altro, mi raccomando, chiamate me. Giulia è stanca.

I due poliziotti si alzarono.

XXXI.

L'avvocato Raffaele Pellettieri se ne andò attorno alle ventidue, vestito da avvocato Pellettieri. Azzimato, giacca, cravatta e valigetta in pelle, passi veloci e salutino con la mano verso la finestra del secondo piano dalla quale faceva capolino lo sguardo amorevole della fidanzata-madre Rossella.

Ciao ciao, fece la mano dell'avvocato, costretto da chissà quale dura necessità lavorativa a uscire a quell'ora, ma si sa, chi porta i soldi a casa e deve provvedere alle esigenze familiari, facendosi pure carico di una bambina non proveniente dai suoi sacri lombi, non ha orari.

Romano e Aragona non lo persero di vista. Le conferme di appuntamento che nel frattempo Ottavia, smanettando incaponita come suo solito, era riuscita a intercettare nelle chat riservate e sotto pseudonimo erano chiare, quindi giocavano sul sicuro. L'agente scelto avviò il motore e si immise in strada, seguendo l'auto dell'avvocato.

Considerato il punto in cui avrebbe dovuto recarsi, il loro cliente fece un giro inopinatamente lungo. Meglio depistare, certo, non si sa mai. Era attento ai dettagli, l'avvocato Pellettieri.

In prossimità della zona dei piccoli bar, invasi dall'esercito di ragazzi che sciamava da ogni quartiere e dalla provincia, la macchina di Pellettieri fece una sosta. Aragona accostò una ventina di metri dietro di lui, per non rischiare di smarrirne le tracce superandolo. Videro la sagoma scura agitarsi nell'abitacolo in una danza strana, e si guardarono perplessi: quell'individuo era sempre piú difficile da interpretare.

Ne scoprirono il motivo quando l'auto, dopo aver ripreso la marcia, si fermò in maniera definitiva. E lo scoprirono perché dalla sobria vettura avvocatesca non venne fuori l'avvocato Raffaele Pellettieri, bensí Fefè, animatore della notte urbana, rastrellatore di ragazzine in rete e, con ogni probabilità, maltrattatore di bambine indifese. Emerse con indosso pantaloni attillati a lasciare scoperte le caviglie, mocassini con nappine, cinturone dalla fibbia dorata, camicia colorata aperta sul torace ossuto e lenti a specchio. Perfino la pettinatura era diversa, coi capelli disposti in modo da nascondere la calvizie incipiente. Con la danza propiziatoria all'interno dell'abitacolo, Pellettieri si era scrollato di dosso una quindicina d'anni.

Aragona era affascinato.

– Ma secondo te i vestiti li tiene in macchina o li porta nella valigetta? Ha fatto come Superman nella cabina telefonica!

Romano scese in fretta, sbattendo lo sportello. Aragona, non certo un modello di sensibilità verso il linguaggio non verbale, percepiva l'enorme tensione rabbiosa del collega. L'irrigidimento della muscolatura era evidente, e il viso sembrava scolpito nella pietra.

Fefè si diresse verso uno dei mille locali che punteggiavano il dedalo di stradine. La celebre movida, oggetto di inutili dibattiti e degli strali di chi abitava gli antichi palazzi, la cui età media era incompatibile con la confusione perdurante fino a notte alta, aveva in quel luogo la propria sede istituzionale. Innumerevoli segnalazioni sugli schiamazzi, sull'ubriachezza molesta, sui rifiuti che lastricavano le vie e sulla piú che probabile circolazione di sostanze proibite, si scontravano con l'impossibilità – da parte delle forze dell'ordine – di tenere sotto controllo quella marea umana compressa in poche centinaia di metri quadrati. E tuttavia sembrava che ci fosse un qualche criterio, noto solo ai frequentatori abituali, a separare i nuclei. L'avvocato non sembrò esitare: mise in fretta gli occhi su una comitiva ridanciana e chiassosa, che brindava passandosi una bottiglia di bicchiere in bicchiere.

Quei ragazzi e quelle ragazze non dovevano superare di molto i venticinque anni. L'avvocato venne accolto con strette entusiaste e baci, e se ne comprese la ragione quando, sbracciandosi all'indirizzo del cameriere, fu lui a ordinare un'altra bottiglia, ma di qualità di gran lunga superiore.

La cosa si ripeté almeno tre volte nelle due ore successive, e a Romano e Aragona fu chiaro che l'obiettivo dell'uomo era una ragazzina bionda dalla minigonna vertiginosa, con scarpe dal tacco talmente alto da renderla malferma sulle gambe anche prima che, su istigazione del buon Fefè, si scolasse un intero litro di champagne. Il gruppo si diradò a notte inoltrata, mentre l'avvocato guardava l'orologio con sempre maggiore frequenza.

Aragona aveva dato di gomito a Romano.

– Fino a che ora regge la balla dell'appuntamento di lavoro? Secondo me la compagna lo caccia di casa a calci nel culo, vedrai.

– No, se è la sua unica fonte di reddito. Li ho osservati bene, stamattina. Credimi: lei è completamente succuba. Non lo mollerà mai.

Allo scoccare delle tre, con ancora piú evidenti difficoltà di deambulazione, la ragazza disse che doveva andare a casa. L'avvocato si offrí di accompagnarla e si avviarono verso l'auto. Lui dovette sorreggerla. Si incamminarono lenti verso la collina, seguiti a breve distanza dai poliziotti.

Aragona commentò:

– Secondo me lei dorme. Guarda, ha appoggiato la testa allo sportello.

In effetti sembrava proprio cosí, anche se l'autista gesticolava quasi fosse nel pieno di un dialogo serrato.

Romano grugní.

– Con quello che ha bevuto, se lo fermassimo potremmo già sbatterlo dentro. Vediamo che fa.

L'auto di Pellettieri rallentò nel pieno della zona residenziale. L'ora tarda faceva sí che in giro non ci fosse anima viva, nondimeno l'avvocato preferí dirigersi verso una sorta di piazzola panoramica mal illuminata da un insufficiente, unico lampione, e parcheggiò in maniera da risultare invisibile dalla strada.

Aragona spense fari e motore, avvicinandosi silenzioso d'abbrivo fino a una decina di metri. La città, con le luci tremolanti nella notte di settembre, avrebbe fatto da sfondo romantico a qualsiasi incontro, ma i poliziotti sospettavano che l'elevato tasso alcolico dei due in sosta non consentisse la contemplazione.

Si scambiarono uno sguardo d'intesa, scesero dall'auto e raggiunsero quella di Pellettieri. Guardarono all'interno.

L'uomo cercava di portare la testa della ragazza sul proprio inguine. Lei ridacchiava, la voce impastata, chiedendogli cosa volesse.

Romano, che era accanto allo sportello del guidatore, lo aprí di botto e con una sola mano tirò fuori Fefè, con i pantaloni aperti. L'uomo squittí, terrorizzato. Aragona, dall'altro lato, fece uscire la ragazza che all'improvviso sembrava meno ubriaca, e le disse:

– *Guaglio'*, senti a me, vattene a casa. E se vuoi un consiglio, al signore qua non lo incontrare piú.

Con sforzo ammirevole, la giovane si avviò verso la strada a velocità sostenuta, senza mai voltarsi. Si fermò per togliersi le scarpe, e riprese la fuga coi tacchi in mano. Aragona fece una smorfia di ammirazione.

– Bello spunto, però. E che devoto attaccamento al proprio accompagnatore.

Romano teneva Fefè sollevato da terra per il bavero della camicia, la quale aveva devoluto alla causa perlomeno quattro bottoni. Ad Aragona, lo spettacolo dei calzoni a mezz'asta e dei glutei secchi dell'avvocato sembrò piú triste che ridicolo.

Pellettieri piagnucolava.

– Prendete l'orologio… prendete pure i soldi, stanno nel portafoglio, nella tasca di dietro. Ma per carità, non mi fate del male, prendete quello che volete…

Aragona sospirò e fece il giro dell'auto.

Romano disse:

– Me ne fotto dei soldi, merda umana che non sei altro. Parlami della bambina, invece.

– Ma che bambina? Sembra piccola ma non lo è, ha ventiquattro anni, ha un assegno di ricerca a Biologia, quale bambina? Ma chi siete, i fratelli? Non mi ha detto che aveva dei fratelli, io non…

Romano lo schiantò sulla fiancata della macchina, con un tonfo sordo. L'uomo emise un lamento.

Aragona intervenne, preoccupato.

– Colle', cerca di calmarti, per favore.

Il poliziotto parve non averlo sentito.

– Non quella, me ne fotto di quella. Parlo della bambina che tieni in casa.

Fefè agitò debole le gambe, legate dai pantaloni calati.

– Io sono un avvocato, lo sapete, sí? Ho conoscenze, non vi conviene…

Romano lo picchiò con violenza. Aragona si guardò attorno, allarmato.

– Oh, bello, non esageriamo, *vabbuo'*? Può passare qualcuno, non è…

Francesco teneva le pupille in quelle dell'uomo. La mascella gli guizzava senza sosta.

– Puoi essere pure il re di Francia, me ne fotto, e se non parli sei morto. Perché alzi le mani sulla bambina, merda umana? Che ti ha fatto? Che ti ha fatto?

Romano sostituí la punteggiatura con altrettante percussioni dell'avvocato contro la fiancata dell'auto. A ogni colpo l'uomo emetteva un gemito. Aragona si allontanò di qualche passo, gettando occhiate nervose alle finestre dei palazzi piú vicini alla piazzola.

Fefè disse, con voce spezzata:

– Io… Marida, dici? Ma chi vi ha mandato, il padre? Io non la sfioro nemmeno, quella bambina! Nemmeno con le pinze, la tocco! Sei pazzo? Voglio pure lasciarla, quella rompicoglioni della madre, non la sopporto piú, sto cercando casa per questo! Ma che vi viene in mente?

Romano per la prima volta sbatté le palpebre, continuando a tenere l'avvocato a mezz'aria. Se c'era una cosa che aveva imparato presto, era distinguere uno che raccontava balle da uno che diceva la verità.

– Quindi non saresti tu a picchiare la bambina, eh? E perché avrebbe tutti quei lividi, stronzo? Rispondi.

– Ma quali lividi? Io non ne so nien… La madre! È la madre, cazzo! Le dice sempre: stai zitta, non guardare, non parlare! Pensa che io mi irriti, ma non me ne fotte proprio! La stringe con le mani, è lei, ti dico!

L'avvocato aveva alzato il tono, in un urletto stridulo. Una luce si accese a una finestra del palazzo all'angolo.

Romano fissava l'uomo. Dimmi la verità, gli diceva con lo sguardo. Dimmi la verità.

L'altro era disperato.

– Lo giuro... Lo giuro, io quella bambina nemmeno la guardo. Che me ne frega, di lei?

Se gli avesse detto che le voleva bene, pensò Romano, non gli avrebbe creduto. Se avesse protestato che per lui era come una figlia, che l'avrebbe difesa dal mondo intero, avrebbe compreso che mentiva e continuato a pestarlo contro la macchina fino a spezzargli la schiena.

Ma aveva detto: che me ne frega, di lei.

Aragona gli mise una mano sul braccio.

– Hulk, andiamocene. Adesso. Si è accesa una luce. Andiamocene.

Romano sibilò, a due centimetri dalla faccia di Pellettieri:

– Stammi a sentire, merda: io so dove stai, dove lavori, tutto quello che fai, puttane incluse. Dici una sola parola su questo incontro, anche alla madre della bambina, e ti vengo a prendere. E se soltanto sfiori quella creatura, sei morto. Hai capito? Dimmi che hai capito.

Fefè annuí, articolando le parole *ho capito* senza che uscisse un fiato dalla sua bocca.

Romano lo mollò, e mentre l'avvocato cadeva a terra in mutande, tremando come un budino, seguí Aragona che era già in auto.

XXXII.

Suor Giovanna si era preparata per la notte. Aveva recitato le orazioni, poi si era messa a leggere e, quando aveva sentito gli occhi chiudersi, aveva spento la lampada sul comodino.

Neanche dieci minuti, e si era ritrovata a fissare il soffitto nel buio. Strano: in genere dormiva sodo in qualsiasi condizione.

Il problema erano gli angeli.

Riteneva di aver piú o meno convinto i bambini, aveva colto gli sguardi soddisfatti di intesa fra loro. A tenerla sveglia erano però i pensieri che quella conversazione inattesa da pari a pari aveva generato. Come riuscivano gli angeli a fare il loro mestiere, in quell'epoca materialista e cosí poco gentile in cui nessuno ascoltava e tutti predicavano nel deserto? Come facevano gli angeli ad annunciare la volontà di Dio, in quel frastuono arido?

Come si regolavano gli angeli, a proposito dell'amore?

Laura Piras beveva il suo calice di vino bianco, affacciata al balcone, sul mare, che nella notte era una massa scura e profumata di sale, una carezza ritmica sulle rocce qualche metro sotto di lei. Era già il quarto bicchiere, ma di sonno nemmeno l'ombra.

Aveva ricevuto la telefonata di Lojacono alle dieci, tre ore prima. Le aveva chiesto se poteva passare, per parlare, o anche per non parlare, se avesse preferito. Ed era una di quelle notti in cui il vento è dolce e il silenzio un'accusa, perciò sí, avrebbe desiderato tanto rifugiarsi nelle braccia che le facevano sentire lontano il passato e gradito il presente.

Ma sapeva che, se tutto doveva prendere nuove strade, l'inizio era già alle sue spalle. Sapeva che il processo era avviato, e si doveva seguire.

Gli aveva detto di no. E per una volta non aveva tirato in ballo scuse di fumose riunioni, di inchieste che imponevano studio e concentrazione. Per una volta aveva detto no, è meglio di no.

Ora però, mentre il quarto calice non le dava ancora pace e il mare era seta inquieta, si domandava se avesse fatto bene. Se invece non avrebbe dovuto cedere al cuore e alla pelle.

Davanti al mare nero che si muoveva piano nella notte, si domandava se pronunciando quel no aveva voluto dire che era davvero finita.

Per sempre.

Perché l'amore, si disse suor Giovanna nel buio, è il grande indicatore. Il banco di prova, la linea di confine.

Non l'amore sintetico venduto un tanto al chilo sugli schermi e sulle copertine, sbandierato nei comizi e nei parlamenti. Non l'amore delle canzoni, che si esprime nello stesso modo e nelle stesse forme.

L'amore difficile, piuttosto. Che sopravvive alle alte e basse temperature, che fiorisce nel deserto e respira nello spazio siderale. L'amore che si mette di traverso.

Come si regolavano gli angeli, con quel tipo di amore?

Palma si chiedeva che cosa farne, del proprio amore.

Non era banale, la domanda. E d'altra parte non esisteva domanda che fosse banale a quell'ora in mezzo al guado della notte, a tre ore sí e no da quando il congegno infernale avrebbe emesso il suo nitrito intimandogli di scendere dal letto.

Nel descrivere l'appartamento in cui aveva vissuto Nando Iaccarino, Lojacono aveva detto: gronda solitudine. E l'ispettore non era certo un poeta, non possedeva un linguaggio immaginifico capace di dipingere ambienti e figure con l'intento di emozionare. Gronda solitudine. Cosí aveva detto.

E la sua vita, quella di Palma Luigi, vicequestore, com'era? Come l'avrebbe descritta l'inconsapevole poeta detto il Cinese? Con la stessa felice immagine, magari.

Dalle pareti, dal soffitto, dal letto, grondava solitudine. Il velo di sudore che il caldo tardivo di settembre spargeva sulla pelle, il desiderio di lei che gli scorreva nel sangue, il pensiero di quelle braccia e di quel sorriso, grondavano solitudine.

Che ne devo fare, di quest'amore?, si chiese ancora. Come un rampicante, si riproduce, cresce, mette foglie e fiori e allunga rami verso altri territori, affamato e cieco, riempiendo di desiderio le pareti della mia vita.

E riuscendo nella difficile, assurda impresa di divorare ciò che copre, di cambiare colore a tutto, di soffocare ogni respiro.

Forse, si disse Palma, che devo farne di quest'amore non è la domanda giusta.

Forse la domanda giusta è: che ne farà di me, quest'amore?

Ma l'amore la strada la trova sempre, pensò suor Giovanna. Quante volte l'aveva inteso dire? Pure il suo confessore, quando lei gli confidava le preoccupazioni per l'aridità che incontrava, per la materialità che impregnava perfino i bambini allontanandoli dai sogni, le diceva: tranquilla, Giovanna. L'amore trova sempre la strada.

No, non era vero. Lo sentiva forte nel cuore. E nella sua strana notte insonne, rifletté che a dirglielo poteva essere proprio un angelo, e forse gli angeli erano quello, una voce che sussurrava nella notte.

L'amore va aiutato. Protetto, difeso. Perché anche se viene sbandierato e mediatizzato, anche se ha tutto quel suono e quel colore, l'amore è raro. E fragile.

Cosí fragile.

Si sentiva fragile. Fatto di vetro.

Fragile, da potersi ridurre in mille, inutili frammenti.

Fragile, da non potersi rimettere insieme una volta rotto.

Lojacono viveva quell'ora della notte in cui i pensieri sono sparsi e incongruenti, acuminati come frecce che avvelenano la mente e il cuore.

E da tutti i pensieri emergeva quella cruda consapevolezza.

Era fragile.

Il Cinese si credeva forte, ed era un'illusione. Adesso, nella notte di brezza e di motori lontani, gli appariva chiaro. Il suo essere pacato e silenzioso dava l'impressione di ciò che non era, anche a sé stesso. In verità era pieno di paure, in primis della solitudine.

L'appartamento di Iaccarino era stato la rappresentazione visiva di un suo fantasma.

E preludeva alla frase ricevuta in risposta al telefono, quella stessa sera.

Voleva vederla. Non per discutere di massimi sistemi, né per aprire negoziati sul futuro o sull'insoddisfacente presente. Voleva vederla per delimitare i confini della paura, per ridurre la solitudine a uno spettro. Voleva vederla per fare l'amore, col mare che sciabordava fuori della finestra socchiusa, per affogare nei sospiri, per sentirsi giovane e scrollarsi di dosso la vecchiaia che lo sopraffaceva.

Voleva vedere Laura perché l'amava, e l'amore non si confina nel buio e nella distanza.

Ma lei aveva detto: è meglio di no. Le era stato grato per non aver inventato scuse, per non aver gettato sul lavoro una colpa che non era del lavoro. Però aveva avvertito nel cuore un brivido che sapeva di morte. È meglio di no.

Chissà meglio di che, si chiese adesso. Meglio di che? Meglio dell'abbracciarsi, del baciarsi, dello stringersi? Meglio delle carezze? Meglio del non essere schiacciato dai fantasmi?

È meglio di no, aveva detto Laura.

E a lui non restava che l'immensa paura di essere rimasto solo.

Chissà come fanno, gli angeli, pensò suor Giovanna.

Magari rimpiangono i tempi andati, le venne di immaginare; come inizio a fare io, che non ho ancora quarant'anni e già mi sembra di non essere in sintonia con questi piccoli alieni che ammiccano e si scambiano cenni, una confraternita di tipini di otto anni che mi mette in mezzo come vuole.

Magari gli angeli si raccontano, la sera, in Paradiso: che bello che era quando ti presentavi a una ragazza e le parlavi, e lei diceva sia fatta la Sua volontà. Adesso, pure se li tiri per la giacca o per la gonna, nemmeno si fermano, seguitano a correre in quei circuiti assurdi che li riportano al punto di partenza.

O magari no. Magari hanno trovato un nuovo modo di comunicare la volontà di Dio, gli angeli. Magari hanno adeguato il linguaggio, e riescono a farsi sentire pure in mezzo a tutto quel rumore. E come è sempre stato, la volontà di Dio arriva agli uomini; anche se poi loro fanno come gli pare.

Il problema forse non era quello, si disse suor Giovanna. Forse il problema è che gli angeli conoscano o no la volontà di Dio.

In piedi e in silenzio, come un fantasma nella notte, Ottavia guardava Riccardo dormire.

E ascoltava il rumore dei sentimenti opposti che le si scontravano dentro, con fragore di spade e di scudi.

Sapeva che, se si fosse svegliato d'un tratto, il ragazzo non avrebbe reagito alla sua presenza con sorpresa, men che meno con spavento. Per lui la madre era un'ovvietà ineluttabile. Mammamammamamma, avrebbe detto con quella voce che aveva perso la leggerezza dell'infanzia; e si sarebbe addormentato di nuovo.

Riccardo, che era l'amore, la tenerezza, il dolore. Riccardo, che significava milioni di frammenti di ricordo, tanta sofferenza ma anche gioia, memoria del corpo che le gravava nel ventre, le succhiava il seno, le cadeva fra le braccia quando gli insegnava a camminare.

Riccardo, che era la sua infinita prigione.

Quella notte aveva rifiutato il marito.

Non lo avrebbe detto a Gigi. Le sembrava triste dover parlare di Gaetano, non le pareva corretto, non voleva alimentare pensieri che sarebbero diventati cambiali all'incasso. Non glielo avrebbe detto, ma era innegabile che l'aveva fatto per lui.

Ho un solo cuore, avrebbe voluto dire. La pelle che mi avvolge, i nervi e i tendini, le vene e gli occhi rimontano a quel cuore, che ha un solo padrone e uno solo ne può avere.

Le era parso che Gaetano avesse capito. Che per qualche magica telepatia, consolidata negli anni di convivenza e di condivisione di Riccardo, avesse intuito il pensiero celato dal corpo quando Ottavia si era scostata e gli aveva dato le spalle. Che nel non insistere, nell'assenza di una esplicita richiesta, ci fosse rispetto della volontà di lei, e perfino comprensione.

O forse era una speranza. Magari il problema era rinviato a una delle prossime notti. Quello, insieme a tutti gli altri.

Il modo, disse fra sé Ottavia mentre guardava Riccardo dormire in posizione fetale, una mano sotto la faccia come da neonato.

Devo soltanto trovare il modo.

Alle prime luci dell'alba, suor Giovanna augurò agli angeli di distinguere la via per portare la volontà di Dio agli uomini.

Dovete soltanto trovare il modo, pensò.

XXXIII.

I tabulati del telefono di Iaccarino Ferdinando detto Nando, vittima dell'efferato omicidio di cui parlavano tutti i quotidiani, erano finalmente arrivati. Ma i suddetti quotidiani parlavano pure di Palma Luigi detto Gigi, vicequestore dirigente del commissariato di Pizzofalcone.

– E non solo i giornali, – stava appunto sbraitando lui in sala agenti, – ma anche le radio, e i maledettissimi siti web, e le televisioni. Ma dico io, nessuno tiene altro di cui occuparsi? Ma non succede niente negli altri distretti, magari al dannatissimo San Gaetano, cosí quel fesso di Di Vincenzo non si vanta di aver ripulito la zona?

Aragona, sollecito, si fece subito conciliante.

– Su, su, capo, non ti avvilire. Ti prometto che il prossimo morto ammazzato lo porto io in braccio nel territorio di San Gaetano, cosí se la vedono loro.

Il dirigente lo fissò con gli occhi iniettati di sangue.

– Arago', per carità, non ti ci mettere pure tu, ché quanto è vero Iddio ti butto da sopra abbasso. Hai capito o no che qua andiamo incontro a essere chiusi? Si deve risolvere questo caso, maledizione! In un modo o nell'altro! Lavorandoci tutti, e dico tutti, ventiquattr'ore al giorno, se serve!

Elsa protestò.

– Sí, capo. Ma se non abbiamo ancora elementi, non è che ci possiamo inventare un colpevole. Peraltro l'indagine è resa piú complicata dal fatto che non si possono offendere quelli dei quartieri alti, che invece qualche dubbio lo hanno generato, se lo vuoi sapere.

Prima che potesse chiedere chiarimenti, Palma sentí il suono che lo avvisava di un messaggio sul cellulare. Guardò il display e corrugò la fronte. Andò all'attaccapanni e prese la giacca, brusco.

– Voi, per favore, continuate a stare sul pezzo, non lasciate niente al caso, mi raccomando. Io devo andare a sbrigare una faccenda personale.

Ottavia si preoccupò.

– Scusa, ma non vuoi che ti accompagni?

– No, no: tu vedi insieme ad Alex i tabulati, risali fino a tre, quattro mesi fa. Oltre all'intestazione delle utenze, voglio sapere quanto ricorrevano le chiamate, quali erano le abitudini, tutto. Vediamo se esce qualcosa. A piú tardi.

Si affrettò verso la grande piazza ai confini del distretto. L'attraversò sicuro, diretto al palazzo che aveva ospitato re e notabili e adesso, per la gran parte, era occupato da un teatro e da una biblioteca. Entrò e si avviò ai giardini nei quali alcuni bambini giocavano e giovani donne chiacchieravano, nel sole caldo della coda d'estate che sembrava non avere fine.

Si guardò attorno, scelse una panchina e vi si lasciò cadere. Tirò fuori il telefonino e lo spense.

– Però a me sembra assurdo questo comportamento da agente segreto, Giorgio. Io ti voglio bene, lo sai, ma sono momenti incasinati per noi, questi: se tu mi mandi un indirizzo e basta, non mi consenti di valutare l'urgenza, le priorità e…

Pisanelli, seduto all'estremità opposta della panchina, ridacchiò.

– Capo, dimentichi che io per quarant'anni questo ho fatto: determinare le priorità.

– Ascolta, Giorgio, sono giorni difficili. Devi sapere che…

– Che il nostro caro Di Vincenzo, capo del partito che propugna la deportazione dei Bastardi di Pizzofalcone, è in un momento di buona fortuna, tanto da essere entrato tra i vicari del questore. Ma sono in grado di rassicurarti, almeno nel breve termine, perché è ancora nella fase in cui stringe relazioni sottotraccia; e siccome non siamo gli unici a schifarlo, c'è già una nutrita schiera che lo aspetta al varco per fargli lo sgambetto.

– E tu 'ste cose come le sai?

Il pensionato reagí con tono offeso.

– Ma secondo te uno qualche bella amicizia nel palazzo non se l'è fatta, in tutto questo tempo? Piuttosto, l'altra notizia di corridoio viene dal secondo palazzo, la procura. Pare che Laura Piras sia stata trasferita, sta chiudendo gli incartamenti e quelli sospesi dovrà passarli ad altri. Lo sapevi, tu?

– No, non lo sapevo. Anche se devo dire che l'ultima volta che l'ho vista, parlando proprio di quelli che osteggiavano il commissariato, ha detto una frase che mi è suonata strana. Mi dispiace, lei è brava e umana, pure se ha un carattere un po' cosí.

– Mi raccomando, capo, state vicini a Lojacono. Ho idea che sarà quello piú… rattristato dalla faccenda.

– Ho capito quello che intendi, Giorgio. Va bene, ci proveremo. Ma tu, perché mi hai fatto venire qui? E da solo, hai specificato. Come mai?

Pisanelli fissò il vuoto davanti a sé.

– Devi sapere, capo, che il quartiere è fatto a strati. È una piramide rovesciata, proprio come nei libri di scuola raffigurano l'Inferno di Dante. In superficie tanta gente e tante cose, negozi, rapporti sociali. Man mano che si scende, ogni cosa confluisce verso poche persone. E piú si scende, meno queste persone diventano. Perciò, se vuoi conoscere certe vicende, devi scendere in profondità. Ma piú scendi in profondità, piú devi stare attento.

– Giorgio, con Ottavia l'altra volta siamo stati chiari: se vuoi darci una mano ne siamo felici. Però, se si tratta di correre rischi…

Pisanelli rise. Una bella risata, piena e rotonda, che metteva allegria. Una signora si girò a guardarlo e gli sorrise.

– Figurati, capo, non è questa la cautela che intendo. Come vi ho detto, io non corro nessun rischio, anzi, il moto mi fa bene, mi diverto come non mi divertivo da anni stando seduto in ufficio. È che le informazioni ottenute in quella maniera non possono essere portate in tribunale o comunicate a un magistrato. Non si possono riferire in commissariato, e nemmeno in un posto dove qualche passante può vedere noi due insieme a queste persone. Perciò ti ho chiesto di venire da solo. In troppi è piú difficile portare avanti certi discorsi, ti pare? Mamma mia, che caldo che fa.

Pisanelli tirò fuori dalla tasca un grande fazzoletto bianco e se lo passò sulla fronte, sulla quale non c'era una goccia di sudore.

Come a un segnale convenuto, una ventina di metri piú in là, all'ombra di un albero ad alto fusto, ci fu un movimento. Siccome Pisanelli aveva rivolto un'occhiata da quella parte, l'istinto di Palma lo portò a seguirne lo sguardo.

C'erano tre uomini. Uno giovane, enorme, stava in piedi a gambe larghe e braccia conserte; non muoveva un muscolo, quasi fosse scolpito nel marmo. Un altro, piú anziano, annuí in direzione di Pisanelli e diede una spinta a un terzo, magro e vestito di scuro. Quest'ultimo, incerto, si avvicinò alla panchina e sedette fra Pisanelli e Palma.

Il vicecommissario in pensione disse, calmo:

– Tu quest'uomo non lo hai mai visto né conosciuto, capo. È chiaro? È un impegno che ho preso personalmente.

Ma se l'avessi conosciuto, lo chiameresti Angelo, una bella speranza emergente dell'usura cittadina. Una notevole testa finanziaria, devo dire. Non potrai rivolgergli la parola, perché non è qui e tu non l'hai mai visto: ma possiamo immaginare che tu possa parlargli attraverso me. Ci siamo capiti?

Palma pensò a chi gli aveva fatto accettare l'incarico a Pizzofalcone, e sospirò.

XXXIV.

Al vicequestore sembrava tutto surreale.

– Giorgio, parli come uno che non conosce il funzionamento del nostro mestiere, abbi pazienza. Ti risulta che un funzionario di polizia possa venire a conoscenza di un reato e non procedere con un arresto o una denuncia? O che, senza verbalizzarle, possa tenere per sé rivelazioni importanti?

Gli accompagnatori del giovane, che si agitava al centro della panchina, si erano avvicinati tenendosi a portata di udito.

– Hai ragione, capo. Ma ci sono due questioni da considerare. Uno: questo è l'unico modo, e sottolineo l'unico, per ottenere le informazioni che ci servono. Due: possono saltar fuori anche notizie riguardanti reati, non dico di no; ma si tratta di crimini minori rispetto a quello su cui stiamo indagando. Quindi la domanda la faccio io a te: preferisci stare a sentire quello che Angelo, nome di fantasia, è disposto a dirci oppure lasciare perdere, e tornare in ufficio a sbattere la testa contro il muro?

Palma si allargò con un dito il colletto della camicia.

– Ma... ma io che ne posso sapere, scusa? Ti rendi conto di quanto mi metti in difficoltà, sí? Dipende, maledizione! E quei due là, chi sono?

Giorgio lanciò un'occhiata distratta verso gli uomini all'ombra dell'albero. Il piú anziano si era messo a fumare.

– Io non vedo nessuno. Ma se vedessi qualcuno, sarebbe il motivo per cui il nostro Angelo, qui, è stato convinto a collaborare con noi. Diciamo che sarebbero due gentili accompagnatori, i quali si assicurerebbero che tutto fili liscio e nessuno reagisca male, o si metta a correre all'improvviso. Fa caldo, capo. E né tu né io siamo in forma tale da metterci a inseguire gente.

Il vicequestore sbuffò.

– E va bene. Del resto, quando eri in servizio e uscivi e tornavi con le tue misteriose informazioni, funzionava piú o meno cosí, no? Procediamo.

– Oh, finalmente. Allora: Angelo era, diciamo, in affari con Nando. Il panorama di questi finanzieri è troppo articolato e ognuno fa i fatti suoi con estrema segretezza, approfittando del fatto che i clienti hanno piú interesse di loro che niente si sappia. Per dire che non è stato semplice reperire il nominativo. Forza, Angelo: facci capire in che consiste la tua attività e come sei entrato in contatto con il compianto signor Iaccarino.

L'uomo era al colmo dell'agitazione. Gli occhi vispi andavano da Pisanelli ai due accompagnatori, poi alla via di fuga piú breve verso il cancello dei giardini, costruendo sempre lo stesso percorso e arrivando ogni volta alla conclusione che non poteva farcela. Solo in direzione di Palma non guardava mai.

– Sentite, io non c'entro niente con questa storia. Iaccarino mi aveva chiesto un aiuto e io gliel'ho dato, in maniera disinteressata, e…

Pisanelli lanciò uno sguardo triste ai due accompagnatori, e il piú anziano strusciò col piede sulle foglie secche.

Angelo deglutí.

– L'ho conosciuto tre anni fa, lo accompagnò da me un amico mio che lavora in banca. Mi porta tutti quelli che non vogliono o non possono avere prestiti. Il nome però non ve lo faccio, manco sotto tortura.

Pisanelli fece spallucce.

– E a noi non interessa, anche se gente simile ci fa piú schifo di quelli come te. Dicci com'è andata con Iaccarino.

L'uomo si passò la lingua sulle labbra, dardeggiando occhiate a destra e a manca. L'effetto, anche per via delle mani che si intrecciavano e si scioglievano di continuo, era quello di un'energia trattenuta ma pronta a esplodere.

– Io prendo titoli a scadenza di una cifra pattuita, capitale e interessi. A un mese, a due o a tre, di piú no.

Palma chiese:

– Che vuol dire, titoli?

– Assegni, quasi sempre. Se uno ha gli assegni vuol dire che ha un conto corrente, le indagini le fa la banca. È meglio. In casi rari, cambiali: anche se ormai non ce ne stanno piú, si devono pagare i bolli. Nel caso delle cambiali, si prende una firma a garanzia. Ma dev'essere forte, altrimenti niente.

Pisanelli disse:

– Le cambiali, in effetti, pensavo non esistessero piú. E nel caso di Iaccarino, di che cifre parliamo?

– Mah, e chi si ricorda, sono passati tre anni. Io faccio molti affari, ma piccoli, cosí fraziono il rischio.

Pisanelli fece una smorfia ammirata.

– Ma che lungimiranza! Ti dovrebbero quotare in borsa… Le cifre.

Il piú anziano sotto l'albero sospirò, rimirandosi le unghie. Angelo sbiancò.

– Iniziali, cinquantamila. Doveva comprare l'attrezzatura per l'officina, gli servivano pure un tornio e un forno di fusione, si costruiva i pezzi da solo. I macchinari glieli ho procurati io da un amico grossista.

Pisanelli lo incalzò.

– Incredibile. Una vera filiera commerciale. E quanto ti ha restituito in tre anni, per questi cinquantamila?

Angelo scattò.

– Sentite, io non punto la pistola contro nessuno. Vengono loro da me, mica è colpa mia se il sistema bancario è lento e complicato! Io dico le condizioni e loro scelgono.

Su quella alzata di tono si mosse il giovane enorme, che fino ad allora era sembrato non capire la lingua. Sciolse le braccia e avanzò di un passo. Angelo si ritrasse verso Pisanelli, quasi a cercare protezione, e disse in fretta:

– Duecentoquarantamila. Ma per lui non era un problema, non ho mai dovuto minacciarlo, eravamo quasi diventati amici. Guadagnava bene. Alla scadenza pagava gli interessi e rinnovava. Non ci sono mai state discussioni.

Palma chiese, duro:

– Quella notte. Sei andato tu a prendere i trentamila euro che aveva prelevato in banca, vero?

– Sí, avevamo appuntamento, ci siamo visti a chiusura di officina, alle otto. Sono passato e me li ha dati. Manco cinque minuti in tutto.

– E da dove li ha presi? Come stava, che ti ha detto?

– Niente, tutto come sempre. Teneva una scatola metallica in uno dei cassetti del banco, l'ha aperta, ha preso i soldi degli interessi in contanti e il titolo del rinnovo. Me li ha consegnati, ci siamo salutati e me ne sono andato.

– C'era qualcuno con lui? Ti è parso preoccupato, o altro? Avete avuto una discussione, avete litigato?

– No, dotto', che litigato? Che discussione? Ascoltatemi: io non ho nessun vantaggio a litigare, e nemmeno se ai clienti miei succede qualcosa, va bene? Io con la morte di Nando ci ho perso un sacco di soldi, era uno che pagava con regolarità! Se non arrivava a mettere insieme il denaro, rinnovavamo per gli interessi e ci stringevamo la mano.

E comunque, a scanso di equivoci, io alle otto e un quarto stavo al bar a vedere la partita insieme ad altre venti persone, potete verificare.

L'accompagnatore piú anziano fece cenno di sí a Pisanelli, che recepí.

– D'accordo, d'accordo, ti crediamo. Anche perché prima di incontrarti avevo già controllato: sei uscito dal bar con altri tre disgraziati all'una, peraltro ubriaco, e sei andato subito a casa da mammà. Il che non vuol dire nulla, perché quelli come te si servono di scagnozzi, ma mi risulta che in effetti non c'entri. Hai idea di chi possa essere stato?

– No, no, dotto', che ne posso sapere? Lui stava contento, anzi, mi pareva proprio felice. Gli ho pure detto: vanno bene le cose, Nandu'? E lui: sí, sí, proprio bene, tutto a posto. Cosí ha detto.

Ci fu un attimo di silenzio. Poi Palma chiese:

– Spiegami una cosa. Tu hai detto il fatto dei titoli e delle garanzie, no? Be', Iaccarino in banca non aveva debiti. Quindi ti dava gli assegni e...

– No, dotto', niente assegni. Lui era uno dei pochissimi che mi dava le cambiali. Diceva che preferiva spendere i soldi dei bolli ma non far vedere in banca che prendeva troppi assegni. Poi non aveva un patrimonio immobiliare, quindi la firma sua non era sufficiente.

Pisanelli drizzò le antenne.

– Perciò serviva un'altra firma, è cosí?

– Per forza, dotto'. Io a ogni scadenza gli riportavo la cambiale, la strappavo in sua presenza e mi pigliavo quella nuova. Naturalmente con la firma dell'altra persona, a garanzia.

Palma si era chinato in avanti.

– E di chi era, quest'altra firma?

– Io la cambiale ve l'ho portata, dotto'. Purtroppo non mi serve piú, col modo in cui è morto Nando non la posso certo incassare. Il nome mio non ci sta, lo metto solo quando la porto in banca: ma le altre firme ci stanno tutte e due. Vi rendete conto di quanto ci ho perso, sí? Questo succede, a fare il lavoro onesto.

Persino i due accompagnatori ridacchiarono. Palma allungò la mano e prese la cambiale.

Il telefono di Pisanelli squillò.

XXXV.

Mentre la sala agenti si affollava, Palma trovò il modo di sussurrare a Ottavia:

– Ma come hai fatto a capire che ero con Pisanelli? Avevo pure il telefono spento!

La donna non staccò gli occhi dallo schermo del computer.

– Io so sempre dove sei, Palma. Quindi, attento a quello che fai. Sempre.

Lui finse di seguire ciò che lei gli mostrava sul monitor.

– Quanto vorrei poter dire altrettanto. Stanotte mi ha preso una crisi di gelosia che non ti so spiegare.

– Come se la gelosia si potesse spiegare. Come se qualcosa di noi due si potesse comprendere, e razionalizzare.

Laura Piras entrò trafelata e salutò tutti con un cenno veloce.

– Allora, signori: siamo di fronte a un'indagine che non è come le altre. Ci siamo detti con chiarezza sin dall'inizio che le persone coinvolte sono importanti, e mi pareva che avessimo concordato di procedere coi piedi di piombo. Invece mi dicono che siete stati di nuovo alla villa di Cortese.

Palma rispose, deciso:

– Dottoressa, siamo stati alla villa perché è stato Cortese a sollecitare la nostra visita. Ed è stato molto gentile e disponibile, ha detto molte cose, e...

– Sí, vero, mi risulta. Però, fermi restando l'importanza anche mediatica dell'accadimento e il fatto che nessuno potrà limitarci nell'indagine essendo la vittima comunque il padre della fidanzata, eccetera, resta inteso che i rapporti diretti con la famiglia Cortese devono cessare. È chiaro?

Lojacono, seduto dall'altro lato della sala, disse calmo:

– No. Non lo è affatto.

L'intera sala agenti si voltò dalla sua parte. Palma sospirò. Laura Piras strinse gli occhi.

– Ah, no? E per quale motivo, di grazia?

– Perché tutto porta a quella villa. La strada della rapina non regge, lo sa anche lei; e l'invito a raggiungerlo che ci ha rivolto Cortese, la sua disponibilità a parlare, a spiegare, a far capire come funziona la loro vita e come non abbiano avuto contatti con Iaccarino, lo ammetterà, è perlomeno strano, dal momento che poteva semplicemente ordinarci di stare alla larga e basta.

Non era mai accaduto che uno di loro, peraltro alla presenza del dirigente del commissariato, si contrapponesse in quel modo alla magistrata. Cadde un silenzio gelido, interrotto da un sibilo sommesso di Aragona che fu subito zittito da un'occhiataccia di Palma.

Piras disse, e la voce suonò metallica:

– Ho capito. Quindi, dopo un'indagine in cui siete stati impiegati un po' tutti, l'unica cosa che mi venite a dire è che una excusatio non petita è sospetta? E che per questo intendete suicidarvi continuando a rompere le scatole a uno degli uomini piú potenti del paese? Ho inteso bene?

Palma disse:

– Non proprio, dottoressa. Non proprio.

La magistrata si girò verso il vicequestore.

– Oh, ecco. Allora, Palma, prima che dica la sua, voglio essere molto chiara. Io sono la Pm incaricata dell'indagine, e in quanto tale vi ho dato delle disposizioni. Dunque, o ci sono fatti nuovi, e in tal caso devo chiederle per quale ragione non ne sono stata informata, oppure c'è una precisa volontà di disattendere le istruzioni che vi sono state impartite. In entrambe le evenienze, la situazione è grave: e stia sicuro che non avrei remore a tirarmi indietro sull'atteggiamento protettivo che ho avuto finora nei vostri confronti. Cambiare opinione è sintomo di intelligenza, d'altronde.

Per la prima volta la squadra di Pizzofalcone era in aperto contrasto con colei che piú di chiunque l'aveva difesa. L'accento sardo, che era addirittura esploso, testimoniava la rabbia che la donna sentiva piú ancora della freddezza del tono. Romano, a disagio, si agitò sulla sedia.

Palma, però, non sembrò perdere il suo aplomb.

– No, direi che non ci troviamo di fronte a nessuna delle due ipotesi, dottoressa. Abbiamo un fatto nuovo, sí, ma ci è stato reso noto appena adesso, e l'avrei chiamata io stesso per riferirglielo se non fosse venuta lei qui. Si tratta dei tabulati telefonici dell'utenza di Iaccarino, giunti a noi anche grazie all'interessamento del suo ufficio.

Era un bluff. Palma non aveva visto i tabulati, perché era rientrato subito prima dell'arrivo della magistrata, e aveva avuto solo un paio elementi per tirarli in ballo: la chiamata di Ottavia sul telefono di Pisanelli e il file che aveva intravisto sullo schermo della collega. Poteva solo auspicare che fossero in relazione.

Quasi fosse una partita a carte, Piras decise di andare a scoprire quel bluff.

– Ah, sí? Ma davvero? E allora mi dica, Palma: cosa c'è di notevole, nei tabulati del telefono di Iaccarino?

Palma ostentò una sicurezza che era assai lontano dal possedere, e giocò il jolly.

– Molto meglio di me potrà illustrarle la questione Lojacono. È vero, Loja'?

Tutti girarono la faccia verso l'ispettore, augurandosi che avesse la risposta. E Lojacono, senza mutare la famosa espressione da monaco tibetano in meditazione, annuí.

– Ma certo, capo. Nessun problema.

Ci fu un diffuso sollievo, espresso tramite impercettibili movimenti dei corpi. Se Lojacono diceva che non c'era problema, non c'era problema.

– Dai tabulati risulta, a conferma di quanto ci è stato detto da Giulia Iaccarino, che padre e figlia si sentivano in effetti ogni sera per qualche minuto: uno, due, tre al massimo. Una sorta di timbratura del cartellino. Sempre lei a chiamare lui, di rado viceversa.

Piras mostrò impazienza.

– Una conferma, quindi. Sarebbe questo il fatto nuovo?

– No, dottoressa. Il fatto nuovo è che la telefonata serale di saluto alla figlia non era l'unica che Iaccarino riceveva o faceva, a parte le saltuarie comunicazioni con fornitori o clienti. C'è altro.

Lojacono ruotò il viso impassibile verso Ottavia, che sorrise in risposta e prese il testimone.

– Iaccarino riceveva una chiamata da un numero fisso, alla quale non rispondeva. Dopo un tempo minimo, in genere meno di un minuto, richiamava quella stessa utenza e le telefonate duravano parecchio, anche piú di un'ora.

Piras inarcò un sopracciglio.

– E va bene, magari aveva una fidanzata o un amico col quale gli piaceva chiacchierare, e allora? In che modo questo dovrebbe indurre a pensare che…

Ottavia l'interruppe.

– Il punto è che l'utenza è una delle tre intestate a Cortese Roberto. E quei tre numeri sono allocati nella loro abitazione: villa Cortese.

L'informazione cadde nella sala con fragore, nonostante il tono sommesso col quale era stata fornita.

Piras reagí dopo un tempo che sembrò lunghissimo.

– Be', Iaccarino ha lavorato lí per oltre trent'anni, non ci sarebbe niente di strano se avesse conservato rapporti di amicizia, che so, col cuoco, col cameriere o con...

Ottavia riprese, senza togliere gli occhi dal computer.

– Per accelerare il percorso, in attesa del ritorno del capo ho fatto un paio di telefonate ad amici che lavorano nella compagnia telefonica. Il tabulato dovrà essere consegnato a seguito di una richiesta ufficiale, eccetera, ma questi amici mi confermano che l'unico uso di questo numero è riferito a tali comunicazioni. In pratica, da quell'utenza si parlava soltanto con Iaccarino.

Lojacono disse:

– Questo, ammetterà, è strano, no? E giacché ci è stato assicurato che Iaccarino non comunicava con nessuno della famiglia Cortese che non fosse Giulia, la quale vive per la maggior parte del tempo a Milano, getta un po' di nebbia sulla vicenda. Non crede?

La Piras era impressionata, ma non disponibile a cedere posizioni.

– Non è detto che Cortese lo sappia, no? Non è detto che abbia mentito, o voluto sviare. Non vedo cosa cambi, posto che non sappiamo ancora dove sono finiti i soldi prelevati quella mattina in banca, che mi sembrano un elemento ben piú concreto di qualche telefonata.

Palma rispose:

– E questo ci porta al secondo elemento che le dobbiamo fornire, dottoressa. Un elemento sul quale però dovrà fidarsi, perché le informazioni sono state assunte in via diretta grazie al lavoro esterno sul territorio, per il quale non possiamo indicare prove tangibili.

La magistrata scrutò Palma.

– Non ritengo sia il momento giusto per chiedermi un atto di fede. Proprio no.

– Boh, forse no. Però le dico lo stesso quello che ho saputo, e di cui sono certo. Da tre anni Iaccarino aveva un rapporto con un usuraio del quartiere, al quale pagava con regolarità gli esosi interessi concordati. Era stato questo usuraio a dargli i soldi per aprire l'officina. Quei trentamila euro li ha consegnati a lui, qualche ora prima di essere ucciso.

Laura Piras strabuzzò gli occhi.

– Che?! Uno strozzino? E quindi può essere stato benissimo lui, a uccidere Iaccarino! Fra loro può esserci stata una discussione, una lite in esito alla quale...

– No, dottoressa. No. L'uomo ha un alibi, e comunque Iaccarino era una fonte costante di reddito, non avrebbe avuto senso tirare il collo alla gallina dalle uova d'oro. È gente che ragiona, non si fa prendere dall'emozione.

I poliziotti si guardavano con intenzione: anche Palma era bravo a tirare fuori assi dalle maniche.

Piras era rossa in viso.

– Ma come si chiama, questo criminale? Chi ha verificato il suo alibi? Ha precedenti, è un pregiudicato? Potrebbe essersi servito di complici, non è mica la prima volta che...

– Mi dispiace, dottoressa, non conosco il nome di questa persona. E in merito all'alibi, sono disposto a garantire su chi me l'ha riferito. Mi deve credere sulla parola, ed è l'atto di fede di cui le dicevo: non è stato lo strozzino, né ha commissionato nulla. Non è quella, la pista.

La magistrata si alzò, irritata.

– Senta, Palma, io mi domando lei che mestiere faccia! Mi state chiedendo di procedere con le indagini su una famiglia in grado di azzerare con una telefonata le nostre carriere, di tutti intendo, e di desistere invece rispetto a un caso di usura confesso e conclamato, sul quale nemmeno vogliamo assumere il nome dello strozzino? Sul cui alibi garantisce lei?

Palma si alzò a propria volta, fronteggiandola. Aragona si sporse in avanti, l'espressione esaltata di un ragazzino al cinema, davanti alla battaglia finale.

– Sí, dottoressa. È quello che le stiamo chiedendo. E non pretendo che il suo atto di fede sia cieco, ho comunque una prova concreta che spero possa aiutarla –. Sfilò dalla tasca un foglio piegato in due, e lo aprí. – Questa, come vede, è una cambiale. Era il titolo a supporto del debito con l'usuraio: mi è stata data per l'evidente inutilità che ha assunto dopo la morte di Iaccarino. Come potrà vedere, c'è una firma ulteriore sotto quella del meccanico, a garanzia. Lui era nullatenente, come sappiamo, quindi non avrebbe potuto ottenere né il credito né la dilazione senza un avallo rispondente. Una persona ricca, insomma.

Piras chiese, con un filo di voce:

– E chi è, questa persona?

– Adelaide Alagna di Roccaforte, dottoressa. La madre di Roberto Cortese.

XXXVI.

La professoressa Rossella D'Oriano mutò espressione una volta finita la rampa di scale che conduceva all'esterno dell'edificio scolastico. Si vide con chiarezza, anche dall'altra parte della strada. Il sorriso tirato ma cordiale, apparso sul viso stanco mentre salutava due colleghi che entravano, sparí, cedendo il posto a un'aria preoccupata.

L'insegnante uscí dal cancello e si avviò verso la stazione della metropolitana. La pesante borsa a tracolla non poteva contenere tutti i libri che le servivano, per cui ne portava anche un paio sottobraccio. L'andatura era resa malferma dalle scarpe coi tacchi troppo alti e dal selciato irregolare.

Le due donne la avvicinarono mentre armeggiava per cercare il biglietto. Negli occhi di Rossella si susseguirono ansia, paura, e alla fine determinazione.

– Che volete? Devo andare a prendere Marida a scuola, esce tra un quarto d'ora.

Nadia disse, conciliante:

– Signora, dovremmo rubarle un attimo soltanto; le offriamo un caffè e…

– Non abbiamo niente da dirci, guardi, signorina. Mia figlia mi aspetta, e non so proprio…

Susy la interruppe.

– Le conviene accettarlo questo caffè, signora. Lasciarla un po' piú del dovuto a scuola non sarà la cosa peggiore fatta da lei alla bambina.

La frase ebbe l'effetto di uno schiaffo. La donna sbiancò e arretrò di un passo. Nadia guardò l'amica, sorpresa; la pediatra teneva gli occhi azzurri fissi su D'Oriano, le labbra strette, ancora piú risoluta dell'altra. Alla fine la professoressa assentí.

Si avviarono verso un bar a poca distanza. Gli studenti sciamavano, l'ora di pranzo nel sole di settembre era una festa. Le tre donne si accomodarono a un tavolino all'interno, per evitare sguardi curiosi. In un primo, lungo momento restarono in silenzio, poi Rossella disse, secca:

– Non so cosa vogliate da me, se intendiate ricattarmi o minacciarmi. Sappiate però che ho un cugino che lavora in questura, e ci metto un secondo a chiamarlo e a denunciarvi. Quindi sbrigatevi, e attente a quello che dite.

Susy rise, beffarda.

– La miglior difesa, eh? No, signora, stia tranquilla. Non dovrà disturbare suo cugino, anche se in effetti si tratta proprio di questo: un ricatto e una minaccia. E se ci sarà una denuncia, e noi speriamo ancora di poterla evitare, non sarà la sua contro di noi ma l'inverso. Ma credo che questo lei lo sappia bene, giusto?

La donna era terrea. Tormentava con le unghie la tracolla della borsa, nervosa. Gli occhi andavano dall'una all'altra, come quelli di un animale in trappola.

– Io… io non so a che cosa si riferisca, dottoressa… non so nemmeno il suo nome. Dubito però che me lo dirà, è cosí? Se è un ricatto, non me lo dirà.

– Perché non dovrei? Non sono io a trovarmi nei guai. Sono la dottoressa Assunta Penna, Susy per i tanti che mi stimano, mi vogliono bene e sanno che per la sicurezza, la salute, e la tranquillità di una bambina non mi fermerei davanti a niente.

La giovane, al suo fianco, aggiunse:

– E io sono Nadia Saviano, infermiera. D'accordo con la dottoressa, su tutta la linea.

La donna si finse impressionata.

– Caspita, due stimate professioniste nel settore della sanità. E cosa ci fate qui a disturbare una che non vi ha cercate e peraltro sta benissimo, invece di essere al lavoro?

Susy non aveva mutato espressione.

– Signora, usciamo subito dall'equivoco. La mia amica e io ci siamo interrogate a lungo su ciò che era meglio fare, una volta preso atto dei maltrattamenti e delle lesioni subiti da quella povera bambina che è sua figlia.

La professoressa impallidí ancora.

– Non avete nessun elemento per insultare cosí la mia famiglia. Tutti i bambini cadono e si fanno dei lividi, Marida è disattenta e a volte capita, ma sta benissimo, e voi non...

Susy continuò, quasi la donna non avesse parlato.

– Non è stato facile. Io, per esempio, ero per la denuncia. Immediata. Ma per me, da medica, prevale la salute fisica. Ci abbiamo ragionato e abbiamo preferito seguire questa strada. Però l'avverto, signora: se persiste in questo atteggiamento, mi alzo e me ne vado. E faccio quello che devo fare.

Nadia intervenne:

– Ci sono altre cose da considerare. Anche noi, vede, abbiamo... dei cugini che lavorano in polizia. Abbiamo pensato di approfondire, prima di prendere iniziative. Ci possono essere cose che non sono come sembrano, a volte succede. Eravamo convinte che a picchiare la bambina fosse il suo compagno, l'avvocato.

La donna sgranò gli occhi.

– Fefè? No, lui non... ma come vi viene in mente? Nessuno maltratta Marida, figuriamoci Fefè! Lui non è minimamente interessato...

Susy disse, brusca:

– Non continui a dire che la bambina non è maltrattata, signora. Se lo dice un'altra volta, io mi convinco che Marida non può restare con lei e vado a denunciarla. Adesso.

La professoressa tacque. Nadia riprese:

– Allora, i nostri... cugini hanno indagato. Con molta discrezione, ci hanno assicurato. E hanno concluso che l'avvocato non è responsabile dei maltrattamenti alla bambina.

Rossella era sollevata.

– Oh, visto? Gliel'avevo detto che lui non avrebbe mai...

Susy disse, secca:

– Non è l'avvocato il responsabile, perché a maltrattare Marida è lei, signora. E la maltratta con pizzichi, percosse, strette. Sul suo corpo ci sono i segni delle dita, e le ha anche perforato il timpano con uno schiaffo.

– Ma voi... come osate dire una cosa del genere? Io sono la madre, capite? La madre!

– Perché lo fa? Lo dica, altrimenti sarà peggio. Perché fa del male a una bambina cosí piccola, carne della sua carne? Perché ha paura di lei?

Il viso della donna si disfece. L'espressione aggressiva si trasformò in una maschera di dolore e sofferenza. Le scesero le lacrime.

Nadia e Susy non si guardarono nemmeno, quasi si fossero aspettate quella reazione. L'infermiera disse, piano:

– Se l'avessimo denunciata, se avessimo seguito le vie ordinarie, la bambina le sarebbe stata tolta. L'avrebbero mandata in una casa famiglia. Il padre è all'estero, non ci risultano parenti stretti, i nostri... cugini hanno indagato. Avremmo fatto peggio, per Marida. Ma adesso abbiamo bisogno di capire per quale motivo è stata maltrattata. Per favore.

La donna tirò fuori dalla borsa un fazzoletto e con un gesto nervoso si asciugò la faccia. Bevve un sorso d'acqua.

– Lo odia. Non lo tollera, non l'ha mai tollerato. Io la capisco, che credete? Mi basta un'occhiata, è mia figlia. Ha nostalgia del padre e pensa che quel posto sia il suo, che prima o poi lui tornerà. Ma noi, noi sappiamo bene che non tornerà mai, giusto? E allora io che dovrei fare? Lasciarlo scappare perché una mocciosa non lo sopporta?

Attorno a loro, impiegati mangiavano pizzette, ragazze ordinavano gelati e settembre continuava a delinquere.

– Lo so che non dovrei, lei è un angioletto, no? Dovrei lasciarla parlare, dovrei consentirle di... di dire quello che le passa per la testa. Ma lui non ha figli ed è... molto sensibile. Se percepisse l'ostilità, il fastidio della bambina, se ne andrebbe. E io non posso... lo vedete? Sto diventando vecchia, e brutta. Come faccio a restare sola? Chi mi guarderebbe piú, me lo dite?

Susy disse:

– I nostri cugini hanno scoperto molte cose, sull'avvocato Pellettieri. Ha frequentazioni con ragazze giovani, anche troppo. Si dà da fare, le mente. È sicura che valga la pena di alzare le mani su sua figlia per uno cosí?

Rossella fece una smorfia.

– Crede che non lo sappia? Un avvocato non esce alle dieci di sera per tornare la mattina dopo. Ma so pure che se voglio che rimanga con me devo lasciargli i suoi spazi. E rendergliela piú facile che posso. Marida inclusa.

Ci fu un lungo silenzio. Alla fine Susy parlò, e la voce tremava di rabbia e disgusto.

– Allora ascoltami bene, merda di donna che mi fa schifo anche solo chiamare madre. Se vuoi tenerti le corna e la mancanza di rispetto di un uomo, sono fatti tuoi. Ma se osi di nuovo, a qualsiasi titolo e per qualsiasi motivo, sfiorare quella bambina, io ti mando in galera.

– Io… Ho sbagliato, lo so. Io voglio bene a mia figlia, la amo, è che… a volte sono cosí stanca. E lei, lei mi ricorda suo padre, e quello che ho passato. La vita è difficile, e…

– Me ne fotto delle tue paturnie. Funzionerà cosí: me la porterai in ospedale ogni settimana, fin quando te lo dirò io. Ogni settimana. Se trovo un livido nuovo, fosse pure per una caduta in strada, io ti denuncio. Se mi dice che c'è qualcosa che non va, io ti denuncio. Se ho l'impressione che ci sia qualcosa che non va, io ti denuncio. Se salti una settimana perché hai avuto un incidente e ti hanno amputato tutte e due le gambe, io ti denuncio. Mi hai capito, stronza?

Era piccola di statura, Susy; ma a Nadia sembrò enorme, in quel momento. Rossella spalancò gli occhi.

– Sí. Sí, ho capito…

Nadia disse:

– Un consiglio gratis: lo lasci andare. Uno cosí è meglio perderlo. Avete una casa, lei lavora… ce la fate.

La donna si alzò, rigida. Annuí e se ne andò verso la metropolitana, camminando con difficoltà sui tacchi.

XXXVII.

Nemmeno un'ora dopo la burrascosa riunione in sala agenti, il telefono del commissariato squillò. Ottavia scambiò un paio di battute, poi mise una mano sul microfono della cornetta e mimò la parola *questore*.

Palma sospirò e fece cenno di passargli la comunicazione lí, affinché tutti potessero sentire. La conversazione fu breve, e consistette nella convocazione per lui, Martini e Lojacono nell'ufficio principale della questura.

Non si può dire che non se lo aspettassero. La firma della madre di Roberto Cortese sotto una cambiale in mano a un usuraio era una cosa grossa, ma anche incontrovertibile. Certo, le spiegazioni avrebbero potuto essere tante, ma andavano cercate; cosí come per i contatti con quell'utenza telefonica riservata.

I tre poliziotti si erano aspettati anche l'irritualità di quella convocazione, data l'importanza di Cortese e la comprensibile esigenza di riservatezza. La sua presenza in questura poteva essere interpretata dalla stampa come una legittima richiesta di aggiornamenti sull'omicidio del padre della fidanzata, e l'interlocuzione diretta col questore rispondeva a questo ipotetico quadro; una convocazione a Pizzofalcone o una terza visita della polizia nella sua villa, invece, assai meno.

Furono fatti passare da una poliziotta in evidente stato di agitazione. Nell'ampia stanza erano presenti, oltre al padrone di casa, Piras e Cortese. L'atmosfera era di diffusa preoccupazione. Palma immaginò che fosse per motivi differenti: Cortese temeva che il coinvolgimento del suo nome in quella brutta storia fosse ormai inevitabile; Piras che le zone d'ombra dell'indagine, come il nome dell'usuraio e il suo alibi, fossero tali da determinare la fumosità di ogni possibile teoria; e il questore Crispi, un uomo corpulento e calvo dall'aria sbrigativa, temeva che la politica e le relazioni, fattori che odiava e non sapeva maneggiare, fossero d'intralcio alla soluzione di un caso che cominciava a diventare mediaticamente troppo ingombrante.

Fu proprio il questore a introdurre l'incontro.

– Il dottor Cortese è stato edotto sugli ultimi sviluppi, e a tal proposito mi complimento con te, Palma, per aver reperito questo elemento, la cambiale insomma. Immaginando che abbiate bisogno di informazioni ulteriori da parte sua, si è premurato di chiedere questa riunione qui da me. Siamo consapevoli dell'attenzione eccessiva che i media stanno riservando alla questione e della posizione pubblica della famiglia Cortese, quindi raccomando a tutti, come già fatto dalla dottoressa Piras, la massima sensibilità.

Piras fece un tirato sorriso di circostanza.

– Vorrei riassumere i fatti. Le modalità con cui è avvenuto l'omicidio hanno portato subito a considerare improbabile una rapina, e ciò è stato confermato dalla ricostruzione della via seguita dal denaro prelevato in banca dal signor Iaccarino; ricordo che alcune banconote sono state ritrovate nel cassetto, e che non sono state reperite tracce di alcun tipo, impronte o altro. È poi emerso, dal controllo dei tabulati telefonici dell'utenza intestata allo stesso Iaccarino, che la maggior parte delle chiamate erano indirizzate a un numero che risulta appartenere alla vostra abitazione, e quindi…

Cortese alzò la mano.

– Grazie, dottoressa, so tutto. E sono qui perché voglio collaborare senza riserve. Voglio che sia fatta luce, e lo voglio per vari motivi: il primo è che volevo bene a Nando, era un angelo e ha fatto parte della mia infanzia e dell'adolescenza quanto e piú di un padre. Il mio non c'era mai e poi è morto, era lui la figura maschile vicino a me bambino.

Palma, Martini e Lojacono percepirono la sincerità dell'uomo. Cortese continuò.

– Il secondo è che era il padre della mia fidanzata, che amo moltissimo. Giulia ha reagito come immaginavo, allontanandosi; con la scusa della fusione alle fasi conclusive si è ritirata a Milano, ma dovreste sentirla quando la aggiorno sulla situazione. È distrutta. Il mio compito è proteggerla, è la ragione vera per la quale sono qui.

Lojacono pensò alle relazioni tra le persone, all'amore, e quindi a Laura, che osservò fugace di profilo, attenta e concentrata. Si chiese che parte avesse lui nel cuore di lei.

– Il terzo è mia madre. Mi corre l'obbligo di scusarmi con voi per non avervi reso edotti prima, quando ho immaginato, pur senza disporre di elementi, un suo possibile coinvolgimento nella vita di Nando sotto il profilo economico.

Laura domandò:

– A cosa si riferisce, con esattezza?

– Mia madre è stata una donna meravigliosa, il centro attorno al quale la famiglia è nata, cresciuta e rimasta unita. La sua sostanza e il suo nome hanno costituito il nucleo originario di una fortuna che mio padre e io abbiamo consolidato, dando lavoro a migliaia di persone in questa regione e nel mondo. Da molto tempo però è malata, e se non assume i farmaci che la rendono apatica e triste, ma almeno presente a sé stessa, va soggetta alle crisi di cui siete stati testimoni. Insomma, avrei dovuto farla interdire, lo so: ma sarebbe stato come comunicare al mondo la sua condizione, farla morire prima del tempo. Non me la sono sentita. E tuttora non me la sento.

Piras disse:

– Quindi può disporre delle proprie sostanze. A un'eventuale indagine catastale, risulterebbe rispondente. Ecco perché l'usuraio ha accolto l'avallo.

– Evidentemente sí. Nando da noi non ha mai voluto soldi, nemmeno quello che gli sarebbe spettato per la liquidazione. Mai. Sorrideva e faceva segno di no con la testa, non sapete quante volte ci ho provato. Diceva: fai un regalo a Giulia. Forse ha pensato che una firma non è denaro, non lo so.

Elsa tossicchiò per manifestare la sua presenza.

– L'utenza telefonica, il numero che risulta aver chiamato tante volte quello di Iaccarino...

– Sí, è il numero riservato di mia madre. Lo teniamo per le emergenze: se capita di non esserci quando è in crisi, la badante ci chiama da lí. Non avevo idea che mamma lo usasse per parlare con Nando. È riuscita a tenercelo nascosto. E io che non la ritenevo in grado di custodire un segreto...

Lojacono si fece coraggio.

– Riassumendo: sua madre, dottore, aveva un contatto continuo con Iaccarino. E a quanto risulta era l'unica ad averlo, a parte la figlia con la sua telefonata serale, e aveva pure firmato per avallo le cambiali che il meccanico rinnovava. Secondo lei si rendeva conto di quello che faceva? E saprebbe ipotizzare in quali circostanze avveniva questa sottoscrizione?

Cortese era avvilito.

– Non so rispondere alle sue domande, ispettore. Mi risulta difficile, per come lo conoscevo, immaginare Nando estorcere a mia madre qualcosa, fosse anche una firma. Non avrebbe avuto senso, d'altronde: se avessimo saputo che si rivolgeva a un usuraio, avremmo provveduto. Posso dirle che veniva a trovare mia madre; mi sembrava una cosa bella e dolce, in fondo hanno trascorso insieme gran parte della vita. Ma ignoro se in quelle occasioni mia madre firmasse le cambiali. Mi viene da sorridere al solo pensiero: mia madre che firma delle cambiali!

Martini e Lojacono guardarono Palma, che a propria volta fissò Piras. Ci fu un lungo, imbarazzante silenzio, in esito al quale la magistrata disse, pacata ma ferma:

– Dottore, lei capisce che ci troviamo davvero in difficoltà a procedere senza avere chiarezza su questi argomenti. Pensa che, usando le debite cautele, sua madre sarebbe in grado di sostenere un confronto? Naturalmente verremmo noi da voi, e tutto si svolgerebbe alla sua presenza; ma è fondamentale capire qualcosa di piú.

Cortese rifletté.

– Capisco, dottoressa. Avete ragione. E come vi ho già detto, sono il primo a volere che sia fatta luce per sbattere il colpevole in galera. Va bene, venite pure. Devo però chiedervi di accedere dal secondo ingresso, per evitare le telecamere. Spostare mia madre è complicato, potrebbe generare una crisi: a quel punto sarebbe irrilevante parlare con lei. Mi assicurerò che assuma i farmaci, perché sia presente a sé stessa. Che ne dite di domani mattina? Cosí la posso preparare: non sa nemmeno che Nando è morto.

Elsa chiese, d'impulso:

– Ma la signora Giulia quando rientra? Magari sa qualcosa delle cambiali, in fondo anche nelle brevi conversazioni si possono manifestare angosce, ansie.

– Signora, come ho già detto, la mia fidanzata aveva col padre un rapporto superficiale. Non sa nulla di lui, e lui sapeva assai poco di lei. Se possibile, e finché sarà possibile, vorrei tenerla fuori da una situazione che le induce molta sofferenza. Il fatto che non sia qui, che abbia preferito restare a Milano e delegare a me ogni incombenza, ne è la prova.

Quando uscirono all'aria aperta tirarono tutti un sospiro di sollievo. La disponibilità di Cortese non era scontata, e risolveva un ostacolo non facile da sormontare.

Poi, con un tuffo al cuore, Lojacono si ricordò che un buon quarto d'ora prima avrebbe dovuto essere alla scuola di Marinella; e che la scuola era ad almeno tre quarti d'ora di traffico da lí, nella migliore delle ipotesi.

Salutò e si diede alla fuga.

XXXVIII.

Giunse a scuola che non c'era piú nessuno, almeno a un primo sguardo. Il cancello era accostato, nel cortile sostava un paio di auto e il portone in cima alla rampa di scale era chiuso.

Lojacono pensò di sé il peggio. Perché ti sei fatto carico della responsabilità di tenere tua figlia con te, si disse, se non sei nemmeno in grado di rispettare uno straccio di appuntamento che peraltro hai preso tu stesso?

Per mero scrupolo entrò. Salí e rimase davanti al portone chiedendosi cosa fare. Nemmeno un minuto e, come obbedendo a una preghiera silenziosa, il battente si aprí. Ne uscí una donna, salutando qualcuno all'interno. Trovandosi Lojacono davanti, si fermò mentre il portone le si richiudeva alle spalle. Restarono a fissarsi per un istante, poi la donna sorrise.

– Buon pomeriggio, ispettore Lojacono. Mattinata difficile, eh?

– Buon pomeriggio a lei. Ma… ci conosciamo? Le chiedo scusa, ma proprio non ricordo se…

– Ah, ma che soddisfazione essere piú deduttiva di un investigatore. Dunque, anzitutto la somiglianza: lei è identico a sua figlia. Poi, il fatto che io avessi un appuntamento con lei, al quale non si è presentato con puntualità. Infine, siccome si può escludere che un padre amorevole abbia dimenticato di questo incontro, deve aver avuto per forza una mattinata complessa. Mi sbaglio?

– La professoressa Cantone, quindi. Felice di conoscerla. Le interesserebbe un posto in una squadra investigativa? Abbiamo bisogno di una come lei, dalle mie parti.

La donna lo fissò. Gli occhi neri, dietro le lenti, luccicavano d'intelligenza e ironia. Era di statura media e aveva il viso tondeggiante, una massa di capelli che sembrava impossibile tenere in ordine e lineamenti dolcissimi. Lojacono resistette alla tentazione di far correre lo sguardo sulle forme morbide. Una dannata zitella acida, aveva detto Marinella: a lui non pareva affatto.

– No, no. Mi annoierei, una vita piatta; acchiappare criminali è meno divertente che provare a insegnare loro la letteratura. Dovrà offrirmi un caffè, ispettore, se vuole salvare l'appuntamento perduto. C'è un bar qui di fronte: andiamo.

Lojacono la seguí. Prima dell'incontro dell'indomani con la madre di Cortese, in effetti, non c'era altro da fare, ma avrebbe voluto concentrarsi sulle domande da porre alla vecchia. Invece, era stato precettato da quella professoressa decisa.

Oltre al caffè, la donna si fece portare una pasta alla panna, che prese a mangiare emettendo mugolii di piacere.

– Mmmhhh, quanto adoro dover saltare il pranzo. Questo mi autorizza a ripagarmi cosí, senza meditare il suicidio per gli scrupoli di coscienza. Grazie, ispettore, lo devo a lei.

– Le domando ancora scusa. Sa, siamo impegnati in un'indagine rognosa che lei, con le capacità deduttive che si ritrova, risolverebbe in otto minuti. Noi invece siamo tardi e ancora brancoliamo nel buio. La pasta con la panna è il minimo per farmi perdonare.

Fra un boccone e l'altro, la donna disse:

– Be', non le chiedo di raccontarmi giacché immagino sia tutto coperto dal segreto istruttorio, almeno nei telefilm va cosí. Ma ci perde lei, perché io indovino sempre com'è andata già a metà della storia. Parliamo di Marinella, piuttosto. Lei lo sa che si droga, sí?

Lo disse mentre Lojacono stava sorbendo il primo sorso di caffè, che gli andò storto provocando un accesso di tosse. Per calmarlo ci volle quasi un minuto insieme a un bicchiere d'acqua. La professoressa Cantone si godette lo spettacolo.

– Scherzo, è ovvio. Lo so, non è divertente dal suo punto di vista, ma dal mio sí.

Lojacono, i cui occhi erano rientrati nelle orbite, disse:

– Questo non è uno scherzo, professoressa: è tentato omicidio. Mi vedo costretto a chiederle di porgermi i polsi.

– Siamo già alle manette? Non le sembra un approccio estremo, proporre giochi erotici prima ancora di darsi del tu? Dunque, siamo seri: sua figlia l'anno non lo ha cominciato bene. E siccome non è un anno come gli altri, ma è quello del diploma, ho pensato: Lucia, meglio intervenire subito.

– In che senso, non ha cominciato bene? Può spiegarmi meglio?

– Allora: io, al di là del mio lavoro, mi occupo di sociale. Seguo ragazze, in particolare, che hanno difficoltà ambientali. Immigrate, indigenti, donne che subiscono violenza domestica e non vogliono o non possono chiedere aiuto. Ho imparato a riconoscere lo stato di necessità, e sua figlia si trova in quella condizione.

– Mi scusi, mi sfugge cosa c'entri quel tipo di donne… immigrate, violentate… Lei pensa che mia figlia abbia problemi di integrazione? Che sia oggetto di bullismo, o cose del genere?

– No, no, mi scusi se le ho fatto pensare questo. Era solo per farle capire della mia personale capacità di identificare il disagio. Marinella è ben integrata, reagirebbe a ogni tentativo di bullismo o di violenza, su questo non ho dubbi. Mi preoccupa la tristezza, nel suo caso.

Lojacono era disorientato.

– La tristezza?

– Sí, la tristezza. Se è sovrappensiero, Marinella è triste. Queste ragazze spesso hanno distrazioni belle: un amore, lo sport, amicizie, un cantante o un calciatore, cose cosí. Le vedi sorridenti. Marinella no, lei quando è distratta è triste. Per questo ho voluto parlarle, ispettore. Conosco la vostra situazione, vivete da soli, la mamma è lontana e, a quanto sua figlia mi ha detto, non ha un buon rapporto con lei. Con chi si confida, la ragazza?

Lojacono avvertiva uno strano imbarazzo, quasi fosse stato colto in fallo.

– Be', ha questa amica, Chanel...

– Ah, Chanel... Un bel tipo, solare, allegra e superficiale. Perfetta per andare a bere una o due birre, ma non a dare consigli in caso di necessità.

– Che intende per necessità? Accidenti, professoressa, mi sta facendo preoccupare!

Lei allungò una mano sul tavolo e la mise su quella di lui. Era calda, asciutta, ferma. Calmò la sua agitazione, quasi emanasse un fluido.

– No, non ci dobbiamo preoccupare. Non ancora. Il mio invito è strategico: serve per far capire a Marinella che stiamo attenti a lei. Tutto qui. Magari si arrabbierà, sarà insofferente, ma mi creda: sortirà l'effetto giusto. Come mi ha definita? Zitella acida, giusto?

Lojacono arrossí fino alla radice dei capelli.

– Lei... No, ma come le viene in mente? Marinella non...

Cantone scoppiò a ridere. Aveva una risata deliziosa, aperta e profonda, un suono che, per qualche assurdo motivo, Lojacono trovò attraente.

– Lei non sa mentire, ispettore. Non so quanto le serva, nella professione, ma eviti di dire bugie perché criminali e colleghi la sgamerebbero subito. Non c'è niente di male, lo so che mi chiamano cosí quando sono arrabbiati, ma mi vogliono bene, gliel'assicuro. E poi hanno ragione, anche se la definizione corretta sarebbe divorziata acida. E senza figli. I figli sono loro, a essere precisi.

Lojacono provò alcune irrazionali e inspiegabili sensazioni, tra cui sollievo e curiosità.

– E che cosa mi consiglia di fare, professoressa Cantone?

– Anzitutto propongo di chiamarci per nome. Giuseppe, giusto? Io sono Lucia. Per il tu rinviamo, quello è già piú rischioso. Poi suggerisco di scambiarci i numeri di telefono, da usare in stretta relazione a Marinella, è ovvio. Infine, dico di controllarla, con discrezione estrema.

– E come si fa? Cioè, io che dovrei fare?

Lucia lo guardò come si guarda un allievo che non sa rispondere a una domanda facile.

– Proprio lei me lo chiede? Lei che è un poliziotto? La ascolti. Cerchi di stimolare confidenze. Provi a capire che cosa fa nel tempo libero, se incontra qualcuno, se sta bene in salute. Deve farlo con attenzione, Giuseppe, perché se Marinella sospetterà di essere indagata, si chiuderà a riccio e noi non sapremo piú niente. D'accordo?

Lojacono si sentí inadeguato al compito.

– E lei mi aiuterà? Perché io… io credo di aver bisogno di un supporto.

Lei rifletté.

– Va bene. Starò attenta e le relazionerò. Via messaggi, ché non voglio interrompere il corso della giustizia. Le costerà, però. Perché ho voglia di un'altra pasta alla panna, e a pagare sarà lei, come deve fare ogni gentiluomo che si rispetti.

XXXIX.

La regola era semplice: il giorno del compleanno, decideva Vicky.

Il principio derivava da una favoletta che raccontava sua nonna, quando Vicky era bambina e ancora balbettava cose senza senso. La donna aveva detto che vicino a lei c'era un angioletto, piccolo e non bravissimo a volare, che le era stato assegnato per aiutarla a essere brava; il giorno del compleanno, però, quell'angioletto tornava a casa, in ferie, e quindi solo per quelle ventiquattr'ore Vittoria era libera di scegliere ciò che voleva, e tutti dovevano obbedire ai suoi ordini.

Una cosa cosí, detta per dire.

Ma Vicky era appunto Vicky, e l'anno successivo, quando già si esprimeva in italiano corretto e chi capitava al suo cospetto tendeva a fissarla come fosse posseduta, mise all'incasso la cambiale ricordando a madre e nonna che quello era il giorno in cui poteva esercitare la piena autonomia. Altrimenti, disse, l'angioletto non esisteva, e lei non era tenuta a fare la brava gli altri trecentosessantaquattro giorni. Semplice.

L'usanza era stata mantenuta, e al tredicesimo anniversario Vittoria decise che lei ed Elsa sarebbero andate a cena, da sole, al ristorante *Reginella*.

La scelta era frutto di una meticolosa ricerca in rete, con tanto di telefonata per prenotare un tavolo preciso. Il posto era fantastico, sulla strada che dava sul mare, e offriva una vista mozzafiato sul panorama piú famoso del mondo. Sembrava di volare, perché non si percepiva quello che c'era attorno: davanti, mare e cielo e montagna e penisola e luci e stelle, incluso l'effetto speciale di una luna piena che disegnava una strada luminosa sull'acqua. Uno scenario da sogno.

Il tavolo selezionato era proprio di fronte alla vetrata. Gli altoparlanti diffondevano discreti canzoni classiche, cantate nella lingua dolce e rotonda che prendeva parole da tutte le navi arrivate nei secoli in quel porto. Vittoria era raggiante. I capelli rossi e fluenti, di solito disordinati come un cespuglio selvatico, erano raccolti. La bambina si guardava attorno, annuendo quasi avesse disposto con le proprie mani tovaglie e posate, stringendo le cravatte a farfalla dei camerieri.

Per una volta, Elsa aveva voluto assecondare la voglia glamour della figlia, tirando fuori dal fondo dell'armadio un vestito da donna e archiviando per l'occasione jeans e camicie informi. Sembrava una modella. Il trucco leggero, i capelli sciolti e i grandi occhi verdi erano il complemento mozzafiato di un corpo slanciato e flessuoso. Non ci fu uno sguardo, maschile o femminile, che non si posasse ammirato su di lei.

Si accomodarono sulle sedie spostate con galanteria dai camerieri. Vittoria volle sistemarsi spalle alla vetrata, rivolta verso la sala. Elsa provò a convincerla del contrario, per farle godere il meraviglioso panorama, ma la bambina rifiutò dicendo che non voleva distrarsi: doveva godersi tutto.

La madre aprí il menu e sospirò.

– Costerà mezzo stipendio, questa cena.

Vicky la rimproverò.

– Ti ricordo che stasera non c'è l'angelo. Anzi, che l'angelo sono io, quindi decido io. E poi non è vero, ti assicuro che questo ristorante è meno costoso di quasi tutti quelli della zona. Ci vengono molti turisti, perciò hanno scelto di cucinare bene ma di tenere i prezzi bassi. Niente piatti strani, cose semplici, della tradizione.

Elsa la guardò, diffidente.

– E che ne sai tu, della tradizione di qui? Noi siamo piemontesi, ti ricordo.

– Stavo solo dicendo quello che ho letto sul loro sito. Dài, decidiamo cosa prendere: io voglio rimpinzarmi di frutti di mare. Ammetterai che in Piemonte non sono proprio tipici...

Martini mugugnò qualcosa sulla mancanza di formaggi stagionati, ma si mise a leggere. Vicky controllava l'orologio, continuando a lanciare occhiate verso l'ingresso.

Antipasto, mozzarella e fritturine, deliziose. Primo, spaghetti allo scoglio. Vino bianco, Falanghina. La luna dava spettacolo alle spalle di Vicky, che sembrava agitata. La madre la guardava ogni tanto, credendo che l'aspettativa fosse per il regalo, secondo tradizione conferito alle ventidue in punto, ora della sua nascita: un cellulare, custodito nella borsa agganciata al tavolo.

Mentre attendevano il secondo piatto ed Elsa stava commentando che non le entrava piú nemmeno una mollica di pane, una voce alle sue spalle disse:

– Chiedo scusa: lei non è Martini, la vicecommissaria di Pizzofalcone?

Vittoria, che aveva visto l'uomo arrivare, teneva gli occhi piantati sulla madre. Osservò perciò l'intero spettro delle emozioni che le si stampò in viso, dalla sorpresa all'imbarazzo, dalla curiosità all'angoscia.

Elsa si girò, e dal basso si trovò a fissare il volto di Diego Buffardi, sostituto procuratore, che aveva incontrato di nuovo dopo quasi quattordici anni. Il volto di un uomo che aveva seguito per mesi, che popolava i suoi incubi perché non sapeva se parlargli o no, se contattarlo o no, se dirgli tutto o no.

L'uomo che non sapeva di essere il padre di sua figlia.
Buffardi interpretò il silenzio attonito di lei.
– Mi dispiace, non volevo disturbare. Ero qui per mangiare una pizza e mi è parso di riconoscerla. Chiedo scusa, sono stato forse invadente.
Elsa fu incapace di proferire verbo. Le sembrava un sogno, e non aveva la minima idea di come riuscire a svegliarsi.
Vicky intervenne.
– Mamma, non mi presenti il tuo amico?
Elsa sobbalzò, tornando in sé.
– Amico? Che amico? Non è un amico, non dire sciocchezze.
Buffardi corrugò la fronte, smarrito. Guardò Vittoria, come a dire: te l'avevo detto. La bambina insistette.
– Non è un amico? Allora mi presenti il tuo conoscente, mamma?
La donna deglutí, cercando di recuperare il ritmo cardiaco.
– Ah, sí, certo. Volevo dire, è una conoscenza di lavoro, non un'amicizia. Cioè, ci siamo incontrati quanto? Due volte, credo. Il dottor Buffardi, no? Un magistrato. Lei è mia figlia, Vittoria.
La bambina si alzò e tese la mano all'uomo.
– Molto piacere, dottor Buffardi. Lo sa che oggi è il mio compleanno?
Buffardi allungò rigido la mano, piegandosi sul tavolo:
– Ah, allora è un'occasione speciale. Auguri, signorina. E complimenti: lei è bellissima. Assomiglia molto alla sua mamma.
Elsa reagí al complimento quasi fosse un insulto. Arrossí, e con gli occhi fiammeggianti disse:
– No, in realtà no, mi creda. Noi comunque stavamo aspettando il pesce, e…
Vicky l'interruppe.

– Scusi, ma lei è qui da solo? Cioè, se vuole può sedersi con noi per festeggiare. Mi farebbe davvero piacere.

Elsa boccheggiò:

– Vittoria, ma che dici? Il dottore ha di certo altro da fare, noi abbiamo quasi finito. Non è proprio il caso di...

Buffardi era rimasto rigido e in piedi. Una situazione insolita per lui, sempre padrone della scena.

Vicky strinse le labbra, piegando la testa su un lato: era il gesto che aveva raccontato all'uomo chi era, perché identico a un'espressione della madre di lui.

– Mamma, è la mia festa, ricordi? Decido io, no?

Le due donne restarono a fissarsi. Buffardi percepí la tensione e, al colmo dell'imbarazzo, disse:

– Magari la prossima volta, se state festeggiando da sole io...

Elsa scattò in piedi.

– Sí. Perché adesso stiamo andando via. Festa o non festa, non mi sento molto bene. Buonasera, dottore. Vieni, Vittoria. Andiamo a casa.

La bambina aveva gli occhi pieni di lacrime. Lanciò uno sguardo disperato a Buffardi e seguí la madre.

Il conto, naturalmente, era già stato pagato.

XL.

Si decise che a parlare con Adelaide Alagna di Roccaforte, vedova Cortese, sarebbero andati Palma, Martini e Lojacono. Laura Piras si sarebbe recata lí con loro.

La presenza del dirigente del commissariato, a rigore, non era necessaria, ma la tensione percepita in questura il giorno precedente aveva reso opportuno che ci fosse anche lui.

La situazione non era facile. Il rischio che Cortese facesse saltare l'incontro c'era: avrebbe potuto evitare l'interrogatorio alla madre erigendo attorno alla donna una barriera insuperabile, tirando in ballo la sua salute e l'inattendibilità di ciò che avrebbe dichiarato. Le conoscenze e gli agganci nella disponibilità di Cortese gli avrebbero consentito con facilità di bloccare ogni accesso a quella che, ormai era chiaro, era stata l'unica persona ad aver ricevuto le confidenze di Nando Iaccarino.

Il tragitto in auto verso la villa fu silenzioso. Elsa non aveva dormito, il viso segnato dalla stanchezza e da qualcosa che forse era frustrazione, e forse dolore. Lojacono era piú impenetrabile del solito; c'era la preoccupazione per Marinella, certo, ma c'era anche altro: quel senso di disordine che precedeva la comprensione della corretta concatenazione dei segni. Che cos'era che non aveva capito? Che cosa gli sfuggiva?

Palma, dal canto suo, aveva una tempesta nel cuore. La sera prima era stata quella in cui in genere, grazie a una distribuzione dei turni funzionale a tale scopo, avrebbe dovuto restare da solo con Ottavia. Lei, però, aveva trovato una scusa ed era rimasta a casa, senza dirgli – cosa che Palma aveva poi scoperto – che era l'anniversario del suo matrimonio. Nel momento in cui aveva letto la data nell'incartamento che la riguardava, lo stomaco gli si era serrato in una morsa di irrazionale gelosia da cui non si era ancora ripreso.

Roberto Cortese andò ad accoglierli all'ingresso sul retro, dal quale accedevano i fornitori. Era agitato. Parve evidente a tutti che neanche lui aveva chiuso occhio.

– Grazie per essere entrati da questa parte. Mi scuso per il disagio, ma non riesco a liberarmi di quegli sciacalli con le telecamere; non capisco cosa si aspettino di vedere. Seguitemi, prego –. Li precedette all'interno della villa. – Mia madre sta in un appartamento indipendente al piano superiore. Ha la sua camera, un salotto e la stanza in cui dorme la badante; o meglio, dormirebbe, se lei glielo permettesse.

Piras disse:

– Ci dispiace disturbare, dottore, ma comprende che...

– Non si preoccupi. Sono stato io a dire che sono a vostra disposizione per fare luce su quanto è successo. Lo devo a Nando, a Giulia, a me stesso. Mia madre ha preso i suoi farmaci, è in grado di sostenere una conversazione, anche se la troverete poco reattiva. È l'effetto delle medicine. Le ho dovuto dire di Nando. Non ha commentato, non so se abbia inteso davvero.

Giunsero davanti a una porta chiusa. L'uomo fece cenno di attendere, ed entrò senza bussare. Dopo un po', li fece passare.

L'ambiente era pulito e ben arredato. Un divano e tre poltrone, un tavolo con quattro sedie e un paio di credenze facevano da corte a un'ampia finestra dalla quale, al di là delle cime degli alberi, si intravedeva il mare. Lojacono sentí di nuovo, acuta, la sensazione di disordine: eppure nulla era fuori posto.

Su un lato del divano, era seduta Adelaide. Nessuno avrebbe potuto dire che si trattava della stessa donna che qualche giorno prima, nel suo allucinato splendore, aveva fatto irruzione nel salone al piano di sotto. Portava un maglione scuro su una gonna grigia, scarpe basse e calze elastiche. I capelli candidi erano tirati in una coda smorta, sul viso non c'era traccia di trucco, e un fitto reticolo di rughe mostrava l'età avanzata. L'unica concessione all'eleganza era un filo di perle al collo, che la faceva apparire ancora piú vecchia. Se ne stava con lo sguardo basso, le mani intrecciate in grembo, persa in qualche pensiero lontano, o in qualche ricordo. O in entrambi.

Il figlio le si avvicinò.

– Mamma, ci sono quei signori dei quali ti ho detto. Ti devono fare qualche domanda a proposito…

– Sí, sí. Lo so. Mi devono chiedere di Nando. Che è morto, giusto? Che è morto, questo l'ho capito.

Cortese annuí, si sedette accanto a lei e fece cenno agli altri di accomodarsi. Lojacono si tenne in disparte, continuando a guardarsi attorno e cercando di comprendere cosa non gli quadrava.

Laura Piras disse, con dolcezza:

– Signora, buongiorno, sono la magistrata incaricata delle indagini. Ci vuole raccontare come si svolgevano gli incontri col signor Iaccarino, quando veniva a farle visita?

Adelaide dapprima non diede segno di aver udito. Poi cominciò a parlare, quasi riflettesse tra sé.

– Era un ragazzo, sapete? Molto giovane, il giorno in cui venne qui. Era il nipote di un nostro giardiniere, ce lo raccomandò lui. Non aveva vent'anni, io ne avevo molti di piú. Era gentile, rispettoso. Se mi incrociava, nemmeno riusciva a guardarmi, teneva gli occhi a terra. Suppongo di aver visto quegli occhi la prima volta almeno un paio d'anni dopo. Erano azzurri. Azzurri e profondi.

Cortese le accarezzava la mano, piano. Lei proseguí, la testa bassa, le spalle incurvate.

– Questa villa è grande, sapete. Enorme. Ha tante di quelle stanze e soffitte, tanti di quei corridoi. E le cantine, le cantine sono immense.

Piras tentò di interloquire.

– Signora...

– Ero sola la maggior parte del tempo. Sono stata sola per anni, qui dentro. Ci sono cresciuta, eppure mi pareva che ci fosse sempre qualche altro posto, in casa o nel parco, che non conoscevo. È orribile, stare da soli. Non credete sia orribile?

Disordine, pensava Lojacono. Disordine. E puntava l'attenzione intorno. Il legno, i tessuti. I soprammobili, le fotografie, i fiori freschi.

– Diventammo amici, Nando e io. Dovetti convincerlo, non ce la faceva a parlarmi. Ma diventammo amici. Mi ascoltava, mi teneva compagnia; mio marito non c'era mai, e quando c'era era come non ci fosse. Il mondo scorreva, ma fuori di qui. Qui era tutto uguale.

Laura e Palma si scambiarono un cenno, e la magistrata disse:

– Signora, se vuole possiamo tornare in un altro momento per...

La donna sollevò il capo. Il gesto fu cosí rapido e imperioso che i presenti sussultarono, incluso il figlio che le sedeva a fianco.

– Dottoressa, parlo di questa cosa per la prima volta in cinquant'anni, e sto rispondendo alla sua domanda. O mi ascolta in tutto quello che ho da dire, o per me potete anche andarvene e non tornare piú.

Calò il silenzio. La donna riprese.

– Se non fosse morto, non ne avrei mai parlato. Quello era l'accordo, tra noi: non parlarne mai, con nessuno e in nessun caso. Ma adesso lui non c'è piú, e non ha senso mantenere il segreto. Diventammo amici, eravamo giovani ed eravamo soli. Lui lavorava, aggiustava tutto, aveva un talento innato. Era come se parlasse con gli oggetti, coi motori, con gli impianti; e pure con le piante, con le pareti. Era preciso, attento. Sempre ordinato.

Lojacono pensò: ordinato. Era ordinato.

– Quando tornò Giulia e cominciò a frequentare questa casa, lui se ne volle andare. Cercai di convincerlo a desistere, ma niente, volle andarsene per forza. Decise di aprire l'officina, ma non aveva il denaro. Per questo lo aiutai, firmando la prima cambiale. Mi sembrava il minimo.

Cortese sussultò.

– Ma perché, mamma? Potevamo dargli noi i soldi, non sarebbe stato un regalo. Se li era guadagnati, no? Perché non glieli abbiamo dati noi?

– No. Non era possibile, non per lui. Non lo avrebbe fatto mai, prendere soldi dalle mie mani, tantomeno dalle tue. Non si poteva.

– Mamma, non capisco, io...

– Eravamo giovani, lo devi capire. E molto soli. Io lo avrei lasciato fare, ma lui, Nando, no. Doveva impedirlo. Sapessi quante volte ne abbiamo parlato, negli ultimi mesi.

Tacque. I presenti si guardarono, incerti, aspettando che riprendesse a parlare. Ma non riprese.

E d'un tratto, nella testa di Lojacono si ricompose l'ordine. Si alzò di scatto, il viso stravolto dalla sorpresa.

– La saracinesca! È giusto! La saracinesca! Come faceva a saperlo?

A parte Adelaide, che continuava a fissare il vuoto, tutti spostarono lo sguardo sull'ispettore. Palma disse:

– Loja', che succede? Stai bene, sí?

Il poliziotto lo guardò con una specie di smorfia estatica, quasi avesse avuto un'apparizione.

– La saracinesca semichiusa, lo sapeva quando l'abbiamo incontrata la prima volta, capo. E il telefono, il telefono di Iaccarino era di sopra, sul comodino e sotto carica, non aspettava chiamate. E quella sera non si sono sentiti!

Elsa sembrava assorta.

– Giusto. A chi altro avrebbe aperto, a quell'ora? Era l'unica persona che…

Lojacono si avvicinò a una credenza e prese una fotografia in bianco e nero, in cui una giovane donna teneva una bambina.

– E questa? Questa è lei, no, signora? È lei, con Giulia piccolissima. La stessa foto che è nell'appartamento di Iaccarino, ero convinto fosse la madre.

Cortese lo fissava con gli occhi fiammeggianti.

– Ispettore, non so cosa stia dicendo e nemmeno credo di volerlo sapere, ma di certo non mi piace. La invito a stare attento. Non vi ho ricevuti in casa mia per…

La madre disse, quasi fosse al di fuori di quello che stava accadendo:

– Con Giulia, sí. Anche lei è cresciuta qui, la mamma è morta presto, poverina, era una brava ragazza. Lui diceva che era la sua assistente, trascorreva ore seduta vicino a lui, e gli passava…

Lojacono finí per lei.

– Gli attrezzi, certo. E li rimetteva a posto, con precisione, ognuno nel suo spazio.

Cortese si alzò, deciso.

– Non capisco cosa stiate insinuando, ma non sono disposto a lasciarvi continuare. Se volete accomodarvi...

Elsa si alzò a propria volta, fissandolo con altrettanta decisione.

– I tabulati, dottore. Possiamo sapere quali celle hanno agganciato il cellulare della sua fidanzata, e stabilire con precisione dov'era, e non a Milano come crede lei. Non ci vorrà molto a rilevare biglietti aerei, di treno o il Gps di una macchina. Quando si capisce dove cercare, le cose si trovano.

L'uomo era impallidito. Palma disse:

– Dov'è adesso la sua fidanzata, dottore? Dov'è la signora Giulia?

Cortese cadde a sedere, accanto alla madre che lo guardava con infinita sofferenza.

– Da ieri non risponde piú al telefono. Dacché le ho detto di aver concesso che veniste qui, a parlare con mia madre. L'ha staccato.

Adelaide sollevò una mano tremante, adunca come un artiglio, e gli fece una carezza.

– Aveva gli occhi azzurri, sapete. Azzurri, come il mare.

XLI.

Fu fermata la notte stessa, al confine con la Slovenia. In auto aveva una valigia con un cambio d'abito, due paia di jeans e contanti per mezzo milione. Cercò di corrompere le guardie alla frontiera, ma la segnalazione era stata tempestiva: non ce l'avrebbe fatta nemmeno se avesse provato a imbarcarsi su un aereo, o su una nave.

Qualche giorno piú tardi si sarebbe scoperto un trasferimento di fondi per due milioni di euro presso una banca di Lubiana, a nome di un faccendiere con cui aveva preso accordi. Era una che ci sapeva fare, anche se aveva dovuto muoversi in fretta.

Quando arrivò in città, fu accolta da tre noti avvocati messi a disposizione da Cortese, il quale tuttavia non provò a incontrarla; un'incoerenza che raccontava molto della confusione in cui l'uomo era precipitato, dopo le rivelazioni che avevano mutato alla radice la prospettiva del futuro e ciò che sapeva del suo stesso passato. Si chiuse in casa per settimane, non prima di aver sospeso la fusione societaria di cui si era occupata la donna e di aver affidato la gestione degli affari ai propri manager. Sentiva il bisogno di stare con la madre e col figlio, che nonostante le loro fragilità rappresentavano i suoi punti fermi.

Appena seppe che Roberto non voleva vederla, Giulia Iaccarino rifiutò i costosi avvocati da lui concessi e chiese un difensore d'ufficio. Poi domandò di parlare con Laura

Piras e la incontrò nel salottino del carcere, alla presenza di una stenografa della procura e di una giovane avvocata che ce la metteva tutta per sembrare adeguata al compito.

La luce del morente settembre entrava obliqua dalle grate, illuminando un ambiente dall'esclusiva popolazione femminile ma privo di qualsiasi complicità di genere. La detenuta aveva i grandi occhi spalancati, quasi fosse meravigliata di essere lí. I lineamenti delicati, il lungo collo elegante, la tuta troppo grande facevano pensare a un errore, a uno scambio di persona: come poteva un cerbiatto spaurito stare rinchiuso insieme a criminali di ogni risma? Le dita affusolate giacevano sul piano del tavolo al quale sedeva, inerti come soprammobili.

Laura non dovette nemmeno porre domande. Una volta declinate le proprie generalità, Giulia Iaccarino cominciò a rendere la sua dichiarazione spontanea.

Lo so che non siete qui per ascoltare la storia della mia vita. Ma se vi devo far capire quello che è successo, qualcosa vi devo raccontare per forza.

Due cose dovete sapere: la prima è che io a mio padre volevo bene.

Ha vissuto per me, ha fatto sacrifici, non è mai venuto meno. Mia madre neppure me la rammento, è morta che ero piccola e lui me ne parlava poco, credo per non farmene sentire la mancanza, o forse, alla luce dei fatti, perché per mio padre non ha mai contato molto. Ma se n'è andata presto, quindi fra i protagonisti di questa storia non c'è.

Papà sí, invece. Papà e la villa.

Sono questi i due ricordi della mia infanzia: mio padre che aggiustava le cose e quell'immensa, meravigliosa villa nel verde da cui si vedeva il mare. Io lo aiutavo. Mi sedevo a terra vicino a lui e gli passavo gli attrezzi; il mio compito era quello, ero l'aiuto meccanica, un ruolo importante, mi sentivo grandissima. Papà avvitava, svitava, martellava e mi restituiva la tenaglia o la chiave inglese, e io le rimettevo a posto. Io a mio padre volevo bene. Era la mia famiglia, mio padre.

L'altra cosa che dovete sapere è che mi sono innamorata di Roberto Cortese da piccina, forse a otto anni o forse a dieci, chissà. Piccina, comunque.

Lui era già un ventenne, e io ero un complemento d'arredo. Meno di una cameriera, perché, bambina com'ero, non poteva chiedermi di stirargli le camicie, quindi nemmeno mi vedeva. Io però vedevo lui. Quegli occhi azzurri, quel sorriso, le macchine sportive, gli stuoli di amici che lo veneravano. Le ragazze, e le donne piú mature, che entravano e uscivano dalle sue stanze. La musica, i viaggi, i vestiti, le gare sportive che vinceva senza sforzi.

Roberto era un principe, e io Cenerentola. Una favola, eh? Che idiozia, a pensarci adesso. A pensarci da qui dentro.

Non avevo altro, lo dovete capire bene se volete capire anche il resto. Non avevo altro. La villa era il mio mondo, e l'unica risalita che potevo immaginare era conquistare quel pianeta.

Io sono brava, pure questo è un elemento che dovete aver presente. Se mi ci metto, riesco. Studio, sono caparbia, afferro le cose al volo. E se ho un obiettivo, è difficile che non lo conquisti. E io ho avuto un solo obiettivo: Roberto Cortese. E quella villa.

Certo, dovevo aspettare. Non potevo precipitare le cose, giusto? Prima di tutto dovevo cambiare immagine, e dovevo farlo da lontano. Se Roberto avesse assistito alla metamorfosi stadio per stadio, non l'avrebbe nemmeno vista. L'ho compreso che avevo diciassette anni, mentre lui cominciava a guardarsi attorno per trovare qualcosa di piú stabile.

Ho deciso di andarmene, e mio padre ne fu contento. Era convinto che volessi affrancarmi da quell'ambiente, invece volevo tornarci da padrona.

Andai a studiare fuori, e da lontano seguivo la vita di Roberto. Si sposò, ma sapevo che non sarebbe durata. E infatti non durò. Ebbe il bambino, e non nego che ne soffrii: ma quando scoprii che non stava benissimo, che era ritardato insomma, mi fu chiaro che poteva essere un ulteriore vantaggio. Orientai gli studi: Economia aziendale. Mi specializzai in settori compatibili con le aziende di famiglia. Mi preparai, giorno dopo giorno e momento dopo momento, a pigliarmi il ruolo che avevo deciso di pigliare.

Appena fui pronta, tornai. Aspettai che lo scenario fosse perfetto: il padre di Roberto morto, lui che assumeva la gestione degli affari senza però averne la preparazione, la donna che aveva sposato distante e in preda alle sue dipendenze. E la madre che non capiva piú niente, e che forse, a guardare com'è andata, è stata il mio unico errore di valutazione.

Tornai, e fu come se il pezzo centrale del puzzle si collocasse. Ero raffinata ed elegante, conoscevo quattro lingue ed ero esperta nelle materie che servivano alle aziende e mancavano nella godereccia formazione di Roberto. So essere bella e seducente, ma anche dolce e remissiva. So come far sembrare a Roberto che ha preso una decisione, avendola in realtà presa io.

Tutto andò a posto. Ma non riuscii a prevedere la reazione di mio padre, che al mio ritorno decise di lasciare la villa. Mi disse che ci pensava da molto tempo, che adesso che ero in grado di fare da sola poteva seguire l'idea assurda di aprire quell'officina.

Col senno di poi, avrei dovuto pormi delle domande. Avrei dovuto chiedermi perché lo faceva, e come. Avrei dovuto parlargli e approfondire le motivazioni. Ma la realtà era che a me andava benissimo. Non avrei mai potuto sentirmi padrona in un luogo dove mio padre faceva l'autista e il meccanico. Era imbarazzante, non trovate? Immaginate che vuol dire ricevere persone importanti in abito lungo e avere vostro padre che parcheggia le auto. Non si poteva.

Tirai un sospiro di sollievo e mi dedicai al compito finale di quel processo: diventare indispensabile.

Per gli affari non ci fu problema. Avevo un curriculum creato apposta per quello. Pianificai una strada per far crescere il gruppo, ingolosii Roberto con un paio di colpi che ebbero immediato successo e afferrai le redini della sede di Milano, che divenne in pochi mesi il centro delle attività.

In casa, agii sul bambino. Era l'angustia principale di Roberto, la spina nel cuore. Diventai la sua mamma, quella che riusciva a scuoterlo dal torpore, a farlo ridere e giocare come gli altri bambini. Adelaide non ci stava con la testa per la maggior parte del tempo, e bastava una pillola in piú per farla dormire dodici ore. Lei non era una grana.

Mio padre? Be', pensavo fosse contento del suo nuovo giocattolo. Una telefonata ogni sera per sapere come andava, e nient'altro. Capisco adesso che avrei dovuto cercare di saperne di piú: non aveva voluto soldi per l'officina, non ne chiedeva. Avrei dovuto domandarmi come aveva fatto, e soprattutto perché, ma mi figuravo fosse stato per stupido orgoglio, idealismo, o semplice voglia di indipendenza.

Papà non aveva capito quello che stavo realizzando. Credeva che aspirassi a trovare un lavoro, che fossi talmente brava da ottenere un ruolo manageriale nelle aziende e basta. Non l'aveva neppure sfiorato l'idea che io volessi tutto, e che avere tutto passava per il matrimonio con Roberto.

Tipico di un uomo, no? Mia madre ci avrebbe messo tre secondi a comprendere ciò che volevo in realtà. Lui non lo aveva visto nemmeno quando era diventato evidente. Incredibile.

E insomma, dando per scontato che lo sapesse o che almeno gli fosse chiaro, un mesetto fa gli dico in fretta al telefono che sarei rientrata a breve per avviare i preparativi di questo benedetto matrimonio, perché se non ci pensavo da sola nessuno avrebbe combinato niente. Giuro, detto cosí, due frasi al volo.

Dall'altra parte, silenzio. Credevo fosse caduta la linea. Gli faccio, papà? Ci sei? E lui: matrimonio? Quale matrimonio? E io, ridendo: perché, non vuoi che mi sposi? Mica posso continuare a fare la concubina di Roberto.

Non lo sentii per un paio di giorni, mi disse che era stato molto impegnato. Ma io avevo altro per la testa e non me ne fregava piú di tanto. Che stupida, sono stata.

Alla fine mi dice che mi deve parlare, che c'è una cosa che devo sapere. Vieni in villa, gli dico, parliamo là. No, dice lui, in villa no, impossibile, vieni tu qui, in officina.

Io non c'ero mai andata. Non per altro, solo per assoluta mancanza di interesse. Se non aveva problemi a vivere in una stamberga, chi ero io per impedirglielo? Purché non parcheggiasse le auto agli invitati, mi stava benissimo.

Non fu facile trovarlo, quel posto: chi c'era mai stata, fino a Pizzofalcone? Entro, guardo l'officina. Pulita come una clinica svizzera, perfetta, tutto in ordine. E lui mi dice: non puoi.

Che cosa, non posso?

Non puoi sposare Roberto Cortese.

Perché non dovrei?

Perché è tuo fratello.

Siamo rimasti cosí, a guardarci in faccia. Io col mio tailleur, le scarpe coi tacchi, il trucco perfetto e la borsa piena di documenti importanti all'improvviso diventati inutili; e lui in tuta, le unghie sporche di grasso e quei calmi occhi azzurri che adesso, d'un tratto, vedevo identici a quelli di Roberto.

Mentre il cuore mi impazziva nelle orecchie, mentre a fatica prendevo atto che la mia vita era stata rivolta all'obiettivo sbagliato, lui mi raccontò una banale storia triste: quella di una donna piú grande, bella, sola e annoiata. Quella di un marito disinteressato a lei, forse addirittura con altri gusti sessuali, e comunque sterile. Lei che voleva un figlio a ogni costo. Lui che per lei avrebbe fatto qualsiasi cosa.

A ripensarci, viene da ridere, no? A mio padre era successo quello che era successo a me: innamorarsi di qualcuno piú grande, piú ricco, piú elegante. Solo che lui era stato pronto a starsene in disparte per l'intera esistenza. Io no.

Io no.

Gli chiesi chi ne fosse al corrente. Lui mi disse: Adelaide e io. La mia mente lavorò in fretta. Tra me e la vita che avevo sognato c'era una vecchia pazza inattendibile, che non aveva detto nulla pur sapendo del nostro fidanzamento e niente avrebbe detto per non dichiararsi adultera di fronte a quel mondo che vive di pettegolezzi. E poi c'era quel meccanico di Pizzofalcone.

Mi parlò di una fotografia di Adelaide con me piccola, per farmi capire che non potevo dare un dolore alla donna che mi aveva in pratica fatto da madre. In un lampo presi una decisione. Gli chiesi di vedere la foto. Lui si girò per andare a prenderla.

La chiave era quella grande. Stava sul banco, doveva finire di pulirla.

La presi e colpii. Due volte, forse tre. Dovevo essere sicura.

Sono forte, sa. Faccio palestra, mi alleno. È fondamentale per il portamento: se vuoi essere davvero elegante, devi essere elastica.

Nell'ora successiva ho pulito tutto. Per cancellare le tracce, certo: ma anche perché mi sembrava giusto; era un uomo ordinato, non me la sono sentita di lasciarlo nella sporcizia.

Il suo sangue no, non l'ho tolto dalla chiave. Tutto di lui doveva restare là, credo che amasse quel posto.

Una questione di correttezza, secondo me.

XLII.

Alla fine la pioggia arrivò. Dopo tanti mesi di caldo, c'era voglia di tessuti pesanti e del fragore del vento.

Ma arrivò in grande stile, come una bufera che schiaffeggia d'acqua le finestre e fa pensare con un po' d'inquietudine a chi è stato colto per strada.

I bambini si trasferirono al chiuso. C'era una stanza dei giochi, per la verità antiquati: mattoncini in plastica e tappeti componibili in gomma, cose che non andavano piú bene nemmeno per i bimbi di tre anni, figurarsi per quelli di sette-otto. Ma la ricreazione era la ricreazione e pioveva forte, quindi qualcosa si doveva comunque organizzare.

Marida e Giovannino se ne stavano per conto loro. Il mondo lo guardavano in maniera diversa, e dunque fortuna che si erano ritrovati. Non risultavano piú divertenti per i compagni, che avevano smesso di irriderli dicendo fi-dan-za-ti, fi-dan-za-ti. Erano liberi di ritirarsi sul loro pianeta.

Guardando i rivoli sul vetro che tremava per il vento, Marida disse: ma secondo te, gli angeli quando piove si bagnano?

Giovannino considerò la questione e rispose: secondo me, o se ne volano sopra le nuvole e aspettano che finisce di piovere, o sono come gli uccelli, e l'acqua scivola sulle piume senza bagnarli. Secondo me.

Marida si mise a riflettere su quale delle due idee le piaceva di piú.

Lojacono era seduto alla scrivania, il foglio spianato davanti.

La pioggia dava spettacolo dietro di lui, scuotendo la finestra. I colleghi commentavano, rammaricandosi per il clima come se l'estate non fosse durata tanto a lungo. Ma che pretendete, diceva qualcuno, allora trasferitevi ai Tropici, cosí l'acqua la vedete solo sotto forma di mare.

A guardarlo, Lojacono meditava, o sognava. Seduto a schiena dritta, gli occhi da cinese sul foglio che aveva di fronte, immobile. Poteva essere un complemento d'arredo: statua di poliziotto pensante.

Una lettera, disse fra sé. Incredibile. Nel tempo delle email e degli Sms, di WhatsApp e di Messenger, una lettera di carta. Portata con la posta dalla questura, Ammaturo che dice: questa è per te, e tutti che lo sfottono perché è strabico e gli chiedono: per te chi, e il per te sei proprio tu, Lojacono, una busta chiusa con l'intestazione della procura.

Una lettera, che assurdità. E che vigliaccheria. Nemmeno un servo si licenzia per lettera. A un servo che ha lavorato con coscienza, al badante di un padre morto che non giova piú, al portiere di uno stabile sostituito da un citofono, si riservano due parole, no? Li si fissa negli occhi, si dice loro: grazie, abbiamo avuto momenti belli, ma non ci servi piú. Almeno questo, si dice. Non si risolve tutto con uno stupido foglio di carta.

Perdonami, c'era scritto. Non ce l'avrei fatta guardandoti in faccia, non ho questa forza, c'era scritto. Non sai quante volte ci ho provato in questi mesi, c'era scritto.

Quindi, elaborava la mente del poliziotto, c'è premeditazione. Quindi era un argomento risolto da mesi. Quindi avevi già deciso mentre eri a letto con me, e mi stringevi e respiravi forte e dicevi amore, amore, amore.

Devo farlo, c'era scritto. Devo seguire la mia strada, nemmeno sapevo che la mia richiesta sarebbe stata accolta, erano in tanti a essersi candidati per quel posto a Brescia, c'era scritto. Quindi, elaborò, lo hai chiesto tu. Non ti è stato imposto. Lo hai chiesto tu, mentre io ancora pensavo a come avremmo potuto organizzarci per vivere insieme, alla luce del sole. Lo hai chiesto tu.

Se mi vuoi bene, c'era scritto, lasciami andare. Te ne prego, non sottopormi al dolore di doverti dire addio, c'era scritto. Quindi, elaborò Lojacono, ancora una volta il problema sei *tu*. Ancora una volta non ci si deve porre la questione di chi viene lasciato con una lettera, un foglio di carta con l'intestazione della procura addirittura, meno di un servo o di un badante, ma del dolore che proveresti *tu* a doverlo fare in presenza, ad avere il coraggio di dire basta, non ti voglio piú nella mia vita, e non perché tu mi abbia fatto qualcosa, no, ma perché sei *tu*.

Non ti cercherò, no, pensò Lojacono dietro l'espressione impenetrabile, mentre l'acqua scuoteva la lastra. Te ne puoi andare a Brescia, a Stoccolma o a Timbuctú, dottoressa Piras, e tante felicitazioni per la tua brillante carriera. Ti auguro notti insonni in cui sentirai questa stessa pioggia e ti chiederai se hai fatto bene, a scrivere questa lettera di merda, o se hai fatto il piú grande errore della tua vita.

E tieniti stretto il lavoro, pensò, perché hai solo quello. Io invece ho una figlia, una persona che esisterà ancora quando non ci sarò piú. Sí, ho una figlia di cui occuparmi.

Magari, pensò, con l'aiuto di una zitella acida.

Marida, dopo aver riflettuto, disse: magari gli angeli non si vogliono bagnare. Magari cercano rifugio da qualche parte, proprio come facciamo noi.

Giovannino non toglieva gli occhi dalla finestra. Gli piaceva vedere come si distorceva il mondo fuori, attraverso l'acqua.

Forse, disse. Ma devono trovare il posto giusto, perché certe volte dentro sembra di stare al riparo, e invece ci piove ancora peggio.

Palma ruppe il silenzio, ed era insolito, perché dopo l'amore restava a lungo a guardarla, sfiorando la pelle di lei, risalendo la curva dei fianchi fino all'incavo del seno pacificato dopo la passione.

Era un territorio riservato, quel tempo. Il momento dei pensieri teneri, della consapevolezza di essersi trovati per caso dopo essersi cercati per tutta la vita.

Ti devo dire una cosa, disse.

La frase gli uscí con una vena di dolorosa malinconia che l'allarmò. Sotto la mano sentí la pelle di lei fremere, i muscoli irrigidirsi.

Che mi devi dire?

La domanda le eruppe con un tremito, come quella di un imputato che teme una sentenza, come quella di chi pensa di essere arrivato in cima e invece c'è un'altra curva.

Lui tacque. Poi disse: non ce la faccio, a pensare a un'altra mano addosso a te. Questa idea mi perseguita, mi opprime, mi uccide. Non riesco a dormire, il sangue mi circola a cento all'ora, mi passano davanti agli occhi migliaia di immagini.

Ho avuto tante storie con donne sposate, disse. Non mi faceva nessuna impressione sapere che tornavano dai mariti. Mi divertiva, anzi, e sono consapevole che questa cosa fa schifo, mi pento di averlo pensato: ma tu, tu sei la punizione per tutto questo. Perché ogni volta che te ne vai, io mi sento impazzire.

Lo capisco, amore mio. Lo capisco. E non ti nego che mi muovo in un arcipelago di scuse e di pretesti, perché per lui questo rapporto, questo matrimonio esiste ed è lí, su un piano inclinato che va verso un futuro piatto e indefinito. È difficile prometterti qualcosa, ma io sono già tua. Perché ho un cuore solo.

Lui la baciò. Ma era consapevole che quella risposta non lo liberava dal macigno che lo schiacciava ogni notte.

Giovannino ci pensò su, e disse: ma se poi cercano riparo, significa che gli angeli durante la pioggia non lavorano? Quindi noi rimaniamo senza protezione?

Marida scosse il capo, decisa: no, questo sicuro no. Ti ricordi quello che ha detto suor Giovanna? Gli angeli ci sono sempre. Sempre.

Giovannino disse: sí, certo che mi ricordo. Però, se devo dire la verità, io a volte non sento proprio nessuno. E credo che me ne accorgerei, se ci fosse un angelo, no? Almeno sentendo le ali quando arriva. Io i piccioni, nel parco della villa, li sento sempre, quando arrivano.

Buonasera, disse Aragona.

Aveva studiato la posizione per ore, pianificando il profilo giusto davanti allo specchio. La questione era però di difficile soluzione, perché la filmografia consultata si esprimeva in maniera univoca sul fatto che l'atteggiamento piú affascinante per un uomo era da seduto.

In piedi, non c'era niente da fare: anche il piú glamour degli attori sembrava, nella migliore delle ipotesi, un manichino. Da seduti si poteva giocare col gomito, con la mano sotto il mento, soprattutto con un allusivo accavallamento delle gambe. E soprattutto si sapeva dove mettere le mani, le quali da alzati erano invece un impaccio.

Per la verità, il truce Pisanelli, interrogato sull'argomento, aveva commentato che un fesso è un fesso qualunque posizione assuma, e che quale che fosse la finalità della ricerca – e lui, aveva precisato, non intendeva conoscerla – sconsigliava di fondare sull'estetica qualsiasi forma di approccio, specie se si intendeva giungere al fatidico momento vestito in quel modo. Ma Aragona riteneva l'anziano collega retrogrado, paleolitico e privo di senso estetico, con un pensiero molto lontano dal giudizio che avrebbe emesso una ragazza moderna e sensibile al fascino del nuovo.

E d'altra parte, gli stivaletti western con elaborata traforatura cuoio chiaro su cuoio scuro a punta viola, i pantaloni al polpaccio di coloratura digradante dall'arancione al giallo, il bomberino celeste cielo sulla camicia a motivi zoologici da foresta pluviale, erano il dettame di ogni rivista di moda statunitense, come di certo la cariatide pensionata ignorava, e come non sarebbe sfuggito alla moderna ragazza del terzo millennio.

Data la pioggia battente, Aragona non avrebbe potuto farsi trovare seduto sulla panchina all'esterno del portone; e all'interno dello stesso, non c'era un posto dove accomodarsi. Portarsi una sedia avrebbe fatto troppo custode, e sarebbe stato complicato vendere l'incontro come fortuito: la ragazza era perspicace, e non le sarebbe sfuggito che è difficile che uno si porti dietro una poltrona, se passa per caso in un androne. Per cui alla fine si era appoggiato al muro, con una gamba incrociata sull'altra e le braccia conserte, in equilibrio su un solo piede. Una posizione che lo faceva ondeggiare. In attesa di Nadia, si domandava come facessero gli aironi a trascorrere intere ore cosí.

Per fortuna la ragazza arrivò con qualche minuto di anticipo, scrollandosi di dosso la pioggia che le aveva rotto l'ombrello peggiorandole l'umore. Al saluto di Aragona, che non aveva visto, sobbalzò con un'imprecazione che lui trovò molto sexy.

Lo squadrò, e si soffermò sulla scarpa sollevata chiedendogli se per caso avesse calpestato una cacca.

Aragona, che – stoico – stava sopportando in silenzio l'insorgere di un drammatico crampo al polpaccio, tentò il gesto di togliersi le lenti alterando il precario equilibrio fondato sulle braccia conserte. Dovette puntare l'altro piede al suolo, perdendo il fascino dell'arto accavallato e restando a gambe aperte e occhiali in mano.

Disse: oh, ma che fortunato caso incontrarti qui. Stavo appunto uscendo per un'indagine molto complessa di cui non posso dirti niente, è sotto copertura. Ma ci tenevo a vederti prima. Non si sa mai come va a finire, in questo dannato mestiere.

L'infermiera fece scorrere le pupille sulla *mise* dell'agente scelto e disse: sotto copertura, immagino nel mondo del circo, vero? Il caso del clown assassino, credo di averne letto. Dovevi dirmi qualcosa?

Aragona non appannò il sorriso e disse: no, mi chiedevo, ma era solo un pensiero, dato l'esito positivo della cosa della bambina, che per inciso se non c'era Romano a trattenermi lo aprivo in due quel vecchio pervertito dell'avvocato, insomma, anche come riconoscimento personale del lavoro fatto, mi chiedevo, ma era ripeto solo un'idea, se per caso, ma se non ti va me lo dici e io capisco, sia chiaro, perché non sono uno invadente, e allora volevo sapere se…

Nadia si passò una mano sul viso, chiedendosi dove avesse sbagliato per ritrovarsi lí. E disse: senti, diciamoci subito una cosa, il locale lo scelgo io e tu paghi il conto. E non vieni vestito cosí, perché non posso correre il rischio di incontrare qualcuno che conosco e perdere la faccia, quindi un paio di jeans che arrivi almeno alla caviglia, sneakers blu o bianche, camicia a tinta unita esclusi colori che non si chiamano come colori, quindi niente lilla, pesca, testa di moro o roba del genere. Domani alle otto e mezzo, appena finisco il turno, davanti all'ospedale. Ciao.

E andò di sopra, lasciando Aragona a complimentarsi con sé stesso perché il suo fascino aveva colpito ancora.

Marida disse: e tu mica lo devi sentire, l'angelo. Non ti ricordi cosa ha detto suor Giovanna?

Giovannino provò dall'interno a cambiare il flusso di una goccia sulla lastra, ma non ci riuscí. Disse: sí, certo che me lo ricordo, ma hai notato che si parla soltanto di quello che gli angeli fanno per noi?

Marida si voltò verso l'amico: sí, è vero. E allora?

Rosaria Martone, seduta al tavolo della cucina, rimestava nel piatto e sospirava guardando fuori.

Disse: ma la vedi questa pioggia? Pareva che non dovesse arrivare mai, e adesso sembra il diluvio universale.

E che ce ne importa, scusa?, le rispose Alex, lanciandole un'occhiata da sopra la spalla mentre riponeva i bicchieri. Noi siamo al coperto, le disse, e grazie ai turni abbiamo anche una bella serata davanti, divano e film con bottiglia di Aglianico inclusa. Non ti piace piú, il programma?

Rosaria la rassicurò: figurati, non esiste programma migliore. È che non ne posso piú di stare ferma.

Alex le andò vicino e l'abbracciò da dietro, poggiandole il viso sulla spalla e mettendosi a guardare anche lei l'acqua che picchiava furiosa sul terrazzo. Le sussurrò: lo so, amore. E ti capisco. Ma a me un po' di malinconia verrà la prossima settimana, quando rientrerai al lavoro e io ti vedrò di nuovo nei ritagli di tempo. Sapessi quanto è stato bello pensare di tornare a casa e trovarti sempre.

Rosaria aveva preso ad accarezzare la mano di Alex, posata sulla sua spalla: siamo piú forti, adesso. Molto di piú. E ti giuro, non mi è mai successo prima. Mai.

E allora è il momento delle promesse, soggiunse Alex.

Rosaria disse: che promessa vuoi?

Alex le passò davanti e si accovacciò di fronte alla compagna. Le prese il volto e l'avvicinò al proprio, occhi negli occhi, sorriso nel sorriso: basta con la moto. Basta. Adesso hai una persona di cui occuparti, che dipende da te, e ce l'ho anch'io. Facciamo un lavoro di per sé pericoloso, non serve aggiungere rischi. Andiamo in auto, se vuoi ti porto io, ma basta moto. Ok?

Rosaria la baciò.

Mentre la pioggia infuriava.

E allora, disse Giovannino, mi dici a loro chi ci pensa?

A loro chi?, chiese Marida.

Agli angeli, disse Giovannino. Non ci ha detto niente, suor Giovanna. Hanno una mamma? Hanno una casa? Lavorano sempre, chi gli fa da mangiare? Hanno una cameriera, una cuoca? Chi pensa agli angeli?

Marida rifletté: hai ragione, disse.

Chi ci pensa, agli angeli?

Francesco Romano pensava che stava sbagliando tutto, ma ormai non c'era niente da fare.

Se ne stava a letto, gli occhi puntati al soffitto e le mani dietro la nuca, attento a non muoversi per non svegliare Giorgia che dormiva su un fianco, dandogli le spalle. La pioggia scrosciava sulle tapparelle, provando a entrare per pareggiare la tempesta che lui sentiva dentro.

Stava sbagliando tutto. La bambina, la piccola Giorgia, non poteva essere una strada, tantomeno un motivo. Era piuttosto un'opportunità, ma aveva anche il futuro davanti. Il pensiero di essere responsabile di lei era bello, dolce, ma era giusto orientare la propria esistenza in quel senso?

E soprattutto, era giusto coinvolgere altre vite nella decisione?

Disonesto. Si sentiva disonesto, ecco la verità. Non era sincero con nessuno: coi colleghi, ai quali faceva credere di avere un ménage familiare equilibrato; con la moglie, alla quale faceva credere di essere felice; con i suoi, con i suoceri, con nessuno. E anche quando era sincero, quando cioè diceva a Susy di amarla e di non poter stare senza di lei, non sapeva rispondere alla muta domanda di quegli occhi: e allora, che ci fai lontano da me?

Be', si disse, almeno adesso non ho dubbi. Almeno adesso non posso far altro che stare qua a macerarmi nella mia incapacità di sfuggire alla gabbia in cui io stesso mi sono rinchiuso. Sono diventato uno di quei topolini da laboratorio che percorrono strade obbligate dentro un labirinto. Posso andare solo avanti, senza sapere dove.

Non aveva scelta, ma non era un sollievo. Era uno strazio, una sofferenza terribile. Perché la donna che amava non voleva piú vederlo.

La consapevolezza lo colpí al petto con la violenza di un'auto in corsa.

Non voleva piú vederlo. Si domandò quale senso avesse tutto, senza di lei.

Mentre cercava la risposta, il display del cellulare si illuminò sul comodino. Se avesse dormito non l'avrebbe visto, ma non stava dormendo. Allungò la mano e lo afferrò.

Un messaggio.

«I tuoni. Ho paura dei tuoni. Aiutami».

Si alzò, il cuore in tumulto. Giorgia, la voce impastata di sonno, chiese cosa stava succedendo.

Un'emergenza, rispose lui. Un'emergenza.

E per una volta fu sincero.

Marida rifletté. Giovannino sapeva che l'amica non era abituata a rispondere a vanvera, e che prima di parlare ci pensava sempre. Era quello che piú gli piaceva di lei, perché anche lui era fatto cosí.

Alla fine disse: secondo me, agli angeli badano altri angeli. Per forza.

Cioè, chiese lui, anche loro hanno un angelo? Che sta attento a che non gli succeda niente? Che li protegge?

Marida si strinse nelle spalle. La pioggia sembrava ancora piú forte. Dalla stanza dei giochi venivano le urla delle bambine che si nascondevano dai maschietti.

Sí. Forse non sono proprio angeli, forse hanno un altro lavoro e intervengono quando l'angelo ha bisogno. Ma non è possibile che agli angeli non badi nessuno.

Giovannino chiese: e perché non è possibile?

Marida si girò e gli sorrise: perché sono buoni e se lo meritano. Ecco perché.

Il dottor Buffardi era rimasto solo, e questa non era certo una novità.

Gli capitava spesso, sia se era impegnato nelle indagini sia se c'era da leggere incartamenti o da scrivere relazioni. Gli piaceva quando non c'era piú rumore nel grattacielo del palazzo di giustizia, quando c'era calma e si poteva riflettere. E poi lui non aveva famiglia, no? Nessuno lo aspettava a casa per protestare sulla prolungata assenza, per recriminare sulla centralità che dava al lavoro, per lamentarsi di non vederlo mai.

Era proprio fortunato, lui.

Non come i colleghi che continuavano a mostrarsi fra loro le foto dei figli in ogni fase della crescita, per esempio. Né come quelli che il venerdí si davano alla fuga alla scadenza esatta dell'orario, per andare a intrupparsi nel traffico di chissà quale autostrada con la macchina zeppa di mocciosi urlanti.

Lui era fortunato.

Non era costretto a chiedere permessi nel bel mezzo di una riunione perché il bambino era caduto dalla bicicletta, o ad andarsene nel pieno di un'inchiesta perché c'era la maledetta recita, o il saggio di danza, o il cocktail scolastico di benvenuto.

Lui era fortunato.

E d'altra parte, vuoi mettere potersi divertire con ogni bella giornalista gli venisse a tiro, scambiando una serata con un'intervista esclusiva nella quale diceva ciò che avrebbe detto a chiunque?

Lui era fortunato.

Poteva disporre di sere come quella, dove fuori pioveva di taglio e tuoni e fulmini sembravano non avere fine, e scegliere tra lo starsene a casa con un bicchiere in mano come un povero vecchio abbandonato o lí in ufficio a lavorare da solo, come un server, senza distinzione fra il giorno e la notte.

Sí. Era proprio fortunato.

Guardò all'esterno per vedere se la pioggia si fosse calmata, e il vetro gli rimandò l'immagine di un uomo scarmigliato dai capelli troppo lunghi, la faccia dominata dalle rughe e da un velo di barba che doveva dare l'affascinante impressione di incuria, e invece lo faceva sembrare un clochard in cerca di un'altra bottiglia.

Era fortunato, lui.

Laura Piras, in partenza per Brescia, era andata a salutarlo. Buffardi aveva invidiato la nuova luce che le brillava negli occhi. Ricordò quando lui aveva lasciato il Piemonte per venire in città, a lottare contro il mostro. Era ancora sicuro di aver scelto bene, ma adesso si guardava attorno e trovava il deserto.

Eppure una figlia ce l'aveva. Ed era bella, intelligente, ironica, misteriosa. E inaccessibile, come tutte le ragazzine di quell'età. Ce l'aveva ma non l'avrebbe avuta mai, perché era stato estromesso dalla sua vita. Era arrabbiato con sua madre per questo, ma doveva ammettere che se lei gliel'avesse chiesto all'epoca, se non fosse stata un'avventura dell'ultima sera, se non fosse stato mezzo ubriaco, con ogni probabilità avrebbe alzato le spalle e detto: sorella, sono fatti tuoi. Fammi sapere se ti servono soldi, e arrivederci alla prossima vita.

Ognuno è artefice di sé stesso, ne era sempre stato convinto, e ora anche di piú. E di rado si era sentito cosí idiota come la sera del compleanno di Vittoria, quando si era presentato su richiesta della bambina, affacciandosi in un'esistenza che non era la sua e dalla quale era stato escluso o si era autoescluso, non importava. Era stato un idiota, sí. E aveva appunto fatto la figura dell'idiota.

Certo erano belle mamma e figlia a quel tavolo, col panorama notturno alle spalle. Toglievano il fiato, con quei capelli rossi e quel loro sorridersi pieno d'intesa. Erano bellissime.

Suonò il telefono, e lo fece sobbalzare. Andò a rispondere, pronunciando il proprio nome.

Salve, dottore, disse una voce femminile all'altro capo. Spero di non disturbarla. Sono Elsa Martini, del commissariato di Pizzofalcone. Ci siamo incontrati l'altra sera al ristorante.

Ah, disse lui, cercando di controllare il respiro che gli si era mozzato. Salve. Senta, io mi scuso ancora, non avrei dovuto...

No, no, disse la voce, sono io che mi devo scusare. Sa, non sono abituata a... Io non ho facilità con le persone, fuori del lavoro, intendo. Sono un po' selvatica, come mia figlia mi dice sempre. Stavamo festeggiando il suo compleanno, e sono stata davvero maleducata.

Buffardi udiva bisbigliare dall'altra parte, e si divertí al pensiero della piccola burattinaia dai capelli rossi che tesseva le proprie trame.

Disse che non c'era bisogno di scusarsi: non era avvenuto niente di male, e si augurava che fosse andato tutto bene.

Certo, disse la donna. A questo proposito, volevo... anzi, volevamo ringraziarla per aver provveduto al conto, non era il caso, tanto piú alla luce del mio comportamento inqualificabile. Quindi avevamo pensato...

Ci fu un'esitazione, e lui udí perfettamente un «Hai promesso!» in secondo piano.

La voce continuò: avevamo pensato, dicevo, di invitarla noi... Se però ha degli impegni o qualsiasi impedimento, per carità, faccia pure come crede, noi capiremmo senz'altro e...

Buffardi decise di non concedere a Elsa Martini il salvataggio che con tutta evidenza stava implorando.

Davvero?, disse. Ma certo, e con grande piacere. Mi faccia sapere quando. Potrei portare io il dolce, se le va bene.

In fondo, a quanto pareva, era proprio fortunato.

Infatti, smise di piovere.

Questo libro è stampato su carta contenente fibre certificate FSC®
e con fibre provenienti da altre fonti controllate.

FSC
www.fsc.org
MISTO
Carta da fonti gestite
in maniera responsabile
FSC® C115118

Stampato per conto della Casa editrice Einaudi
presso ELCOGRAF S.p.A. - Stabilimento di Cles (Tn)
nel mese di ottobre 2021

C.L. 25071

Edizione							Anno			
1	2	3	4	5	6	7	2021	2022	2023	2024